毛澤東特務的叛逃

一個紅色女間諜的新生

陳寒波——原著

【導讀】慘遭暗殺的陳寒波其人其書

蔡登山

一九五二年一月十六日，也就是農曆十二月二十日，即將過年前十天。當天晚上七時四十分，在荒涼僻靜的香港九龍黃大仙路四十六號A附近，忽然傳出兩聲尖銳的槍響，劃破靜寂的長空。次日各大報報導發生一宗離奇命案，一男子身中兩槍，當場斃命。警方最初發布消息僅謂：「死者為一中國籍男子，年約三十餘歲，身高五尺四吋，面目黝黑，穿寶藍色陳舊西裝，黃皮鞋，被兇徒狙擊兩槍斃命。一槍彈著點在左肩，一槍在左胸，兩彈均從前面射入，兇手可能與死者迎面相遇，認清面貌才開槍射擊。」

十八日各報記者經過兩天的追蹤採訪，才把這宗政治謀殺案理出一個頭緒來：「前晚發生於黃大仙道政治謀殺案的被害者陳寒波，他是去年（一九五一）年秋間由上海逃出鐵幕來港的，在香港寫過四本書即《今日北平》、《反共宣傳與文藝運動》、《地下火》、《一個紅色女間諜的新生》；另有一本《我怎樣當著毛澤東的特務》尚未脫稿。從他的著作中，證明他是一個共產黨員，曾經擔任過重大任務，掌握了很多有關中共的秘密資料。他憤恨中共的欺騙而羞與為伍，捨棄紅朝新貴的官不做而逃亡海外，將紅朝的醜惡內幕，及共黨領導人物的醜惡面目，在他的著作裡作了赤裸裸的暴露。這位追求民主自由青年文藝寫作家會被人狙擊而死，兇手是什麼人？主使這宗卑劣謀殺案的是什麼人？讀者是不難推想到的。」

陳寒波出生於廣東省台山縣上澤鄉的大墩村，學名晉唐。他父親陳璧光是在美國經商的華僑。陳寒波小學念的是上澤鄉成務小學，後入台山培英小學，繼升入台山師範初中部。初中畢業後，他便到上海匯文中學，寄居父親的乾親溫宗堯家中。他被上海的左派組織「文特」、「藝特」、「學特」所吸收，他成了一個狂熱的共產黨徒。他嚮往號稱「抗日聖地」的陝北邊區，於是在一九三七年「八一三」淞滬戰爭爆發後，便離開上海，萬里投荒，跑到延安受訓，並正式成為共產黨員。在延安受訓大約一年，於一九三八年冬廣州失陷後，中共利用他的地域人事關係，派他到香港參加「文運」、「青運」的地下工作。當時廣州國民大學遷到香港，他便以旁聽生的身份在國民大學借讀，從事組織青年的工作。他在名作家茅盾的領導之下，參加「文運」工作，並以筆名「蕭曼」、「陳北流」等在左派報紙上發表詩歌文章。

陳寒波在香港不到兩年的時間，因遠在美國的父親不滿兒子與左翼文人的接近，主張他去四川成都投考中央陸軍軍官學校，並託付溫宗堯照顧一切事宜。中共組織方面知道此事後，認為是滲透國民黨軍事幹部學府的最佳機會，於是他以陳晉唐的名字，考入成都軍校十六期步科受訓。

陳寒波在軍校的任務就是偵查軍校訓練的實際內容，散播共產思想，吸收左傾同學等等。他在組織關係上，受中共「青年運動」的連成璧領導指揮。他以共產黨的觀點，寫了一份批判中央軍校軍事訓練的理論報告《布爾喬亞的軍事理論批判》。這份報告在延安印成小冊子，分發給各級共幹作為教育資料。從毛澤東以下，均認為他是一個不平凡的共產黨員，因此奠定了他在中共黨內的地位。

一九四一年一月，當他軍校快畢業時，他被軍統人員確定是與共黨有關的問題份子。正在此時，他關節炎發作了，於是順理成章的住進了軍校醫院療養。他心想這倒是一個擺脫國民黨特務注意的大好機會，並可伺機逃跑。可是他的如意算盤打錯了，此時軍統局派了與他同隊的熊某，假裝病人與他同住一個病房「養病」，就近監視。只待重慶方面的指令一到，馬上將他正式逮捕。就在逮捕的前夕，熊某的女友，卻約熊某那晚去看電影。熊某於是找到同一病房的一個他認為可靠的同學，並告知陳寒波的身份，請他務必代為好好監視。沒想到該位同學也是思想左傾，而且是陳寒波的莫逆之交，於是他把這個秘密洩漏給陳寒波知道。於是他們兩人便在廁所中，將綁腿結成繩索，由這同學幫助他從城牆一角，利用寒冬黑夜，逃出了天羅地網。而此時熊某正與女友依偎在電影院卿卿我我，至於他的女友是不是共方的女間諜，這也是個謎。

陳寒波當晚伏在馬槽裡過了一夜，驚魂未定，後來輾轉設法獲得中共外圍份子祝華的哥哥掩護幫助，從成都逃到重慶，躲在紅岩嘴的中共駐重慶辦事處，並改名為陳應武。雖是如此，但他共特的身份已徹底暴露了，他無法在國內活動了。於是中共組織方面乃要他到美國去，利用他父親的關係，在華僑社會中從事「僑運」工作。他離開重慶，取道香港準備赴美，沒想到適逢太平洋戰爭爆發，不久香港淪陷，就在此刻他認識了他的太太葉素珍。葉女士是江蘇人，世代書香，她酷愛文藝，也是當時的女作家，感情豐富而有正義感。他們由相識而相戀，很快就結為夫婦。

在日治的香港，他雖然有日偽警察局長掩護其共特的身份，但在一九四二年的農曆新年前幾天，一個由他領導的幹部，被日本特務機關發現是共特而拘捕了，陳寒波深知自己處境危險，即與太太相商，於是年除夕之夜，兩人搭上一艘帆船逃往澳門，再乘船逃往廣東台山。回到台山之初，他即與老上司連成壁取得聯絡，連成壁要他去韶關相會，他因身上無錢，無法成行，不久連成壁死了，陳寒波與中共的組織關係也一度中斷。

五個月後，他憑著與台山縣長女婿是中學時的同學這層關係，他打入國民兵團任中隊長，後來又出任派出所所長，及三埠「軍警督察處」督察，甚為活躍。但他至不在此，從他將祖產變賣而籌辦左傾的報紙，搞暴動等等活動看來，他對共產黨的熱愛，乃是無以復加的。在台山與三埠相繼為日軍所陷後，他們夫婦逃到韶關。因其妻兄的介紹，陳寒波被派往粵北乳源縣田賦處任總務科長。日軍長驅直入，他們夫妻再次逃難，經千家山到連縣，在連縣他任國立華僑第三中學軍事教官。

抗戰勝利後，陳寒波在國民黨梅菉市黨部任書記長，同時自己創辦《梅菉民報》任社長兼主編，以國民黨的招牌，做共產黨的宣傳工作。一九四六年由其妻兄介紹他晉見廣東省主席羅卓英，許以先任他為廣東省政府參議，以後遇缺即補，派他任縣長。一九四七年他以國民黨特務的身份，參加由張君勱領導的民社黨的革新派，並當選為中央委員。同時他也打入由董時進所領導的農民黨。但他的內心還是嚮往共產黨，他相信只有毛澤東那套辦法，才能使積弱的中國強盛起來。一九四八年他毅然拋妻棄子，獨自跑到東北去參加實際的「革命戰爭」。但結果是令他失望的，他說：「一九四九年十一月間，東北長白山森林專業公司，因調用由集中營監獄中的反動殘餘五千餘人參加採伐木材工作，他們受不住冰天雪地慘絕人寰的苦役，爆發了反抗，在荒山野嶺中，中共使用了毒瓦斯，對付赤手空拳的奴工，在一個大坑中，救活埋了千餘人。這事在一九五〇年春，我從一個專業公司的職員口裡，證實了這次慘案。」其實，這只不過是中共暴虐政權下，千萬樁慘案之一，但由這事，便已使他感到人性的痛苦了。

而後他從東北回到石家莊，進入北平，參加新政協的座談了。可是，等得他到了「北京」，他把擺在面前的現實一看，他理想的天國給醜陋的現實打破了，他的理想登時幻滅了！於是他和他的家屬，終於在一九五〇年八月初，先後逃到香港來。陳寒波是中共尚未奪得政權前重用的特務，後來又在中共華東區特務頭子楊帆手下工作，地位重要，因看穿中共殘民禍國的真面目，逃抵香港後，經常在報上發表抨擊中共的文章，楊帆曾揚言要手刃此叛徒。又據當時曾屬中共高層的張國燾說：「陳寒波參加過中共的特務工作，走到海外來又宣布他所知道的特工內容。這種人，共黨非予以剷除不可，他走到天涯海角，也要幹掉他的！」於是一九五二年一月十六日晚上七時四十分他就遭暗殺了。

陳寒波的遺著《我怎樣當著毛澤東的特務》一書，以親身經歷，揭發上海中共特務內部的種種機密和種種慘無人道的罪行。書中披露，陳寒波一九五〇年春搬進了位於上海舊法租界善鐘路二百三十七號的華東中共特務機關主要部門「情報工作委員會」（簡稱情委會）。情委會主任委員胡靜波（即胡均鶴）除了歷史上「不清白」的污點，飽受人們的歧視外，還遭受著楊帆及其嫡系幹部的排擠。情委會內這一大批「不清白」的幹部，由兩種人構成的：其一是那些原是中共黨員，做地工時給國民黨逮捕，被迫自首和參加國特機關工作，後又與中共組織恢復了工作關係。其二是那些原是純粹國民黨特務，或者又曾兼充過汪日特務，可實際上卻是共特機關的間諜。在情委會裡，大權落入一批對工作無多大貢獻的，由老解放區跟著老闆到來，驕橫跋扈的嫡系幹部手上。他們騎在前兩種情委的頭上，有功便屬於他們的，有錯便該由他人領了。

情委會集中了軍統系作內線工作有深長歷史的人，編成一個工作組，是武裝保衛性質的，由收集、判斷軍統系情報到部署內線，協助對這一系犯人的初審，這是情委會第一工作組。第二工作組是政治保衛性的工作組，主要對付ＣＣ派中統系與陸京士等工特系統的。第三工作組也是政治保衛性的工作組，但主要對付青年團及蔣經國系及一般雜牌敵特等工作的。第四工作組是對付一般社會情報，尤其著重工商業與經濟金融市場內潛伏敵特等工作，有著經濟保衛的性質。第五工作組對付國境內國際情報對象。

陳寒波在第二工作組任第二副組長，胡靜波兼任組長，但實權操在第一副組長張浩的手裡。二組下有五個小組：專門針對中統正規組織與幹部鬥爭的；針對CC系工運特務，如陸京士系工人福利委員會，自由中國工聯，和季源溥的勞工協進會等而鬥爭的；針對國民黨各級黨務幹部而鬥爭的；針對各種所謂反動人民團體及會門而鬥爭的；針對附共各民主黨派，各人民團體而鬥爭的（在這些黨派、團體中建立內線，秘密監視他們的活動。）陳寒波兼任這個小組組長了。

一九五〇年春，陳寒波到情委會工作時，民革、民盟、民建、農工民主黨、人民救國會……等許多尾巴黨在上海的機構，如上海辦事處，滬寧區臨時工作委員會，華東區臨時工作委員會，被中共「欽定」招牌的領袖們，在海上盡情招搖撞騙。中共對於人，是不能絕對信任的，那怕對他們的老婆、兒女，他們的老幹部，一樣是不能絕對信任的。自然絕對不會信任他們打算利用一時的尾巴黨。所以運用統戰部來「統」之「戰」之，還覺得不能百分百掌握他們時，便又用社會部的特工。陳寒波表示：「我們在民盟的高級低級內線這麼多，再加上統戰部的內線，幾乎整個民盟的工作，就我們替它做了。」

民革內線關係雖建立很多，中共還是不放心。因民革幾乎盡是失意的軍閥、官僚和投機政客。後來中共對上海的民革臨工會，從高幹、中下級幹部都逐步用各種方法秘密組織起來，受情委會二工組五小組的領導，要他們經常供給情報。主要如後：

（一）民革的組織活動，與上中下各級幹部的個人活動，包括了私生活的一切情況。

（二）搜集活動情報。情委會派聯絡員在外面跟他們晤面，收情報分任務。他們對民革組織內的人互相監視，互相告狀，互相攻訐。陳建晨為上海民革臨工會主任委員，她以為陸印泉是她和她丈夫的親信，對他發幾句牢騷是不會傳到中共耳朵的。但陸印泉掉轉屁股就把這些話當情報邀功了。

民主建國會共特內線也多如牛毛，民建中央理事會理事，民建上海分會的常務理事楊拙夫，解放後給二工組五小組吸收了，他不但將上海民建的一切和盤托出，還把黃炎培、江恒源、包達三等一言一行都報告出來。他常往還於北京上海間，到一次北京，便把黃炎培在京生活言談報告一次，細至黃公館一九四九年冬天每天燒了幾多煤。情委會立刻把它報到中央，以顯示黃氏的奢侈。在民建中的反黃派（盛康年父子這一派）中，情委會也培養了一批內線。當華東花紗布公司第二副總經理秦柳方利用其嘍囉和紗布莊、紗廠勾結貪污，經濟保衛單位還未詳悉，情委會已先瞭解了。中共如水銀瀉地一般的特務滲進與特務統制，尾巴黨動彈一下不得。

陳寒波表示，毛澤東思想的工作方法，可以搬盡一切莊嚴、聖潔的辭句來堆砌的，但不過就是這幾個骯髒、污穢的字義：欺騙、利用加上威脅、利誘。中共欺騙他們說：如果他們肯提高一步，更進一步的向人民靠近，忠於共黨的組織，那麼，他們的前途，一定比現在更光明，更遠大。明白的告訴他們，共黨才是他們的大靠山，他們的民革、民盟、民建……遲早總是要消滅的。那麼，他們要得到這大靠山的信任，賞識，就要好好表現立功。表現和立功之道，除了搜集情報外，還要他們暗地裡拆他們民革、民盟、民建……的爛污，做他們自己組織的內奸。情委會看中黨派內哪一個人做內奸，沒人敢拒絕的。因為他們懾於共特機關的淫威，害怕抗命馬上會受到打擊，有的以為憑空有了好靠山。可是關係建立，中共就會天天催著他們要情報。如果，內奸悔不當初或消極、敷衍塞責，中共就會使用威嚇、脅迫。

對於中共恐嚇、脅迫後仍不肯積極效命的內奸，最常用的辦法，就是給予「莫須有」罪名，關起再說了。民促上海臨工會委員的馬學偉，就是因為不接受恐嚇與脅迫積極當內線，以反革命罪被逮捕了。馬學偉吃盡苦頭後，被送到漕河涇集中營去了。

在一個初夏的早晨，楊帆命令陳寒波：「你在上海各民主黨派，人民團體中選拔一些忠誠可靠的，而又與現在北京的各民主黨派第一流領袖如李濟琛、張瀾、黃炎培、馬敘倫、陳銘樞、蔡廷鍇、張治中、邵力子、劉斐等有密切關係的情報幹部，經過考驗可靠的，不論男女，都可將名單開給我，各附詳細自白書一份。你協助二室田主任迅速給予核定，即發給津貼，讓他們自動設法，由他們自己團體中調到北京去——這是中央的命令，你必須絕對保守秘密，迅速完成任務……」。後來陳寒波才搞清楚，中共這是為了加強對各民主黨派領袖的監視。

陳寒波只記得有一位劉妙英小姐，十七八歲時曾當過李濟琛的私家女看護，還跟他有過曖昧關係。陳寒波組裡的雲英向劉妙英提出任務時，她馬上接受了。雲英指示她，能夠跟他恢復曖味關係更好，對工作更有利。劉竟興奮過度落下淚來！雲英對陳寒波說：「像這樣珍貴的工作關係，你應該跟她見見面，鼓勵她一番，更提高她的工作情緒。」後來曾一度充任過任老私人醫生的譚守仁博士也成了內線。北京這一大批新貴，在重重監視封鎖下，又多加了一層內線監視網，他們的一言一動，更難逃避中共的掌握了。

一九五〇年，中共特務頭子楊帆對二工組第五小組夏季工作總結彙報時稱：「某些同志思想上還沒有搞通，他們以為對敵人可以殘酷些，對統一戰線中的同盟者卻可以客氣些，可以不必那麼認真，這是應該受嚴厲批評的。我不得不強調向大家指出：誰能夠本質上以對待敵人的立場和原則來對待同盟者，誰就是最正確的！誰就最值得嘉獎的！」

「我們政治保衛工作者的任務是：用對待敵人的方法，用對待敵人一樣高的政治警覺性，來控制、監視任何的同盟者，防止，不容許他們再變成敵人。如果發現有一絲一毫形跡，他們會變成敵人的可能，便要立刻處理，絕不允許猶疑！如果在同盟者隊伍裡，發現了一個真正的敵人，那麼，便立刻去殲滅他……。」

上海短短的一年多，屬二工組工作範圍的特務或嫌疑分子，被非法逮捕的不下千餘人，被秘密監視或公開管制的不下萬餘人。過去曾當過潘公展秘書，國民黨上海市黨部組織科長的皮松年，因誤信中共的虛偽宣傳，以為做個順民，可以苟全性命於亂世。但不久，皮立刻被地方單位管制，連職業找不到，也不許離開上海。

陳寒波在《今日北平（一九五〇年）》一書中說：「中共的宗派，只能在擁毛、反毛，與面面俱圓的騎牆派這三類中去區分。」這論調在當時可能許多人都是不同意的。但「文化大革命」的爭權奪位，中共黨內的派別是只有「擁毛、反毛、騎牆」三派，再證諸種種事實，你不能不承認這個老資格的中共黨員幹部，對中共內部的人事看法是多麼真實而深刻。

在中共剛取得政權不到一年，當許多人對中共政權寄存著幻想時，陳寒波就指出中共是「新奴隸主義，是專制、野蠻、殘酷，非人性的舊奴隸制度，加上現代化、俄國化、科學化、大規模集中化，高度組織力的剝削、壓迫、監視、管制、奴役、毒害、屠殺的內容。所以，毛澤東的新奴隸主義的政權，是中國歷史上，空前的，而且，也是絕後的，最專制野蠻的政權。」而進一步說：「今後在新奴隸主義的專制野蠻特務化的統治之下，過去的地主、官僚、資產、買辦階級，固然是當然的奴隸，就是統一戰線所要「統一」的民族資產、小資產階級，也是道地的奴隸，工人成為工奴，農人成為農奴，各級中共幹部是毛澤東的奴隸。在新奴隸制度下，任何人沒有絲毫自由，還須接受惡毒化、更科學化、更無人性的殘酷剝削迫害，窮凶極惡的鎮壓屠殺，集體龐大規模的屠殺……因為榨取的方法層出不窮，湧現了無數的失業者，飢餓者……另一方面上層的主人，盡情的享受，淫樂，兩相對照，就不知人間何世了！」

當時有很多人認為陳寒波在《今日北平（一九五〇年）》一書中所寫的中共政權本質，是污衊的，私人洩憤的，剛獲得政權的毛澤東，絕不會變成這個樣子的「永無休止的鎮壓、搾取、剝削、迫害、屠殺。」但現在事實證明，毛澤東後來的反右、文革等等種種政治運動，顯見在一九五〇年陳寒波的見解，真的是一針見血之論。因此當時陳寒波就對毛澤東的思想路線，下了一個定評：「毛澤東不僅是李自成的思想路線，而其一切已超過李自成當日了。」可說是相當深刻的認識！

陳寒波的《反共宣傳與文藝運動》是一本見解超卓的反共理論著作，是憑他在中共黨內十多年的工作經驗累積而成的。中共的宣傳，對外是盡力滲透、分化、挑撥、拉攏、造謠、欺騙；對內是絕對控制、封鎖、注入、轉移。但無論對內對外，中共的宣傳特點有一個絕對的原則，便是「一致」。目標一致，步調一致，言論一致；那怕是顛倒黑白，歪曲是非，指鹿為馬，說謊造謠，都是一致的。中共採用這一套手法分化了國民黨，孤立了國民政府，吸收了知識分子與青年，造成國民黨的潰敗，而成功地奪取政權。因此陳寒波主張反共理論，必須是一致性的，他反對多樣性的。他說：「反共理論的多樣性，決定了反共宣傳戰略與策略的多樣性，因而形成了反共宣傳戰線上步驟的混亂，觀念經常互相抵觸；努力相互抵消；效率相互削弱，造成了反共宣傳鬥爭的技巧上難以克服的許多困難；再加上若干宣傳機構本身的商業本能，圖利企圖，更降低了反共宣傳的作用。」因此他主張：「事實告訴我們，分歧是有害的。以分歧的力量來對抗集中的敵人，也顯然是不利的。」真可說是一針見血的真知灼見。

《一個紅色女間諜的新生》是陳寒波以「李華」筆名發表的，而李華也正是他在中共組織內的用名。該書具體地暴露了中共特務頭子楊帆、楊光池輩的荒淫無恥，迫害青年的事實，而這般無恥之徒，正高高地騎在人民的頭上在行威作祟呢！

陳寒波的另一本遺著是《地下火》，是一本五幕劇的創作。陳寒波對於戲劇，並不是陌生的東西，他在共產黨中，曾有一個不短的時間從事於文藝工作，尤其他曾經領導過文工，他本人對於舞台是有經驗的。共產黨人始終是把戲劇作為宣傳思想的武器的，宣傳的對象是人民大眾，因此台詞寧可冗長，決不能有絲毫含糊。陳寒波在寫作此刻時，是認清了這大時代的，對於掌握立場的一點，是掌握得很緊的。縱有些小瑕疵，是值得原諒的，他在反共宣傳鬥爭中，是一個十足能結合反共的現實主義與戰鬥的英雄主義的寫作實踐者！以紀實報導而論，這部劇本還是成功的！在大時代中的鬥爭意義上說，這部劇本更是成功的！

目次

《一個紅色女間諜的新生》

陳寒波 著

一、警察醫院重逢

在一九五〇年的上海，在舟山群島「解放」前，我正在因害著風濕性的關節炎而躺在提籃橋的警察醫院裡。

這是一所海上有名的公立醫院，在租界時代，工部局和總巡捕房曾給它鉅額的開辦費和經常費，建築著七層大廈，規模龐大，病床數百，儀器醫藥設備都很講究。由租界時代，到國民黨統治時代，警官、警察和他們的眷屬，都可以免費住院醫療，可是，到了「解放」時代，警察和他們的眷屬，能獲准住院治療，卻是不容易了，給他們在門診部多診視幾次，已是天大的人情。因為，「解放」後，它已不是警界們所專有了。規模龐大，人員眾多的中共華東局社會部底幹部和眷屬，經常佔滿了病床，為了「保密」，他們是不方便住在市立醫院或其他公立醫院的，一部分可憐的「偽警」們，只好被拒門外了。

像社會部的其他部門一樣，在這醫院裡，也充滿了陰森森的氣氛，絲毫沒有普通醫院的溫暖氣息。王軍事代表是個陰險狠毒的老牌共特，當他有時偶然的巡視病房時，有點心事的病人總是忐忑不安，害怕不測之災會突然的降臨。一個個表面熱情、溫柔、可愛的女看護，不曉得那一個會在「幹訓班」受過特務訓練，不曉得那一個是受「FF室」的領導的，這個特務中的特務組織的觸角，這個專門用來監視社會部的幹部的核心情報網，像其他的情報網一樣，是伸向每個角落去的，因而，每個病人仍是異常小心、謹慎地生活著，除非早經熟識，都不敢輕易深談，跟平時在機關裡一樣，對任何問題，都不敢輕易表示意見。

當我住進五樓的一間雙人小病房的翌日，一個共黨中的老同志榮斌也跟著不約而同地搬進來，和我同住在一個病房裡，他除了正害著跟我一樣的關節炎外，還有其他的毛病，一個年輕的小伙子給疾病和無邊的心事折磨的憔悴不堪了。他年紀比我小，長得短小精幹、機警靈敏，人們都喜歡叫他做小榮。他於去年被遠調到寧波去，面向著舟山群島的軍統機構面秘密鬥爭著。最近因病重，寧波醫藥設備不週，才獲准回滬療養。

「這回我們可不再寂寞了」！他一進房，瞥見我躺在床上，喜出望外地說著。

「哦，你也來了，正好！我們這一回可以優閒地暢談往事了」。我也同樣高興地報給他喜悅的微笑。

從此，我們便在沒有第三者在房中時，低聲的暢談著，大家病狀好轉後，談得更起勁。我參加組織的時間是比他長的，可是，命運的折磨，大家都被人稱過叛徒，大家今天都被人歧視，大家都好像看不見光明和長遠的前途。兩個同病相憐的老友，常常自撫著過去十多年來纍纍的創痕，悽然相對追訴往事，常常情不自禁地潸然下淚。有一次，他正淚痕滿面、傷感異常時，突然，王軍事代表來了，他除了是部長的親信外，而且是醫院方面「FF」的最高負責長，那怕你是高級幹部，只要你在他管下，你的情緒、言行、思想動態，他都有權給你每天送報告上去的，若報告查而屬實，那麼，是少不免受批評和受處分的。

「榮同志因病痛或別的不如意事，而傷感、流淚，這是不對的，傷感是動搖主義、失敗主義的源泉，我們革命者，只有戰鬥、流血！沒有傷感、流淚！你以為對嗎？」

「對對……」小榮臉色轉青，「但我傷感的是不能早日病癒回寧波去獻身為解放舟山而工作！」

「這也沒有意義，為了這個而傷感也是不正確！」他一言一語儘是斬釘截鐵般毫無情感。

「……」小榮呆若木鷄，趕快用手帕揩著淚痕。

「再見！」

「再見！」

望著他的背影，我們不約而同地吁了一口氣。

從此，我們為防止情緒的衝動，避免不必要的批評，大家儘量減少互訴衷曲，除了閱讀組織分配來的輕病同志學習文件外，有時扶著手杖向走廊或其他空曠處散散步。一天，他獨自自出去，卻換了一個也穿著病號衣服的漂亮的女同志進來，興奮地對著我和她說：

「你們大約已碰過面吧？但現在在這裡，我應該更親切地給你們介紹一下：這是我十年前的老同志，共生死患難多時的李華同志，（他喜歡喚我組織內的用名）是現在我們部裡的『情委』。她就是我曾說過的沒有被批准的愛人……」他忍不住地哭了，兩眼盯著她烏溜溜的眼珠，她兩頰泛起微紅。

「呵，不用介紹了，雖然我們只曾在跳舞晚會見過一兩次面，但犧牲一切，為黨鬥爭的姚同志，在我的印象裡是異常深刻的。」

「不敢當，不敢當！我是勞而無功的，我的理論水準和鬥爭技術太差了，須要向您多多學習！」

「現在，『國際招待所』情況好麼？業務易應付麼？」我無意中說出這一句話，馬上覺得是失言了。

「唉！一言難盡……」她黯然神傷地低垂下臉。

「半年多了！」小榮見到這情況，機巧地把話扭轉，「自從我倆奉批不准結婚，將我遠調外省、不准跟您通訊、不准隨便回滬、不准我倆再發生愛情，否則，以違反紀律及妨礙工作論處，自從離開了您，我一天天感到人生的乏味了，假如不是在這裡偶然的碰見您，我病癒後是沒有勇氣去拜訪您的。」

「你們談談，我要出去買點水果和鷄蛋回來，姚同志就在我們這裡開飯，讓我加點小菜請客。」我瞧瞧手錶，正是下午二時，我覺得，我是應該借機走開的，讓他們好好的細敘別情的。

我走出來，向值日護士打過招呼，托勤務員去買東西，自己到別個病房去聊天，直到下午五時才回來，見到他倆都眼皮哭紅了，淚珠雖揩過，但斑斑淚痕猶在，可見他倆剛才是如何悽慘地悲慟了一場，用過飯後，姚辭去，我問他怎麼樣，他蒙上被頭只答了我一聲：「一切都完了！」

從此，他倆謹慎地，祕密地接觸著，若她白天到來，我多借機讓開，若她半夜裡偷偷的溜進來，連電燈也不開亮地挨在床上絮絮細語，我就乾脆裝睡，故作鼾聲大響。當她不在我們的病房裡時，小榮跟我的談笑，一天比一天地減少了，但情況很明顯，他不是完全害怕我靠不住，而是傷心過度、痛不欲言。因而，我為了使他獲得更多一點的安寧，我也儘量避免因多談多問的關係，致加強他的刺激。反而，我為了使他倆避免掉院中「ＦＦ」們的注意，我還幫助他倆向院方進行減少注意的週旋，這樣很快度過了半個月。

「李華同志！我現在當您是我的親哥哥一樣，向您請教一下我蘊藏在心深處一個難於裁決的問題，請您幫助我考慮一下……」在一個夜闌人靜的午夜裡，小榮突然把我從夢中推醒，顫抖地、興奮過度地緊握著我的右腕，嘴巴挨近我的耳朵。「可是，您會批評我的小資產階級劣根性復發嗎？您會不會十多年的交情，像那些死硬份子一樣，翻臉不認得人，而站著所謂堅決的『組織立場』向組織檢舉我麼？向組織出賣我邀功嗎？您會……。」

他說話的聲音越來越低沈、越顫抖，最後好像懊悔不該吐出前面的話來。

「老弟！我們是同病相憐的呵，你一切顧慮都是不必要的，您只管說吧，我可以幫助您考慮，幫助您裁決。」我不等他的話說完，便以最誠懇的語氣迎接上去。

「……」他張開嘴吧，但過分的猶豫，使他的話吐不出來。時計一秒一秒的過去，我有點不耐煩了。他覺得有點過意不去，卻又鼓不起勇氣吐出內心深處的話來，最後兜轉屁股，從他枕床上邊拿來一張照片——一張姚宜瑛前天才送給他的近影。

「您想不到像她這樣聰明，漂亮的女同志，到今天還過著地獄不如的生活，欲生不能、欲死不得，連愛上她的我，也被牽累，也被拖進地獄，她五年來，受盡了折磨，她最近，常常想到自殺！」

「何必要自殺呢？她到底有什麼了不起的困難，她五年來怎樣的不好過？」我對他倆的戀愛故事，只是微有所聞，我對姚宜瑛的過程更是不了解的，只曾聽說過，解放前，他在上海幹地下工作，為掩護工作，曾當過舞女、進過妓院。她現在的「國際招待所」工作，是受部長副部長直接領導的，和我們「情委會」，沒有什麼橫的聯繫，而任何人沒有得到部長的特許，是不准踏進「國際招待所」的，該所中住的「國際友人」，我也只曾正式會過一次商，那是自稱為蘇聯格柏烏（G.P.U.）特務組織的密碼專家的俄國大鼻子阿華夫斯基，那是組織通知他到我們這單位中，給我們解決一點所謂帝國主義間諜案中的密碼疑難，但結果證明他的見解也並不高明，有些同志背著竊笑他是「洋飯桶」。而她擔任這招待所的副所長，到底有什麼痛苦，我也不大深悉的。

「唉，正所謂一言難盡，慢慢再談吧，這裡有解放前她幹地下工作的日記的片斷，請先看看。」

小榮為人是異常小心謹慎的，現在，他已把他剛才推醒我時的一股衝動的情感壓下去大半了，他打算一次全盤托出的話，現在是吞下大半了，他只好逐步試探我的反應。

第二天早晨，給我轉遞與「公事」無關的信件的密友黃君，帶了一點水果西點來探我的病，還給我帶來了一封由香港寄他商店轉我的信，拆開一閱，是我堂弟弟答覆我，給我經過詳細調查由滬赴港的一般手續，和入境方法的詳函，黃君告辭後，我便劃火柴要把它燒掉，小榮趁我不當心，一手搶過去，笑著：「情書留下來，我不看您的，但不要燒掉！」

我冷靜靜地搖搖頭：「我是沒有這種心情了，這封信是要燒掉的，不過，我們是同病相憐，我相信您，您是可以看看的——也許看過後，對您有點益處。」

於是，他仔細地研閱著，翻覆看了兩遍，才長吁一聲交還給我，我立刻把它燒掉。

「您為什麼調查往香港的手續和方法？您也想逃亡嗎？」

「不用說，您會猜得著的。同病相憐的心情還不清楚麼？」

他聽著我的話，不斷作會意的點點頭，他現在已深切的領會到，我正跟他作著同樣的打算，憑過去的私誼，和目前的客觀情況，決定了我是絕不會出賣像他這樣的老同志的，他在這一剎那，已把他昨夜的顧慮和猶豫完全掃除了：

「專制、殘忍的統制，把我和您都迫上梁山了！荒淫與無恥的迫害，使我和姚宜瑛不反抗、不逃亡，便只有發瘋或自殺！宜瑛過去為了她母親，不願她母親和妹妹死於非命，五年來受盡了污辱和折磨，到頭來母女三人還是得不到絲毫的幸福，反而更殘酷地遭受著蹂躪、淫辱和宰割！現在，她也覺得再不能顧到她母親的安危，決定跟我投到太湖游擊區去了，我們今後，要用血來寫爭自由的歷史，再不能用血淚來寫被侮辱與迫害的歷史了，你以為對嗎？」

「你聽，李華同志！廿一歲的姚宜瑛，五年來的經歷，是這樣用血淚來寫的！」

二、侮辱與迫害

姚宜瑛的祖父是煙台市的一個殷商，因而在抗戰前，他父親在齊魯大學還沒有畢業，便到日本去留學了，他母親是你們廣東同鄉，但卻是兩代旅日經商的華僑，他母親天生麗質，在東京藝專前後學過音樂和舞蹈，十七歲和她父親婚後仍繼續學業，一九二九年宜瑛出世後，她也不肯輟學，「八．一三」前她，是時常在東京作音樂和舞蹈表演的，而且，每一次都獲得各方的好評。但她夫婦倆愛國心很強，當全面抗戰形成，他們倆便不顧一切，奔回祖國、參加抗戰，在抗戰的末期，他奉國府命回到魯東一帶日偽統治區活動，據說是隸屬於國際研究所系統的，因為他是國際問題專家、日本通，所以政府很倚重，不幸，在一九四三年，當他在煙台正料理她祖父的喪事時，給日本特務機關發覺，逮捕了。幸虧她母親到處活動、求救，才未遭槍決，直到日本投降，但接收煙台的不是國民政府，而是共產黨，華東局社會部便不客氣地把這批政治犯接收過來，重要的直提到部裡面，迫他們坦白要他悔過，當時，宜瑛的父親，也就是這樣被提解到楊部長手裡處理的，當時，她母親怒火沖天地直找楊帆交涉，寫信給李士英、陳毅、饒漱石、理直氣壯地指出，不管屬於那個黨派的愛國者，今天都應該受到獎勵的，憑甚麼道理，他不但不被稱有功，反而被指有罪？反而要繼續被關下去？但他不見楊帆便算了，見了這色中餓鬼，事情更弄糟了，更不可收拾了。

她第一次見到他時，他裝得很客氣，很和藹的跟她談著她丈夫的問題，和詢問著她的經歷、特長，當他聽說她已是卅四歲的中年婦人時，他驚訝地說：「看起來還好像是一個廿多歲的小姐呢！」他告訴他，她丈夫問題讓他考慮三週後才決定，三週內要她寫好詳細自傳，連兩個女兒都由煙台帶來，讓他徹底了解一下她們的整個情況，才給他們整個的解決問題——包括她丈夫恢復自由與她們參加革命工作的整個問題，他一再表示，共產黨是光明正大的，是愛護人才的，只要肯為革命工作，肯為人民服務，不管什麼人，都把他當自己人一樣看待。她告別楊帆後滿懷興奮地回去。

三週內照著楊帆的囑咐，由煙台帶了兩個女兒，跋涉到了華東局，送上詳細自傳給楊帆看過後，他嚴肅地向她說：「妳的丈夫問題，我已跟主辦同志研商過，他們認為他思想還沒有搞通，還要給予短期教育，才能派出工作，在受教育改造期間，一般人都不准會客的，他當然不能例外。至於你既有音樂舞蹈專長，是可以為「人民」服務的，我現在已經給妳准好了工作機會——先給我們教一些小孩子彈琴、唱歌、舞蹈，再給您派到文工團體去當教師，妳的兩位小姐，暫跟妳一起住，將來我給他們進校學習或參加文工團的工作機會。現在，房子已經給妳們配好，可跟勤務同志一塊過去休息。」說完，再沒機會給她聲辯和請求，把手一揮，幾個佩槍的勤務員，便陪著她們搬進一座精巧玲瓏的小洋房裡，圍著洋房有一道高高的圍牆，空地上栽著花草樹木，大門外有衛兵站崗，她們不得外出，領購物品，全由一個女勤務員負責，形同禁閉。但屋內卻有一座鋼琴，翌日下午三時，真的有幾個小孩子來要她教習音樂，歌舞，一連數天都是同樣時間到來，而且，學習的很認真，陪著小孩子來的媬姆說，請老師訂好一個每天學習二小時的進度表，給她帶回去，這種情形，弄得宜瑛母女都有點啼笑皆非了。

在疑懼、憂鬱中度過了五天的教師生活，楊帆的陰謀終於在一個晚上暴露了。

在那一個刮著狂風，下著暴雨的晚上，時鐘已敲過十下，楊帆獨個兒悄然的到來，用盡了欺騙、脅迫和利誘，把她母親強姦了，從此白天她當歌舞教師，晚上做了楊帆的外室，自然，楊帆開始是答應她許多要求的，譬如馬上釋放她丈夫之類，可是，事實上卻一件也沒有兌現。

「殺人王」楊帆有一天晚上，要宜瑛母女陪著他喝酒，當他已經有了七分醉意時，他要宜瑛母親彈琴，要宜瑛唱歌和舞蹈，她開始不敢從命，後被逼的推辭不過，只好敷衍了，楊帆看過聽過一兩通後，恬不知恥地獰笑著說：「我本來是應該成為一個詩人、音樂家、藝術家才對的，但是，為了革命，我卻把興趣和天才轉移到政治保衛工作上來了。為了補這平生遺憾，我一定要討個音樂家、舞蹈家做太太，所以我對您們母女的愛，是無微不至的……」說完，便要撲過去，以老鷹抓鷄的姿態，要把宜瑛摟在懷裡，宜瑛嚇得縮作一團，躲在鋼琴後面，她母親拚命的拉住他的肩膀，哀求著：我任由你怎樣都可以，但女兒年輕，今年才十六歲，請您給她保留貞操！」

「哈！哈！哈！妳還這麼封建，還說什麼『貞操』！妳思想還沒有搞通，所以，妳還不能出大門，還要好好的在屋裡學習……」一邊笑著，一邊把她母親牽入臥室。她姊妹捏了一把汗，躺在床上，好像度過了一個鬼門關。

然後，幾天後，楊帆卻通知她們，已經決定讓宜瑛參加一個青年幹部訓練班學習，俾便為「人民」服務，但她母親已有所警覺，向楊帆哭哭啼啼，請求要就是母女同去學習，要就是讓她們在那房子裡，死也死在一塊，但楊帆這一次是不能接受了，宜瑛終於在幾個武裝警衛員的強迫下，離開了她母親，當天晚上便在另一所房子裡，給楊帆強姦了。後來，還寫好一封函稿，強迫宜瑛照抄：

親愛的媽媽：

我離開了您，當天便到了「青年幹訓班」學習，生活過得異常愉快而緊張，因為我們都是年紀輕輕的男女學生，組織上對我們的伙食也照顧得很好，您可以不必為我而掛念了。在班上，還碰見幾個烟中的同學，大家都覺得能參加這訓練班學習，都是很難得的，所以，我幾天來，都感到非常的興奮。大約三個月後便可以結業了，那時，我便可以自自由由的回去看您。

希望您和妹妹都保重身體。即致

敬禮

女宜瑛手上某月某日

宜瑛流著眼淚寫完，交給勤務員送出去。她母親看到，半信半疑，在苦難中，總向著好的一面來想，所以，在她被迫走後，已醞釀成熟的自殺的念頭，又慢慢的打消了。

爾後，楊帆如法泡製地，大約每隔一星期，便另造了一份函稿，給宜瑛照抄了送出去，讓她母親長期沈淪在半信半疑的迷惑裡。但她母親是個聰明伶俐的女子，她漸漸感覺到楊帆到她那裡度夜，一天比一天疏了，那是很可能丟轉方向，去享受他女兒的，到底處女比婦人值得可愛呵，函件，不是可以迫著抄寫的嗎？——她每想到這裡，不由不顫抖起來了。

「楊帆！你陷害了我的丈夫，你淫辱了我，還非法妨礙了我們的自由，現在，連我的女兒，也不曉得你把她弄到了甚麼地方上去，我們有什麼罪，你這樣來摧殘我們底做人的權利，我現在告訴你，我現在對做人也感到乏味了，如果你不把姚宜瑛帶回來給我見一次面，我就只有自殺！」

「您放心吧，好人兒」，楊帆用手撫慰著她的肩背，獰笑著說「我現在跟妳有著這樣的恩愛關係，妳的女兒，不是等於我的女兒一樣麼？待他結業後，分發工作前，總可以帶回來見見你，至於妳的丈夫，待他受教育改造過，主辦人員認為沒有問題時，是可以恢復自由的，不過，他卻要跟妳離婚，因為我不能沒有你呵！」

「不管如何，假如你不能將宜瑛帶回來跟我見見面，我便只有一死了之！」

「讓我跟訓練班負責人商量一下，能否在星期天讓她特別出來一次，妳不要急！」

給她糾纏不過，暫給她這樣推搪，後來再推說，訓練班當局說要遲一二星期，待課目告一段落，才便於請假外出，但是，她母親越糾纏了厲害，而宜瑛在那邊也常常哭喊著，要見一見她媽媽，在一個晚上，他只好拿了一套共軍的女列寧服，教她穿起來，在警衛員陪送下去見她母親，行前警告她，除了學說些訓練的事情外，不許說別的，見過面就帶回來。但是，一個被狂風暴雨摧殘後支離破碎的少女的心靈，只要一見到她相依為命的母親，便不顧一切地撲進母親的懷裡，放聲大哭起來了，開始她沒有回答她母親的問話，後來只說了一聲：「我給他強姦了！」

「嘣咚！」一聲，她母親也暈倒在地了。妹妹宜瓊也哭成一團，經過女勤務們急救甦醒後，她破口大罵著，楊帆氣得紫筋漲滿臉地呆坐了幾十分鐘，最後「霍」的站起來，惱羞成怒地，拔出手槍，指著她們母女三人：

「你們再哭，再鬧，我就通通槍斃你們！」

嚇得宜瓊用手掩住她母親的嘴巴。

「你們不自諒，你們是什麼人？你們是國特反動派的遺孽，你們該殺，該宰，該斬千刀的！現在，這樣『優待』你們，還不滿足，還要吵，要鬧！我老實告訴你們……」楊帆心兒一橫，猙獰面目畢露，索性把狼心狗肺吐出來，讓他們顫抖。

「妳的丈夫我前些時已把他槍斃了！」楊帆又見見著她暈過去，宜瑛、宜瓊又哭泣起來，待她微張開眼睛，似乎又甦醒過來，他才接續著說「暈倒，哭翻都沒有用，主要要靠你們好好的立功贖罪，讓我慢慢的給你們多想個立功贖罪的辦法，妳們母女不分開是可以的，同住一個臥室也可以的，以後不准再哭再鬧，更不能請求自由外出，否則，槍斃！」

他說完，把警衛員，女勤務員召開去，低聲的說了幾分鐘話，便匆匆的離開了，警勤員們後來苦著臉，向她們母女說：「妳們不要再哭，再鬧自殺了，楊部長命令，出了事情，要斬我們的腦袋，妳們可憐可憐我們吧，做人何必這麼認真呢？楊部長待妳們，總算優厚到極了，如果不是妳們色藝超群，美貌絕倫，恐怕他瞧也不瞧妳們一眼呢！多少國特反動派的家屬，給他丟在牢裡，一年半年都不理會，如遇軍事上流動轉移時，乾脆提出集體槍斃算了，希望妳們改變觀念，每天起來，歡歡喜喜，教小孩和我們唱唱歌，彈琴跳舞，忘掉一切，生活自然也覺得愉快了！」

她們母女聽了這些話，如不含淚承受，又有什麼辦法呢？但後來聽到女勤務員說：「請姚太太和妳大小姐同住一臥室！」她又大光其火了，但女勤務員接著說「這是命令呵，反抗是吃虧的，姚太太！請你不要看得這麼認真吧！」

「這個衣冠禽獸！」她罵著、罵著、罵著。

然而，一月、二月的過去，這衣冠禽獸還是當著她母女共同的「愛人」。

三、「聯絡部」女間諜

一九四五年末杪，重慶的政治協商會議召開了，跟著，「國共停戰協定」簽字，不久，「軍事調處執行部」也成立了，一片和平空氣掠遍全國，老實的老百姓們，以為從此可以過太平日子了。但中國共產黨，卻另有著它的打算——在它準備還沒有充分時，是要利用和談來拖延時間，來痲木、鬆懈國民黨的準備工作，到了它準備充分後，便要把革命進行到底了。因而，它各級領導幹部，不但沒有因和談而鬆懈了它的戰爭準備，反而比從前更積極地工作。在華東社會部方面，配合這新形勢的鬥爭活動，除了更積極地秘密鎮壓所謂國特反動外，為了配合軍事調處的活動，由社會部調撥了一大批幹部，組織了聯絡部，聯絡部的公開人員跟著中共代表團，跟著美方、國方的調處人員，搜集情報，聯絡部的社會人員，更積極地展開國統區的情報鬥爭，而聯絡部長的一職，也落在楊帆的身上。他日夜忙於選擇老成能幹的男幹部，年青美貌的，能歌善舞的女幹部，要加強京滬線的工作。

「親愛的，我是捨不開妳的，但是，現在有一個很好的讓妳為人民立功的機會，我是不得不忍痛割愛的，假如妳經得起這次考驗，成功歸來，不出毛病，那麼，我對妳們母女的信任便可以加強了，便是給妳們行動自由我也可以放心了。」在一個靜寂的春宵裡，楊帆右臂撫著宜瑛的粉頸，咬著她的耳朵說，跟著又用左手推推母親。

「親愛的，妳捨得離開妳的女兒嗎？她要去為人民立功了。工作地點是國統區的南京上海……」

她母親一聽說派她女兒到南京上海去工作，心頭突然湧起了被幽禁以來從未曾有的興奮，心裡想，這回得救了，因而情不自禁地偽裝起前進和親熱，翻過身把楊帆緊緊的擁抱起來，吻著：

「親愛的！只要她能為人民立功，她到什麼地方我都捨得的！」

「只要我能為人民立功，到什麼地方，我都願意的，只是，我有點捨不得妳！」宜瑛開始只是「唔唔」的應著，後來聽了她母親的話，馬上很乖覺地討他的歡心了，這樣的含淚笑迎的生活，她們已開始多時了；這一次，不過是表演得更精彩吧了。

「不要緊的，周恩來同志和代表團到了京滬後，我也會去走一趟的。」

「啊，那就好了！」她母女跟他同居數月後聽到的第一句有價值的秘密，兩人都興奮得不約而同地這樣說出來，他馬上覺得有點失言了。

「好吧，大家休息好了，明早辦個手續，先去學習學習工作技術，才派出去工作。」

翌日吃過早點，楊帆在公文袋中掏出兩張具結單，先遞過一張給她母親和宜瓊簽字，他解釋說：「假如宜瑛奉派工作後，洩漏秘密和向敵人投降自首，簽保人要受凌遲處死的處分，假如工作不力或鬧情緒，簽保人也要受連帶處分，南京上海與本部每天都有秘密電台聯絡。所以，妳們要特別鼓勵宜瑛忠實工作，努力立功，免使妳們也不好過。」跟著，也遞過一張給宜瑛簽字，他也解釋說：「這裡面的詳細意思是：我和妳的關係——公的和私的關係——都不准向任何人說及，黨內的、黨外的，甚至跟妳週旋的假愛人，都不准說及，我所曾向妳說過的話，更不能重吐出在妳的口裡，在黨內妳的家庭狀況和個人歷史，要照著我明天交給妳的樣本複述，如果違反了這些規定，妳都要受最嚴重的處分。在工作環境裡，則由領導人給妳編號，妳要絕對服從領導人的指揮和調動，領導人要妳去當交際花，當舞女，甚至當妓女，妳也要服從，為了革命，犧牲色相，犧牲肉體是光榮的，是值得的，妳是我的愛人，我既然捨得，妳也不應該計較，妳母親和妹妹也不應該計較了。」

他解釋完畢後，收回兩張簽好字的具結，便匆匆出門了：「今天收拾收拾東西，明天跟我先去社會部幹訓班學習再出發工作。」

「同時，妳們……」他走了幾步又轉回來「妳們母女也可以趁今天多談談。我最後向妳們補充一句，假如宜瑛工作得好，妳們是可以『自由』而幸福的」

「哎喲哪……」宜瑛母親看著他遠離後，仰天長嘆一聲，眼淚又如泉水般噴湧了，昨夜的好夢完全破碎了，她正想陰囑宜瑛忘記了她們，只求抓緊這個機會，逃生自己，但宜瓊也顫抖地握著她姐姐的手說了：「姐姐呵，我和媽媽的自由和生命，就握在妳的手裡了，妳要好好的工作，努力為『人民』立功呵……。」

「媽媽，妹妹，妳們放心好了，我一定不會使妳們受累的，假如給國民黨逮捕，我寧可犧牲我的生命——為了保存妳們的生命。媽媽！妳不要哭吧。」

「……」她母親也默然地說不出一句話來了。

◆　◇　◆

一九四六年的春天，山東半島上的楊柳到處抽出綠芽，無數小鳥在椏枝上振著翅膀，開始感到衝出了隆冬的樊籠的愉快，快活地唱著，跳著，飛翔著。多少個月來，不能踰越小洋房小花園的圍牆的姚宜瑛，現在總算走進一個較寬濶的小天地去了，雖然她不能像小鳥一樣自由自在，但她多少總有一點衝出樊籠之感的。

當她第一天踏進社會部幹訓班的校址，和一大群男女青年聚在一起，她感動得流下淚來。她想起那寂寞的，受蹂躪的生活太可怕了——但這種生活，她是隨時可以恢復的，她每一念及，又不寒而慄了。

幹訓班是男女同學的，學習的課目，除了馬列主義毛澤東思想，黨八股的淺說外，還有情報工作的理論與技術的課目、情報業務、偵察業務、行動業務的實習，使姚宜瑛最注意的是「敵情研究」和專為她們女生學習的「男性心理學」，「娛樂場所工作技術」等課目，因為敵情研究中的國內敵情，竟赫然出現「國際問題研究所」這一系統，被列為軍統系特務組織，每聞及這一名詞，使她彷彿又看見他父親出現眼前，眼淚幾乎忍不住迸了出來。

跟她同編在一個學習組的有一個女生叫馬玉英，年紀也不過廿歲，但從她肌肉的鬆弛和各種生理的象徵來看，她大約也是飽歷風塵了。她對宜瑛很容易的慣熱起來，在一些生活小節上很能照顧她，漸漸地，總想找些問題來問她，由家庭情況到身世經歷，她想起給楊帆的具結，始終不肯多答一言，總設法找些別的話來推脫，可是，在一個月光如水的午夜，淡淡的月色正從窗口瀉下她倆的地舖上，馬玉英先和她談著白天的生活，談著各種課目，最後話題很自然又轉入到私人經歷上，戀愛問題上：

「妳看我是不是處女？」馬玉英挑問她。

「不知道！」她乾脆地回答。

「妳猜猜看！」

「猜不中。」她又給馬玉英碰了一鼻子灰。

「我告訴你吧，我已經歷過三個愛人了。妙齡女郎不善懷春才是傻瓜！」

「我倒願意聽聽妳的羅曼史。」她禁不住好奇心的驅使，竟情不自禁地漸漸墜入馬玉英誘惑的話題裡去了。

「當我十五歲那年，我的身體還沒發育成熟，但卻已懷春情熱了，那時，我正在初中裡唸書，因為英文成績不大好，年青青的英文教員好意的對我說：「我可以給妳獨個兒補習，每星期六，星期日兩天晚上到他住所臥室裡去，為了避免擁擠和其他同學的嫉妒，他叫我不得告訴別的同學。這樣去補習了一個多月，比較有些進步，但有一天晚上，他竟然向我進行強迫性的突襲，我曾暴怒地給他反抗，但最後是在暴力下屈服了，第一次嚐到男人的滋味是『強姦』，簡直把我柔嫩的心靈揉碎了。我回到家裡暗泣了一天一夜，我打算要控告他，但兩三天後，心理又浮起一絲對他的愛憐之感，到了星期六晚上，我又情不自禁地跨進他的臥室，學過英語後，又跟他『愛』起來，這樣繼續『愛』下去，愉快的度過了半年，後來，因為他暑假到南方去，因船失事溺斃，我為了他不知多少次哭腫了眼皮。小妹妹！我聽說許多女人都有著像我一樣的心情，我真難解，不曉得妳的感覺如何呢？」

「不，不！我到現在還痛恨第一個強姦我的人，我不會對這種人有好感，他死了我絕不會為他流一滴眼淚……」

「他是誰？」

「他是一個大人物。」

「叫什麼名字？」

「名字不能告訴妳。哎！」她像有所感觸，突然坐起來，自敲了兩下腦殼，「不談了，不談了！頭痛得很。」

◆ ◇ ◆

在一個星期六的晚上，姚宜瑛突然被送回她離開了一個多月的小花園洋房裡，見到母親和妹妹——才知道剛過十五歲的妹妹也和楊帆發生肉體關係了。三人為這事又傷感了一場，但轉瞬間，楊帆降臨了，摒開左右，才板著面孔對宜瑛說：「妳現在還痛恨我麼？還對我沒有好感麼？假如我死了，妳真的不會為我流一滴眼淚麼？」

宜瑛想起許多天的一個夜裡，和馬玉英談起的幾句話，立刻顫抖起來，最後幾乎站不穩而倒下了。

「只要妳以後改前非，忠誠愛我，這幾句話我是可以原諒的。」楊帆出乎她意外地溫和起來。「只是，這裡關係著妳不能忠實執行對我的具結問題，該如何處理呢？」

「我願意痛改前非，爾後真心誠意的愛妳——妳是我底真正的愛人！」她吐出這些不相稱的肉麻話，連她母親和妹妹聽了也覺得無以自處了「這次因馬玉英誘談身世，無意中吐出三言兩語與履行具結相抵觸，唯望您念是初犯，從輕處罰，爾後保證不會再犯……」

「這是考驗！不但在我們政權控制地區如此，便是將來派妳到國統區去還是一樣，假如妳進了哪個舞廳，說不定在哪個舞廳中有幾個舞女是我們同志，說不定有幾個侍應生是我們同志，但妳不會知道，只要妳一言之失，或有一點對組織不忠實的行為，馬上便會有人報告到領導上去，馬上便會給妳應得的處分。在國統區中，任何人如敢反抗領導上的處分，那麼，我們制裁他（她）的辦法也是很多的，最簡單便是綁架或暗殺，若果是妳，還牽累妳母親和妹妹，所以，妳要特別注意，否則，就是自取滅亡！」他用事實來嚇她，使她母女三人聽了都不寒而慄，覺得陷在這樣的天羅地網中，就只好給他長期奴役驅使，不敢再作遠走高飛的打算。「這是初犯，我可以饒恕妳，但要妳再具結，爾後不論在任何地區，在任何環境——即使被敵人逮捕，也不能有類似事件發生，否則，甘受處死，而且，要妳母親和妹妹甘受連座處分！」

她們辦過具結手續後，還如驚弓之鳥，呆坐在長沙發椅上，噤若寒蟬，楊帆移步過來，坐在她和她妹妹中間，一手摟著她妹妹的腰，一手撫摸著她的頭髮，臉頰，柔和的問她：「學習生活苦嗎？」

「不苦，很有興趣！」她苦笑著。

「好好的學習，還差一個多月，便可以結業了，明天才送妳回去，今晚我們多談一下。」

「是！親愛的，從今天情形看來，我知道妳是真的愛我們了……。」她會偽裝了，她目中無人地倒進他懷裡。

學習滿三個月後，她們這一班，終於宣告結業了。行結業禮的那一天，饒漱石、陳毅和華東老牌特務頭子李士英，華東野戰軍武裝保衛部長王範和楊帆等都到齊了。而且，都發表了長篇的演說，饒漱石指出：「假如情報鬥爭失敗，武裝鬥爭便沒有勝利的把握。武裝部隊只是進攻火線上的敵人，而我們社會部的部隊，卻要進攻到敵人的後方，卻要進攻到敵人的總司令部，到敵人的核心組織——軍統、中統。加速瓦解敵人的戰鬥組織，加速敵人底軍事、政治、經濟、文化的總崩潰……。」

◆ ◇ ◆

在一九四六年初夏，姚宜瑛果然被分發到了上海。

組織指定她受聯絡部上海特派員盧志英領導。盧和楊帆的關係很深，在早期共產國際派特務在天津用秘密形式辦的特務訓練班中，他們是同期同學，後來盧志英滲進國民黨組織內，曾在康澤的別動總隊當過要職，曾任過宋哲元廿九軍的參謀長，軍統、中統的關係都給他搞通，杜美路軍統辦事處與亞爾培路中統辦事處的大門，他都可以通行無阻，他布置著電台，還配裝著印鈔機，印著大批的偽國幣，一邊擾亂著金融，一邊補助幹部活動費，他在上海各區開設的用來掩護工作的大小商店，不下數十間。雖然聯絡部在上海另外還有不少與盧沒有橫的聯繫的單位，還有許多原隸社會部的機構沒有改編到聯絡部這臨時工作機構裡面來，但在當時的上海，他這一機構，總算是規模最龐大的了。

「現在，決定妳以舞女交際花身份在上海出現，只要能結交得國民黨的重要黨政軍人員，尤其是特務份子，只要能獵取得珍貴的情報，應不惜犧牲色相，犧牲肉體。從今天起，妳化名為唐雪梅，妳要與交際花白燕同住在匯中飯店４０８號，旅館登記由她負責，妳對任何人，都不能暴露過去歷史和身份、任務，妳只能說過去在煙台，青島當過舞女，非經特許，妳每天下午二時至三時，必須在４０８號等候我通知新任務和約定會晤時間地點，其餘時間，妳可以自由運用，這裡便是一個女朋友給妳介紹見白燕的信，妳可找她解決住和進舞廳工作等問題，但此外一切，仍向她保持秘密。這裡是給妳的治妝費和短期生活費。」盧志英從口袋裡掏出一封署名為何芳的給白燕的介紹，和一疊厚厚的鈔票交給姚宜瑛。

她是由一個女同志陪伴著，偷過封鎖線後，由青島乘船到上海，先住在普通旅館中，兩天後女同志給她約了盧志英來，在旅館裡將任務交代清楚後，那女同志推說到香港工作，便和她告別了。當盧離去後，她感到這種撲朔迷離的生活，既驚奇又恐懼，她翻開何芳的介紹信，大意是：有女友唐雪梅，曾在煙台青島當舞女，近來滬，擬寄住姐處，煩代伊解決進舞廳工作困難，並請照料一切等語。他馬上打個電話給白燕，但侍役答，她每夜很遲才回來，最好明天清晨找她。

第二天她終於找到了白燕，解決了住和進舞廳工作的問題——因為白燕還在靜安寺百樂門舞廳跳舞，所以，她先帶宜瑛去百樂門玩，讓她先了解海上舞廳的客觀情況，半個月後才讓她下海。她看白燕情形，也好像是「同志」，而且，可能是對她的監視者，但她不敢問她。

她的美貌，苗條的身段，迷人的曲線，和顯著的年青，舞技的熟練，馬上震動了百樂門，加上她有時獻上清歌一曲，知音愈多，舞迷們更叫絕，下海不及二月，追逐她的人成百累千，其中有公子小開，有富商大賈，有國民黨的大小黨政軍人員，使她大有應接不暇之勢。卡片、請帖、情書、她收集了一大堆，交給盧志英處理。

「請組織決定我選擇那一位做對象？」

「一位怎麼夠，起碼三五個，妳應付得來麼？」盧志英微笑著向她說，她側過臉，掩不住一陣少女的羞澀。

「警備部稽查處的陳偉才，是軍統系的重要特務，這是一個很好的對象，稽查處大隊長戚再玉地位雖小，作用是有的，××總司令部少將高參王廷華，是顧××的機要參謀，顧的親譯密電是他代譯的，會客、接電話、常先經過他，發給各戰場的作戰命令常經過他手，調處執行部的工作，他也可能配合的，這是一個很重要的對象，滬市民政局長張曉崧也可以，中統辦事處要角陳慶齋是個狡猾的叛徒，喪盡天良，不要爭取，也不易利用，不要理他……」他經過仔細研究後給她很明確的指示著。

「現在國府還都初定，××總部在徐州部署，這是國民黨進行對我們邊談邊打的姿勢，王高參的工作非常重要，他對妳的追求詳情怎樣？」

「說起來真難為情……」她低下臉故意玩弄著手帕「前天他說要飛回徐州了，將糾纏我十多天的情緒竟發展到最高潮，要把我整晚的枱子都包起來，我說：「熟客太多，不方便。」他便趁勢塞我一大疊鈔票，硬拉我到外面去消夜，談情，在國際飯店把我灌醉，開了房間，一直睡到昨天。下午他給我買了這個鑽戒，他說一定要跟我結婚，如果我高興，下次來滬，她要陪我到徐州去逛逛，還說，如果我有親眷要做官，他也可以介紹，大約今晨他已飛回徐州去了。這是他送給我的兩張照片——全身和半身的——和他在徐州的通訊址。」他隨手把他的照片和訊址交給他過目。

「照片一張妳留下來，一張我交回組織去，妳可多情書給他，使他對妳迷戀不捨，不過，妳以後犧牲肉體，不要太容易，太容易了有時反而不易收到效果。」

「其次，去徐州住一會，你可以答應他，但必要時妳要表示那樣小地方，不慣久住。同居是可以的，但須避免結婚儀式，免影響對他人的工作。最後，如能介紹得人進他參謀處工作最好，但必須待妳跟他關係固定後再說。」

他處理工作，嚴肅而深刻，有條不紊地給他清清楚楚解決。一個月後聽說王高參又快要來滬了，而她又正與陳偉才打得火熱，盧志英發給她一副袖珍攝影機，命令她抓緊每個機會，攝取情報。

在一九四六年夏秋間的上海，正像南京大馬路上的行人般亂紛紛，配合著邊談邊打的大局，上海也到處吵鬧著，揪打著，由南京梅園新村，上海馬思南路中共代表團中滾出的萬道陰謀，像百川瀉地般奔流，周恩來在叫囂著，「勸工大樓」在毆打著，職業工人，職業學生在罷工，罷課，在遊行，在吵鬧，馬歇爾在奔走著，楊帆也一度秘密潛來周恩來的身邊，在策劃著，指使著殺人不見向的特務作全面搗亂著，中共的尾巴份子在適應著，國民黨的反間鬥爭，反「匪諜」鬥爭也在秘密中進行著，但陳偉才卻在瘋狂地追逐著如花似玉的唐雪梅小姐。

「雪梅！對不起，因為我現在開著一個重要的會議，請妳再等我一會。」

「我跟你約好下午七時正，現在七點半了，昨天為了你苦苦的要求，我才答應了你，犧牲一晚不到百樂門上海，想不到你這樣沒信用，我以後不敢答應你的約會了！」

「對不起！一萬個對不起！請妳再等我一會，見面賠罪！」

那時，他正參加一個特工性質的「會報」，軍統、中統、警局、警備部、憲兵特高科、黨部、團部、工會的情報頭子們都集中起來，濟濟一堂，情報滿桌，會議原定下午五時結束的，但因為討論得太緊張了，而且要決定「行動」，大家都要把那些警備行動的「線索」在仔細的研商著，他不斷看著手錶，心亂如麻，看著七時過了，他急得滿頭大汗，推說大解，離開會議廳，跑下樓，找另一個電話機，搖了一個電話給她，因為昨天他和她約好，而且定好了國際飯店豐澤樓的三號房座的。幸而，下午八時，散會了，他把文件慌亂地塞入公文袋，不敢再回自己機關裡去了，跑出門，跳上吉普車，便直奔國際飯店。

「你再來遲五分鐘，我便不等你了，什麼會議，這樣了不起？」她不高興地責備著。

「該死！該死！為了公事沒有辦法，我開完會，連文件也沒帶回機關去便先來看妳了，請原諒我吧！」

「我重要呢，還是公事重要？」她聽到文件還帶在身邊，暗暗歡喜，因而撒出殺手鐧，伸手挽著他卻又站起，撒著嬌：「若是公事重要，我馬上走好了，妨礙了你的公事，該當什麼罪？」

「親愛的，妳比公事重要，而且，重要千倍萬倍！妳怎能走?!」他拉她坐下，親熱的一吻。

「那麼，你要聽話！」

「絕對聽話，唯命是從！」

「這是什麼狗屁公事」她捉過他的公文袋「把它扔出窗外！」

「親愛的，扔掉了這個就要我的命了！」。他慌急地把它抓緊，低聲地說「這是要逮捕的奸匪底線索呵！」

「什麼線索不線索，我們心兒軟軟的人，不高興你整天去幹那害人的事情！」她軟綿綿地投到他懷裡，「親愛的，不談這個了，我肚子餓了，等了你許久，快叫伙計來菜、來酒吧！」

幾個鐘頭裡，她獻盡渾身解數，灌盡迷湯，弄得他十分癡呆九分醉了，她才由退席的沙發上，輕輕的站起，瞧瞧手錶：「十一點了，我要回去休息了！」

「親愛的！妳今天不要回去吧，我愛你，想妳弄得快要發瘋了，我已定好714號房間了，妳可憐我吧。」他拉她坐回沙發，急得幾乎要跪下了。

「這個事要等待結婚後才行，我怕妳玩完了便把人丟掉！」她嘴裡推著，臉兒貼緊他胸前。

妳把這鑽石婚戒戴上吧，我永不會辜負妳的，無情無義，天誅地滅！」他把婚戒給她戴上，緊緊的摟著她的腰。

「我害怕……」

「妳再不答應我，我真要當著妳面前自殺了」他用手握著手槍把。

「……」她更貼緊他。

「起來吧，快上樓去。」

「好哥哥！你真的愛我麼？」

「我永遠當心肝，當寶貝一樣的愛著妳，我願意給你做一生的聽差！」他扶著她上樓去了。

在國際飯店714號房間裡，燈光熄滅後，經過幾度狂風暴雨，當情報頭子正熟睡如猪，鼾聲大作時，像閃電般的手電筒的光亮在房裡劃著，生命般重要的公文袋裡的奸匪線索，珍貴的情報資料，政治鬥爭的構圖，會報的決議案，都一片片的被攝入袖珍照相機裡，第二天的下午二時，便轉入聯絡部特派員的手裡，不久之後，他也給上司失寵了，被停職了。但在解放後的上海，他也赫然出現在華東社會部裡了。不過，他卻奉命，不得再愛當年的唐雪梅。

◆ ◇ ◆

當陳偉才失寵時，百樂門，匯中飯店的唐雪梅消失了，但她事前泣告他，他母親在魯病重，危在旦夕，她要趕回青島一行，還給他一個青島的訊址，說是她表妹的，她也是青島的名舞女，但他找到她表妹時，她卻說唐小姐回共區奔喪去了，後來，不曉得怎樣的變化，他和唐的所謂表妹也雙雙到了共區。而在這時，唐雪梅卻在徐州和王高參秘密度著密月，建立了小公館，她還請他介紹了一個日本士官畢業，在宋哲元部隊及某些地方部隊服務多年的陶雄，說是她表兄而獲任××總司令部的中校參謀，擅長譯電的表嫂也進了參謀處當譯電員。一個由陶雄領導的電台，正與山東境內在山野流轉著的社會部的電台，及上海中共代表團的電台都密切地連絡著。所有顧××認為最珍貴的情報資料，戰鬥序列作戰命令，兵員，武戰，物資調運概況，適應邊談邊打形勢的部署，只要是王高參可能知道的，共軍方面也可能在廿四小時內知道了。後來，陶雄剛被派定為聯絡部（社會部）淮海區特派員，與盧斷了橫的聯繫，而免危險時。盧這一系統，因下屬張連舫向國民黨特務機關自首，被整個擊潰了，盧亦被關到南京，在一九四九年初，國民黨由南京撤退時，因為他絲毫不肯坦白吐實。乾脆把他槍斃了。唐雪梅可以說是一條幸運的漏網魚——主要是因為她受盧直接領導，而盧又不肯坦白吐實，湊巧又到徐州去當臨時官太太。可是，當消息傳到她耳朵時，她開始感到恐懼了。

她正在恐懼彷徨中，忽然由戰亂中的山東派人帶來了她母親和妹妹的親筆函交給陶雄轉她，她看見兩封函中都說，由於她的努力立功，不但使她們備受優待，在轉戰中也完全自由了，只有兩名警員保衛著，可隨意到城鄉裡去玩，希望她加倍努力，爭取她們的幸福。她看完燒掉，似乎得到無限的安慰。恐懼，彷徨的情緒，再穩定了：「寧可我犧牲自由和生命，我要保存我母親和妹妹的生命！真的，我要不顧一切，繼續幹下去！」

國民黨特務機關，根據盧志英案的線索，向著四方八面搜索著，某軍參謀長，某師副師長，某兵團，某高級指揮部的高參，都一批批被逮捕了，搜索的嗅覺不斷向徐州摸索著，楊帆已經有所發覺，急命陶雄請事假離開徐州暫時避避風，讓唐雪梅和陶太太冒險把王高參爭取過來。果然，她們技巧高強，他屈服在她們石榴裙下了，他怕事情鬧開去，暴露了自己已鑄成的大錯，顯然對自己是不利的，恐怕也不免一死，不如索性倒行逆施，參加共黨組織，當個忠實「同志」，還希望找到另一條前途，於是社會部趕快把唐雪梅撤退回上海。臨走時三人交代清楚：「因唐雪梅曾隸盧志英系統，身份較暴露，目標可能被發現，所以，奉命撤退，陶太太身份絕對秘密，派定與王高參聯繫，陶參謀不能回來了，應設法准他長假。同時，向王高參解釋清楚，陶太太和陶雄也不是正式夫婦，不過是因工作需要，奉命臨時同居吧了，陶雄是有妻兒的，但陶太太是未結婚的黨齡很長的幹練同志，唐雪梅不得不離開後，她可以接受王高參的愛，但不要表面化，免妨礙工作，向同事最好說，姨太太唐雪梅在徐州過不慣，往上海做生意去了。

王高參看到，聽到這許多新奇的刺激性的東西，幾夜合不上眼來，好在「絕代美人」唐雪梅走後，又補上健康猶勝於唐的硬派美人，在他心坎裡，也覺得失之東隅，收之西榆了。可惜這艷福享不了多久，終於在一九四七年冬，被國民黨特務摸索到了，王高參和「陶太太」及一些小幹部都被關起來。但計算起來，在這一個陣地的缺口上已不知葬送了多少武裝了。已經不知丟了多少城池了。

可是，唐雪梅卻「逍遙」在十里洋場的海上。

四、神女生涯

跟著和談失敗，國大召開，馬歇爾特使奉召返國，發表了一通各打五十板的聲明，中共代表團撤返延安，國共形勢，便由談談打打而大打出手了。在無形的戰線上，也一天比一天尖銳化，白熱化起來，在國統區捉「匪諜」，鎮壓左傾運動，便由秘密的而轉為公開的了，特刑庭的設立，便加強了這一項鬥爭，而在共區中，鎮壓「國特」的鬥爭，自然更是大張旗鼓進行了。

在一九四七年——一九四八年的上海，若照共產黨的術語來說，可說是白色恐怖掠遍全布，苦迭撻浪潮，到處泛濫，滬市中共各色各樣的地下組織，不斷的被破獲，秘密電台一個個被破壞，尤其是領導群眾運動的中共組織，身份容易突出的中共份子，像工運、青運、文運等部門的人，更是一大批一大批地被捕，社會部系統下採各種形式存在的潛伏機構，也陸續的遭受著打擊，尤其是因盧案牽連被捕的便有一百多人，一群群人自首出來，參加到反共隊伍，楊帆，李士英，王範等三個大特務頭子，傷腦筋了多時，決定派曾任華東社會部秘書長的楊光池潛滬，整頓這無形戰線上的反攻陣容。

楊光池攝取了盧志英的慘痛教訓，非常謹慎嚴格地編組他的情報網，如果不是關係很深，對他（她）信任心很強，即使他（她）的能力很強，和可能貢獻很大，他也把他（她）的工作關係按置在較遠的間隔上。同時，他估計因盧案被破壞，姚宜瑛一定被國民黨特務機關到處搜索著，盧案叛徒們是可能找到她的象徵和活動線索的，何況她參加工作的原因，也是使他不能放心的，因而決定把她放在疏遠的間隔上。

「但叫她以怎樣的身份，怎樣的方式來參加工作？」他反覆地思考著，「除了怕易被敵人發覺，她還是以舞女，交際花身份出現為合式的。」

「哦，妳比在幹訓班時更漂亮了！」他在揚子飯店開了個房間，約會她，見她白嫩的臉襯著紅潤，烏溜溜的眼珠發著媚光，穿著名貴的時裝和高跟鞋，高聳的乳峯，緊紮的腰肢，隆起的臀部，形成了最迷人的曲線，她走進房來，他笑眯眯地注視著她。「怪不得妳顛倒眾生了，新從荒野中來的我，已給妳的美色迷亂了，白燕不及妳五分一！」

「楊同志，請指示工作。」她坐在沙發，正經嚴肅地請示著。

「像妳這樣的美人兒，」他完全喪失尊嚴地挨近她身邊坐下，左手搭在她肩膀上，「妳覺得最好的工作方式是什麼？」

「不知道，完全聽從領導上的指示。」她不耐煩地，像看中了他來意不善地呆板的答覆。

「我們過去接觸的機會太少，了解的太少……」他欲言而止地停了一會「現在這裡吃晚飯，請你喝喝酒，姚同志！妳今晚不要回去了，陪我長談一宵，好讓我對妳加多點了解，才給妳解決工作問題。」

「這怎麼可以？」她有點發火了，她想起盧志英那種嚴肅的領導態度，更是怒不可遏，「你是要領導工作，還是要玩弄我？過去接觸得太少，了解得太少麼？來日正長呢！」

「姚同志！不要動氣，我跟妳研究一種心理學，像妳們這些進出風月場中的女同志，為什麼陪人家睡覺就可以，陪自己同志就不願意呢？」

「你是高級領導者，這點心理也不了解麼？」她更不耐地「霍的！」站起來，裝著要走的姿勢，「為了革命工作，陪人家玩，是迫不得已，但精神肉體已夠痛苦了。還要陪著自己同志玩，對革命有什麼利？我們又不是肉體慰勞隊……。」

「不要動氣，我這是試探你」他看情形是不能勉強了，索性丟轉槍尖，假裝正經的說，「我對每個新領導的女同志都用各種不同的方式來試探她的生活是否嚴肅，和個性是否堅強，現在我對妳加深一點了解了，吃過飯後，妳便回去，五日後另約地面談，好解決了工作方式問題。」

◆ ◇ ◆

「妳的工作方式問題解決了。」五天後她又被約到另一家旅館裡碰面，白燕赫然在座。「由於我接獲各方面的報告，尤其是國民黨特務機關內的內線情報，知道敵人現在正到處摸索著妳，他們向每個社交場合，每個舞廳，去搜索著唐雪梅這個舞女，因而，影響到白燕也變換了工作方式，為了工作安全，為了妳免於被捕，所以，決定妳放棄了以前的工作方式，以後不得再在舞廳及其他熱鬧的社交場所出現。同時，為了有一個姓榮的老同志，曾因被捕自首，立場不大堅定，現在已經表示悔過，剛與組織恢復關係不久，但他現在軍統系統特務組織內當專員，而且，還組織了中統、海員黨部、警局、護工大隊等國民黨特務組織內的一些內線，可能獲得很多珍貴的情報，現在要妳負責和他聯繫，只要妳能運用妳的一切方法，堅強地掌握著他，使他不再投回反動的道路，貢獻出大量寶貴情報，就是妳主要要完成的任務，根據這個情況，決定妳由明天起便投進楊貴妃妓院當妓女，在妓院中可以避開敵人對妳的注意，可以確保你的安全，可以有效地完成轉遞小榮情報的任務，還可以向嫖客身上去獵取情報，妳和小榮會晤，可讓他以嫖客身份去找妳，爾後可以熟客姿態去會見妳，這樣可以更加強了妳對她感情的控制與掌握，妳可以跟他進行假戀愛，但不能暴露妳的身世和任何秘密，否則，要受嚴厲處分，妳的情報收集後即打電話給白燕，她可以有一個間接的電話號碼給妳，她隨時以「姊姊淘」的姿態來看妳，來跟妳聯繫，有什麼問題，妳請她解決，妳由明天起便使用『紅牡丹』的名字　明早我就派人陪妳進妓院去，妳覺得怎樣？」

「假如為了我的工作安全，而採取入妓院的方式，那麼，我還是願意冒險過著舞女，交際花的生活，寧願必要時被捕、坐牢、殺頭，強迫我跳入『火坑』去做革命工作，無異要了我的命，無異迫我上吊！」她驚惶失措地說。

「為了革命工作而跳入『火坑』的人，妳不是第一個，我們從前有不少女同志，是歐美留學生，奉到組織命令後，更毫不遲疑的投入妓院，歐戰時多少著名的女間諜，都不惜出賣皮肉，當過妓女，以便利工作，妳要明白，妳的安全不是妳個人的事，是整個組織的事，為了個人高興，不顧組織安全，是組織紀律所不能容許的，妳明白嗎？將來革命成功，妳就是第一級人民功臣。」

「還是讓我考慮一下可以嗎？」她嗚咽地哀求了。

「沒有考慮餘地，這是組織命令！我已去電向楊部長請示過了。」他板著面孔說。

「我害怕那種任千萬人蹂躪的生活，我寧可……」她把手一揚，好像想表示抗議，但又說不下去，淚流滿面。

「妳寧可怎樣？妳是不是打算違抗命令？妳不要以為在這裡便可以隨便，如果妳打算不服從命令，馬上便可以處分妳，隨時隨地都可執行。妳忘記了麼？妳出發工作時，妳們母女三人的具結是怎樣的？

「……」她聽到這幾句話，想起母親和妹妹，眼睛一黑，頭低垂下來，好像全身都無力撐持了。

「妳決定怎樣？」

「你要怎樣就怎樣吧，我還有什麼話可說!?」她伏在椅把上啜泣。

「姚同志！不要傷感，不要害怕。」他假猩猩地移身過來撫慰著她。「妳總要記著，為了革命工作，何況只是犧牲肉體，就是犧牲生命也是應該的，妳總要以為，這不是恥辱的行為，而是光榮的生活，將來千萬的革命女幹部都要向妳看齊。而且妓院生活，也不過是妳已經有的那種性生活經驗的加多一點而已。這值得害怕什麼？久了不是習慣了，平淡了麼？現在在『楊貴妃』妓院中，不是已有我們組織內的同志麼？所以，妳進去，一言一動還是要對組織忠實，而且要小心謹慎，妳在那妓院中的一切還是掌握在組織的『照顧』下的。」

一個年輕無知的少女，在她這樣的半嚇半騙下，終於被屈服了，他還將賣她的身價黃金一兩吞下肚裡，翌日，她含淚進了妓院，她的美貌，當晚便把「楊貴妃」震動了，老闆垂涎她美色，先把她佔住了兩夜，第三夜，卻是楊光池以嫖客的身份去光顧她了。

◆ ◇ ◆

我昨夜給您看的日記，×××便是她過著這慘絕人寰的火坑生活的片斷，裡面稱「龜公」的便是楊光池，並不是指妓院老闆，稱「熟客」的便是我，稱「大姐」的是指白燕，記法便稍有變更了。情報則稱「禮物」而和同志則稱「同學」，黨則稱「家」。因當時在敵人統治下，寫日記是很小心的，不過，她痛苦過甚，覺得非記錄下來不可，讓我擇要翻給您瞧瞧：

「今天是進『貴妃』的第三天，兩天來的被侮辱與被損害，弄得四肢疲乏，筋骨無力，心頭更悶得要炸，滿心希望今天沒有客人來，可以休息一下，那曉得還未吃晚飯，娘姨便通知我，『妳給客人定好了，早點洗澡。』」

到了晚上，推門闖進來的，卻是「龜公」。他假裝指示工作，假裝慰問，但是，他躺下床來，卻是糾纏得我死去活來，我開始拒絕，但很明顯，我是俎上肉，想不接受他是不可能的，想像在楊子飯店時那樣拒絕他是不可能的，除非不顧一切，不顧我媽媽和妹妹。

他一夜裡摧殘了我幾次——我現在覺悟了，原來，命令我改變工作方式，主要是為了滿足他的獸慾……。

「今天是進『貴妃』的第六天，一個很斯文的青年走進來，把門關上後，他拿出『大姐』的親筆函，我便跟他談問題，了解他的整個工作情況，低聲的談了兩個多鐘頭。」

「後來，我叫他適應環境，寬衣休息，明早才回去，他開始有點羞澀，很不好意思，後來，我告訴他，『同學』間是不必拘謹的，他才躺下來，但沒有『侵擾』我，讓我安眠一夜，我是如何的感謝他呵，自從『龜公』走後，兩天都沒有片刻安寧，昨天日夜合起來，竟接了七個一次過的客，我真吃不消了，但鴇母卻說，七個還少呢，有的一天還要接十幾個。這種生活，如何熬得下去呢。」

「他今天帶了些很好的『禮物』給我。他還說，近幾天來，外面抓『野鷄』抓得很厲害，他眼看著在街頭，在旅館被抓去了幾個。」

「……」

「算起來，我已經進『貴妃』三個月了，『龜公』無定時的突然來過幾次，每一次都把我『摧殘』的死去活來，而『熟客』則那麼溫文爾雅，雖然前後來過廿多次，有時度夜，有時打個茶圍便走，但卻沒有一次『侵擾』我，一個年青青小伙子，能夠這樣，不但使我驚奇，真使我敬愛了。今晨『大姐』到來，我告訴她，我已被客人傳染了性病——梅毒與淋病同時發生。痛苦異常，要『家』裡給我醫藥費或者回『家』去。連日有一點發熱，飲食無味，但每天還要接幾個客人——三個月來，卻碰不到一個是有『禮物』可敲的客人，都是川流不息地玩完了便走了。我一天天消瘦了，容顏一天天灰黯了，這樣的生活，我再不能拖下去，『龜公』再來，我非跟他吵脫不可……。」

「聽說我生了性病，『龜公』不再來了，『大姐』說，『家』裡現在拿不出這一筆醫藥費，要我自已想辦法，『熟客』很同情我，他搖著頭，不忍看我這樣拖下去，他陪我去求醫，他給我花了一筆錢，他還勸我，可否向『家』反映，脫離『貴妃』，但是，由前一個多月起，不是由『大姐』傳達了幾次麼？『家』裡卻要我繼續下去……」

今天我被鴇母連續毒打了兩頓，我要發瘋了。

因為性病沈重，流著膿水，發著高熱，正當中午她一定要我接一個粗暴的大漢，我拒絕了，她便把我拖去後院，狠狠的打了我一頓，直到我答應去接那客人，她才住手。但勉強去應付那粗暴大漢，使我痛的慘叫起來，我不得不把他推脫，他生氣的摑了我嘴巴，怒沖沖的跑出去，鴇母又把我拖出去，更狠毒的打了我一大頓，我滾在地上喘不過氣來，由姊妹們扶回床上，我幾次想自殺，但想起媽媽和妹妹我又遲疑起來了。

但是，我如果不脫離這火坑，我不病死，也被打死了！

於是，我下了決心，不等「家」裡同意，跑去見賬房先生，說我熬不下去了，我要離開『貴妃』，賬房先生乾脆的說：「要離開，可以的，你賣進來時，身價鈿黃金一兩，每月本利相對，最便宜的算法，妳現在要交出四兩黃金來，否則，休想離開『貴妃』一步。」天呵，龜公的心兒多麼狠毒，時間這樣拖下去，一年兩年，我要有多少錢才能重見天日，我真的完了。

幸而，「大姐」今天又來，我把情形告訴她，我請她要求龜公立刻贖我出去，她開始還站在龜公立場，批評我立場站不穩，吃不得苦，後來我大發火了，我強硬地要她向他轉達：一、要他三天內來面談一切，二、或者答應我立刻脫離火坑，改變工作方式。否則，橫豎是只有死路一條，對我母親和妹妹也不能顧了，我只有到警局去「自首」，還大罵他吞沒我身價鈿黃金一兩，簡直是個大王八。她聽了這許多，知道情況嚴重，再迫就反了，乃又改過一副同情嘴臉來安慰我，囑我忍耐幾天，她準可給我想個辦法。

晚上，熟客又來，我請求他給我付一夜夜度資，伴我談談，讓我能休息一夜，他為我流下幾滴同情之淚。談到半夜，我覺得這人間到處是冰冷，是毒害，唯一的溫暖只有他，唯一值得我愛的也只有他，我緊緊的抱著他啜泣起來，假如我不是害著沈重的性病的話，我是要把我的靈魂和肉體，一齊獻給他了。

我雖然保守著我的身份和經歷的秘密，但我卻告訴他，龜公因在揚子飯店迫我「薦枕」，遭我拒絕，所以，才這樣作弄我，同時，也為了不信任他，所以，才叫我出面聯絡，準備在他又動搖叛變時，犧牲的只有我，他也為我流下了同情之淚，而且，他願給我籌措贖身的黃金，萬一「龜公」不肯付款時。假如因此而受到組織對他的處分，他也毫無怨言。

今天大姐來了，她說龜公有事不能來，叫她代表處理，其實，假如我不是染了性病的話，什麼事也阻不住他的。

「大姐」告訴我：如我確不能堅持高度的革命的吃苦精神，可以批准我暫時脫離「楊貴妃」，但費用要我自籌，因為，他開始打算，若我能堅持下去，待上海解放後才脫離是可以不付贖身費的，所以，沒有這種預算，那一兩金子已有別的用途用去，已辦報銷了。至於以後決定何種工作方式，待我離開妓院後將病醫好再說。不過，他警告我，再不准我鬧情緒，胡說要「自首」，如有真正困難可以申訴，否則，他馬上處分我——命令行動人員把我幹掉！同時，他還批評我，造成困難的原因是自己應付環境的技術不夠，咎由自取，如果要每個客人都用保險套防毒，便不會生病，便不會造成今天妨礙革命工作進行的困難——我聽到這裡，我又冒火了，我要大姐回去質問他，他到我這裡來時也不肯照他說出的辦法幹，別的客人怎肯都照辦？

當天晚上，熟客又來，我將組織上的決定告訴他，他為我高興的迸出熱淚，他說「組織」不給錢也就算了，橫豎從小吃了馬列主義思想藥的人，就是命定要犧牲——他以為我像他一樣，是從小自動的因思想著了迷而參加工作的——他已經給我籌了一兩多金子，打算再把手錶、墨水筆、皮大衣等賣掉也可以弄到一二兩，一兩多的金子已帶來了，我當時就坦白告訴他，我當交際花時曾賺了兩個鑽石戒指，但我對白燕卻說早就花光了，其實，我只花了一個，還剩下一個，從前曾打過價，值三兩金，進妓院時，我把它藏在穀道裡，沒有給鴇母搜著，我完全相信他，我要交給他明早去賣掉，合起他這一兩多金，我明天就可以跳出「火坑」了！天哪！我明天可以跳出火坑了。

「一九四七年九月廿五日，這最值得紀念的日子，結束了我四五個月來的神女生涯的最後一天，我在這天的中午就由妓院搬到了愚園路紅十字會醫院的三等病房裡，親愛的斌陪伴著我，我像離開地獄登上了天堂。

當我離開妓院時，打電話給白燕，她驚奇我籌錢的神通廣大，可知她和龜公開始是以為我無法籌錢出來的，我告訴她搬到紅十字會醫院住療，以後可以到那裡去聯絡。

在醫院，經過診視，服藥、注射、洗滌後，斌陪我暢談到午夜，我感到自一九四五年被幽禁以來向未曾有過的愉快，他走後我雖極度疲乏，但興奮得久久合不上眼皮，尤其是當我感謝他時，他誠懇地對我說：『妳為黨的工作，能這樣的任勞任怨，敢於嚐盡人間侮辱，痛苦而無怨言，實在值得我向妳學習的，假如我黨盡是像妳這樣的好兒女，革命早成功了，而我和妳比較起來，實在太慚愧了，假如我早跟妳在一塊工作，看了妳的榜樣，必不會犯著中途變節的大錯誤。』使我聽了又慚愧又耽心。耽心的就是他還是這樣的純潔，將來一定還要吃這批活閻羅的虧的。」

「九月廿六日：我一直睡著，看護給我服藥，我只是半睡半醒地張開口讓藥灌下去，注射則更在九分睡意中任由看護小姐處理，我沈醉在這四五個月以來未曾有過的甜睡中，推我吃飯我根本不理會。一直到了下午六時，『大姐』來時我才迫不得已爬起來。她告訴我，老楊要我寫一份『贖身費用來源報告書』。不肯幫助我，還要來找我的麻煩，我又傷感地丟淚了。我只好寫由幾個不知名的客人打償給我，我一點點積聚起來的，如果照實說斌幫助過我，那麼，他也要受處分的。

大姐走後，斌買了奶粉、鷄蛋、水果來，他說，皮大衣已賣掉了，醫藥費有著落，遲些他還有薪水領，囑我安心養病，但醫生說，梅毒雖是第一期，但要徹底治癒，起碼須二三個月以上才行，假如『家』裡不幫助，真累死斌了。

在這樣的情況下，斌還是帶著大批資料來，讓我交給大姐。一

「這是一九四八年的春天了。初春的紅十字會醫院的花園上，綠草如茵，在明媚的月亮下，斌陪著我坐在草地上，因今晨醫生的報告，我經一再驗血，反應良好，證明梅毒菌已肅清了，使我對斌含蓄了多時的愛情，今天輕輕的表達了——我和他做了第一次的接吻。

自從一九四五年以來，在活閻羅們的逼害下，我對生命未曾珍重過，自殺念頭，也曾起伏過一千次以上，每一次，如果不是懷念著母親和妹妹，都可能是由念頭而變成事實了。但是，現在，我卻感覺到生命的珍貴——因為有了斌的存在。

斌已經變成了我的靈魂的寄託了。而他卻已為我弄得破產了。他所有值錢的東西都為我而賣光了，還背了一身債，大姐只由『家』裡領了一次錢來，微小得可憐，如果不是他的救助，我縱能跳出火坑，也免不了要變成痼疾、殘廢的，我現在，才覺得殘酷，險惡的人間，還有真正的愛。

當斌站起來要回去時，他跟我再接了一個熱烈的長吻——整個神經上震動著向未曾有的真正的愛情的愉快，我現在才嚐到愛情的甜蜜……」

只要您翻閱了她日記中這一點點的片斷，她曾經歷過怎樣的災難，我倆的愛情，是建立在怎樣的基礎上，您便可以知道了，這樣的愛情，是用炮彈轟不燬，原子彈炸不掉的，然而卻有人毫不講理，毫不通情地偏要企圖把它消滅掉，偏要企圖把它破壞，這是何等可恨而又可恥的呵。

這些日記，「解放」前是存放在我的堂姐姐家裡的，「解放」後我倆申請結婚不准後，她拿回收藏在她的枕頭的棉絮裡，這次在醫院重逢，她又從棉絮裡取出，密遞給我再看一遍，希望您翻閱時比較秘密點，給楊帆和楊光池（作者按：楊光池現公開擔任上海市公安局副局長）等看到便不得了，我曾勸她棄存別處，但她視如珍寶。

李華同志！您會為她而一掬同情之淚麼？您會為她而感到忿怒麼？您會為我倆的戀愛經過而受感動麼？我對女性的貞操觀點，是完全建立在一個新的認識上的，否則，我倆的愛情是不能這樣鞏固的。

五、渡江前後

石家莊「解放」後，整個國共戰爭形勢開始了基本的變化，國民黨由主動的攻勢，轉到被動的挨打，再走向全線的崩潰了。在華東戰場上，也同樣起著急劇的變化，姚宜瑛的母親和妹妹也跟著華東社會部，在各警衛的「保衛」下，輾轉在沂蒙山區，孟良崮的血海中，在奔波中，她母女都小產過一次，直到一九四八年，才遷入較安定的「濰坊特別市」——這是魯中的大城濰縣，共黨占領後，把縣城和坊子合併起來，稱「特別市」——才脫離了輾轉流徙的生活，她們當時，以為宜瑛總比她們好過了，那曉得她更是被打進十八層地獄呢。

在這時，從前，曾因項英關係弄進社會部工作的李天一，楊帆為了排斥異己，竟借小故，給他重重的打擊，他終於忿而逃出共區。

當時，姚宜瑛還在醫院裡，要徹底養養身體，一天，我接到一個情報，火急去找她，她瞧過後，剛在醫院養得紅潤的臉蛋兒立刻發青了，額上淌下冷汗，她問我：「這個叛徒會不會向別個機關去報告？」

「暫時還不會，慢了就說不定了。」我焦急地說。

「我本來很恨他，但為了……」

「但為了革命，」我誤會地迎著她說不下的話「我們必須救他！」其實她當時的意思是「為了」媽媽和妹妹。

「喂！『大姐』，請您十五分鐘內趕到我這裡來，有要緊的事！」她拿起電話，剛巧碰著白燕在那裡。她關照我迴避，因為照著組織規定，我是不能再會見白燕的。

「楊光池的性命，上海這一大個組織的安全，都因小榮和妳的忠誠努力而得救了！」白燕看過情報後也驚惶失措地說，「我代表組織和向你們致最敬禮……。」

「閒話少說了，只要他以後不再把我故意推進火坑裡便夠了，妳趕快去見他謀補救的辦法，立刻搬場，再來我。」姚宜瑛著急地拍著她肩膀，催她走。

她滿頭大汗地找到楊光池，從三角褲的夾縫中取出一張小榮手抄的紙條，展開在他眼前：

昨日下午七時，我行抵滬西復興西路，見香檳車一部（車牌號數１４３６８）駛抵門牌一〇七洋房門前停下，有一西裝客携一摩登女郎下車，男的斜戴呢帽，戴黑眼鏡，女的穿白手套，牽一狼狗。男的面部身材酷似奸匪華東局社會部要角楊光池，我為了防他注意，急內避開。入夜後至下午十二時，不復見他外出。

今晨，我在該洋房附近小攤上獲得掩蔽後，再行坐釘其進出，俾辨認清楚其真正面目，至上午八時，果見伳又偕二女一男同登車，女仍牽狼狗，隨從男子似佩手槍，大約為其保鏢，再目已認清楚，確為楊光池無疑，因伳在該處宿夜，可能為住址之一。

一九四七年以來，我在山東社會部即少見到他，聞說是調到國統區工作，現既在上海出現，那麼，可能是社會部上海方面組織的最高領導者。

又當我在山東遭受匪首楊帆無理打擊時，曾請求第二主任秘書呂光去給我關照一下，呂說：「我說話力量有限，楊光池同志對你印象不錯，他說話有力，他可能不久要回來一行」。我問呂：「他到了什麼地方去，計程多久才能回來？」他說：「這是秘密，在部裡也只有幾個人知道，你不必問，等著好了。」——由此可知楊光池短期內必離滬回山東共區一行，而且，我已離魯到滬半月了。

基於上面情況，我請求上峯立刻按址逮捕楊光池，則可能來一個對上海社會部組織的大殲滅！

A字十九號報於一月廿一日上午八時半

「查該A字十九號國特即前經報告過之叛徒李天一，半月前抵上海後即與國民黨特務機關接上關係，後上司交給我領導，這報告送上去，對我方極不利，請核辦。」王福說。

「對對錶！」

「上午九時半！」

楊光池跟白燕等對過錶後，不慌不忙地燃起打火機，燒掉了情報，拔出手槍，把子彈塞滿彈膛，鎮定而又冷酷地板著面孔，三角的眼睛閃著兇光：

「妳馬上去通知姚宜瑛，立刻轉知小榮，叫小榮命令李天一於今天上午十一時後再到我處附近偵察我是否中午回去。他這情報則在十二時下班前，待與我們聯絡過以後才決定給他的上司與否。」他對白燕說。

「叫他再到我處偵察是什麼意思，不是妨礙我們搬場？

「這個妳不要管，妳立刻去，三十分鐘內回到妳留給姚的電話號碼那個地方去，約好整天通電話暗號。」「老劉」他慣於這樣喚他的秘書「你通知把車牌１４３９８號汽車隱藏起來，暫勿用。你調部車子立刻去復興西路１０７號，把重要文件，現款帶來，人員全部撤退，行李傢俬全部不准動亂了，限在十時半前離開，要從後門進出。」

「你給我想想，」他略為思索後召一大漢到他面前，「李天一把記得他的相貌麼？」

「是那個綽號『四眼李』的麼？」大漢把腦袋搖晃幾下，「我認得這個近視家伙，在沂蒙山血戰時，他常跟我碰在一塊，他現在怎樣？」

「他現在是個叛徒了！你馬上帶兩部車子去，去復興西路107號附近路邊，把他綁票，不得已時把他幹掉，他在今天上午十一時後會在那裡，馬上去，限在十一時五十分前報告我，不得延遲！」他握一下大漢的手「祝你成功！」

初春的上海的中午，正是艷陽當天，醫院的大門口，百花爭妍，顯得異常燦爛奪目，宜瑛緊張地散步在園中，等待著賬房電話鈴的傳喚。

「妳轉知小榮，那『禮物』不必送上去了！」白燕終於在上午十一時半打來了電話，這樣關照她。

「斌哥！」她在電話中低聲地向我說：「那些生日的禮物不要送給我外祖母了，你今晚有暇到來玩玩吧。」

下午白燕奉楊光池命帶了一筆款來犒賞她和我，並且叫她通知我，遲些向上峯報告李天一失踪好了，她這時才知道老李已給殺人魔楊光池綁掉了，她想起自己向楊的吵鬧，心裡不寒而慄起來，她握緊白燕的手：

「好姐姐，犒賞的錢要不要不打緊，只是我懇求妳，妳做做功德，代我乞准他不要再迫我入妓院，我寧願出院後每星期陪她玩一次，我不當舞女交際花也好，我已找到一個小學的音樂教員工作，假如組織同意我，進了那小學校，依然可以跟小榮聯繫，繼續為革命工作。」她說到這裡，揩揩潤濕的眼睛，靈機一動，把那疊鈔票的一半塞在白燕的手裡：「我這一份錢送給你做生日吧，到上海兩年，沒有孝敬過你一次。但我的工作方式問題，務請三二日內能照我的希望決定，使我能安心出院！」

「謝謝妳，妳的工作方式問題我一定給妳力爭，幾個月來我到醫院見到妳的情形，妳不說我也萬分難過了！」

白燕看見錢便開心了，何況她願意每週陪他玩一次，是較有把握的，於是，她笑瞇瞇地拿了她領全部款的收據回去報銷了。

◆　◇　◆

在春風蕩漾中，姚宜瑛笑嘻嘻地步出醫院了——因為她已獲得楊光池的批准，進入一間小學去當音樂教員，掩護工作。但要每個星期找一個晚上，她無代價的出賣皮肉一次給他——這簡直是盜匪、野獸的機構裡才有的現象，假如她不是我們的愛人，我根本是不相信會有這種事情的，然而，後來一查，在共產黨的特務機關中，這卻是普遍存在的現象，因我從前只在共黨普通部門工作，沒有在共特機關工作過，所以，現在才深切了解。這實在使民主國家如美國的「聯調」、「中調」等情報首長們聞而震驚！這實在是人類文明的恥辱！不過，在被各種最毒的方法強迫參加工作的情況下，這種情形，是很難避免的。

不過，當時這種情形，她怕刺激我，損傷我的尊，他還向我守著秘密，一直到後來，她才泣告我，因為當她搬進小學教書不久，我跟她的愛情已發展到頂點，我們已發生了最密切的關係，在暑假時，她已懷孕了，我那時，向她提出，大家向組織申請批准結婚，但她卻告訴我：她奉派到上海來工作時，是曾具結，非待上海解放後，誓不結婚，免妨礙工作的，現在報告上去，組織一定不能批准，所以，結婚問題，要待上海解放後才能決定——照當時的形勢看來，也很快了，所以，我同意她，而且，贊同她再住醫院打胎，她當時的心情，真是矛盾得要死！

可是，到了秋冬間，國民黨在淮海戰場節節敗退後，晴天霹靂又向我們襲擊了——這是渡江前夕，上海像被襲擊在暴風雨下。

因為，她授課的學校，是跟「小教聯」活動份子有密切關係的那間志城小學，害著左傾幼稚病的「小教聯」人馬，整天在校裡開會，跟她同房住的朱麗蓮小姐，便是表面化得可怕，看到這種情形，她才將她的日記和有關進步的東西，都給我送到我堂姊家中去保存，我交給她的資料，必在一二小時內交給白燕，聽說，白燕亦也曾向楊光池反映過，說她這環境不適宜於作秘密工作的人員逗留，比起她再進舞廳更危險，主張調她回內部工作，專責領導關係、組織情報關係，但楊光池則置之不理，因我又不便給她找工作，她這份工作，是她母親在東京藝專時的一位姓童同學給她介紹的，這位童女士在她十二三歲時，還在重慶見過她，彼此尚有印象，當她病癒後在花園散步，適童女士到門診部診病，打起招呼，談起來，她假說母親在煙台故鄉，父親病亡，無法接濟她進音專升學，致抑鬱成病，那位童女士在音樂界是吃得開的，適巧年初學期開始，便給她找到這個機會了，可是，到了秋冬間，童女士已離滬他去了，學期中間，要想變換學校也不容易，只好坐著乾急。

這時，滬市國民黨當局比過去更大力地鎮壓共產黨底活動了。夜間十二時後便開始戒嚴，戒嚴時間內，除了警備部和特務機關發的特別憑證外，任何人不能通行，對「小教聯」的半公開的集會也取締了——雖明知這團體裡面也許有極少數共黨份子存在，但大多數是無所謂的，不過跟人叫叫鬧鬧而已，像朱麗蓮小姐，才十八歲，平日打扮得花枝招展，宜瑛說比她當交際花時還要奢侈，理論書也不大看，但她生性好活動，「小教聯」開大會，總是大聲疾呼，每星期都找她幾個「姊妹會」到她房中座談幾次，由國內外大事，談到小教行政、兒童心理、戀愛婚姻、選擇對象方法，談得永遠沒有結論，談累了就「屈鷄腳」，每人湊點錢吃一頓。宜瑛想這校中必有與特務機關發生聯繫的情報人員，所以她總是借準備功課，編歌曲而不敢參加座談，今但為了融和同事感情，常在吃的階段，便出錢參加，逆料在十一月四日那夜，她正參加她們談完後的「吃」時，突然被一個特務機關——與我工作的那個看關——人員闖進來，在朱小姐處搜了一點人家送給她看的共黨油印宣傳品，和一些左傾書籍，一些談談革命的書信，連同宜瑛便是六位小姐，一齊關到蓬萊路拘留所，行動的人員當時斥責著：「妳們不只開了一百次會了，在這戒嚴時期，還這麼大膽，不該死？」

但是，這批天真的小姐，委實天真的可愛，尤其朱麗蓮，在審訊時，她見了宜瑛，很是抱歉地對承審在說，別的人背後生活如何，我不敢說，姚萍——她進校用名——真寃枉，她是書呆子，不高興開會多談半句話，不過因跟我同住一室，為應酬人情參加，致遭殃，而且，她連小教聯的會也不肯參加呢，其他四人的說法都跟她一樣，學校同事也聯名去證明她，所以，她沒被深究，只被丟在一角，被擱起來。

她被捕後我開始很耽心，後來，一想，她粉身碎骨也不會洩漏我的，因不洩漏我，自然也不會自首了，所以，我也不冒險設法去和她面晤了，只托我堂姊給她送衣物，送食品，這種情形，後來白燕直接跟我聯絡後我告訴她，她也比較放心了。

宜瑛就這樣一直拖到一九四九年五月上海解放後，我才和白燕一齊去「蓬萊看守所」接她出來，那幾位天真的小姐已變得呆頭呆腦了。

◆　◇　◆

上海解放了，她一邊是感到歡喜——歡喜的是從此可以重見她媽媽和妹妹，以及可以試探能否跟我結婚的問題了。但另一邊她卻是比從前更是愁眉深鎖，心兒像鉛般的沈重，她在耽心著，楊帆又不知怎樣來蹂躪她了。

「長期的囚徒生活，尤其是妓院那種非人生活，健康損傷太大了。請您今天准我見媽媽和妹妹後，便發公事給我即日搬進警察醫院去好好的療養一下，慢慢才給我解決各項問題吧。」她第一次見到楊帆時，小心翼翼的這樣說，幸而，他說她還沒有大錯，只犯了若干小錯誤，讓她先進醫院反省也好，其叮囑她，要請醫生再驗血，到底還有沒有梅毒菌——他獰笑著說，他還是很懷念她和很愛她的。到她臨走時，他卻又警告她，不准將在滬工作生活的痛苦向她媽媽和妹妹訴述，否則懲辦！她好只承諾退出。

她一口氣跑到滬西辣斐德路一座花園洋房中，見到她媽媽和妹妹都大著肚皮，她欲哭無淚，又不敢訴苦，只好對她們慰問幾句，便匆匆辭出，恰巧那時樓上有幾個摩登少婦少女走下樓梯來，她急問她母親，她母親為了不給警衛兵聽到，用日語告訴她：「她們是跟我們一樣，在上海新接收下來的所謂反動派太太、小姐、昨夜有一個反抗得太厲害，被上了手銬押走了，你勿跟他們談話。」

她滿腔愁苦地步出門，交了楊帆的手諭給衛兵——沒有手諭任何人不得進出大門外，只能在花園散步——趕到提籃橋，進了警察醫院，她一夜合不上眼睛——她想著到處飄揚的「解放」大字，實在是矛盾滑稽，連為「解放」而戰的地下英雄的她，不但她的母親和妹妹還不能從軟禁的牢籠裡「解放」出來，就是她自己，還是在牢籠裡，「解放」這兩字就只有高高在上的魔王們才適用，她越想越悲痛，又好像在妓院和牢獄裡一樣傷感地啜泣了。

我當時除了專對軍統系的情報工作外，還幫助總務處石處長接受敵產，一天忙得不可開交，但我每隔一天，起碼來這裡看她一次，漸漸地我一次兩次的向她提出，共同簽請組織批准結婚問題，她只是拉著我的手輕輕一吻，眼眶一陣紅潤，嘴裡輕輕的：「慢點、慢點、待我身體養好再說！」而她的精神則可以看出一天比一天地陷於高度的不安、沉鬱、矛盾痛苦中。後來給我逼迫不過，她只好冒著生命的危險，把她的悲慘身世，血跡斑斑的經歷，秘密的告訴我，我當時悲忿交織，回宿舍去半夜咳了幾口血，我現在又摸進我們這魔窟的更深一層了，又對我從前憧憬得像天堂般的黨組織打了一個更大的折扣了。但我仍不甘心，我苦思熟慮地把死馬當活馬醫，第二天，我跑去見第二處的田處長——作者按：社會部第二處業務，除了主管集中營，監獄，和管制社會上的一般反動份子，主辦特務訓練班（幹訓班）外，組織內的管訓事宜，也是由他掌理的幹部的，結婚，離婚都通過它那裡辦手續——我請求他給我幫助，他叫我們試把報告送上去看部長如何批辦再說，於是，我像看到了一線曙光，似乎興奮地回去告訴宜瑛，她搖搖頭：恐怕還不可能，最後決定權操在大王八手上，他還要繼續把我玩弄下去，要把我害到死為止。不過，事至如此，只好試試看。

我們的結婚申請書是洋洋數千言的，把我們怎樣在革命工作中精誠合作，怎樣在患難中互相安慰和幫助，怎樣互相勗勉對黨忠誠與鼓勵學習進步，怎樣把戀愛與革命結合起來，假如今天能獲組織批准結為終身伴侶，一定會加強了我倆對革命的貢獻。但老田轉上去後不到三天，他便把我請去第二處談話，同日，楊帆也派人把她接出醫院去了。「她被弄到什麼地方去呢？」我許久才得到答覆。

「姚宜瑛因工作關係不准結婚，榮斌著調寧波工作」這是楊帆給我們的批示，當老田把這批示傳達給我後，還拉開我坐在辦公室的一角的沙發上，表示所說的話不讓他對桌坐的二處的秘書聽到，他低聲地裝得十分關切地對我說：「她的身份你應該明白了，為了你的前途，我以友誼的立場勸告你，你最好以後跟她剪斷情絲，不要隨便回滬看她，可能下連通訊也停止，否則，怕你會招到意想不到的麻煩。

老田送我到大門口，還拍著我肩膀：「我剛才跟你說的話，便是部長也是這樣的看法，希望你明天到寧波去，集中精神為解放舟山而鬥爭！」

於是，我只好垂頭喪氣到寧波去，關照我堂姊，好好的保管她的東西和照應她，同時，留下一封沉痛的信轉給她，但我結語說：「我不絕望，我相信有情人終成眷屬。」

六、如此「副所長」

她這次碰面，才告訴我：「當她被接出醫院後便送到辣斐德路她母親那兒去，又過著幽禁的生活。

這時，楊帆秘密設立的，像這樣性質的「反動」美女小集中營太多了，因而，對姚宜瑛她們，注意力也沒有像在山東時那麼集中了，姚宜瑛被送回去，過了許多天，還不見他大駕降臨，她反覆地苦思著，這回因申請結婚而闖下的大禍，將不知如何終結了。她焦急得幾夜合不上眼皮，她恐懼著，說不定那一剎那間他會派人來把她拖出去槍斃了。在一個失眠的夜裡，她忍不住地冒險，違反了楊帆的告誡，把三年來的血淚經歷，向著她媽媽和妹妹，盡情的哭訴出來，而且說明了第一次見面不說，是因為有了楊帆的告誡，她媽媽聽著，幾次都傷心得昏絕過去，後來，和她妹妹都同樣的表示：「假如妳再有自由行動的一天，請妳不要管我們的死活吧，我們倆人遲早都是完了，希望妳能逃生，好給妳父親和我們報仇雪恨……」

她媽媽昏過，哭過、咒詛過、最後冷靜靜地，但卻是咬牙切齒地堅決的說：「從前一切的希望，幻想，今天都成泡影了。夢兒今天都該醒了！別要說妳今天立點小功，便是妳給她打下江山，他還是一樣屠宰妳的，他還是不肯給我們自由和幸福的，我熟讀歷史，古往今來，夷狄生番，也沒有這樣殘忍和惡毒，也沒有像這批野獸這般無情，無義，和沒有人性！前七八天夜裡，二樓上就有一個十七歲的少婦，她才結婚幾個月，解放後連同她一個卅幾歲的家姑，因翁婿二人，都以國特罪嫌被捕，她倆也以美貌過人被接到這裡來，姑媳同床，一個多月來，受盡他淫辱，因受刺激過度，熬不下去，就只好雙雙上吊自殺了！

因而，好孩子，我警告妳！妳再有機會自由行動，妳不逃脫這魔鬼的掌握，你便是逆女！假如你能和榮斌一齊走向一條光明的新生之路，那麼，我雖在九泉之下，也可以瞑目了。」

她聽到了這許多話，簡直泣不成聲了：「但是，我不能讓我媽媽，妹妹白白的給他屠殺！要活大家活，要死大家死吧……你們再不要說叫我獨自逃生的話了，我聽到就好像利刃在割……」

「姐姐！你錯了，我也要警告你：你再不照著媽媽的話去自尋生路，還是像過去一樣，大家拖死在一塊，那麼，我就不認你做姐姐！」二三年來血淋淋的事實教訓，使他妹妹的話，前後完全相反了，她現在，只希望她姐姐能夠逃生，給她報仇雪恨已經夠了。

「我最後告訴你，你要做孝女，你要做好姐姐，就要照著我們的話做，否則，我們死也不能瞑目的！」她媽媽握緊她的手，沉痛地叮嚀著。

「……」她無言地啜泣。

◆ ◇ ◆

在宜瑛被送回去的第五夜，楊帆突然降臨了。

「現在在你面前，擺著兩條路，一條是死路，一條是生路」楊帆把她拉進臥室，她媽媽和妹妹都跟著進去，他們聽到他板著面孔這樣說，她媽媽和妹妹的臉色都轉青了。「死路就是你背我跟人去談真戀愛，要跟他人真結婚。生路就是糾正過去，仍真心誠意愛我，向我具結，不再打算跟任何人結婚。你打算走生路還是死路呢？馬上答覆我！」

「你說吧……」她輕蔑地斜著眼角。

「我要你答覆，為什麼要我說？」這出乎意料之外的答覆，使他暴跳起來了。

「你希望我向你求生呢？還是希望我向你求死？」

無窮的被侮辱與損害，迫得她幾乎要發瘋了，把生死置之度外的決心，使她的態度空前地倔強，她開始打算跟他拚個痛快，和媽媽，妹妹死在一塊，但一剎那間，又好像看見我的幻影出現眼前，叮囑著叫她忍耐，她媽媽，妹妹坐在她身傍，用手指揉著她的屁股，意思是叫她奉承他，不要吃眼前虧。

「你恨我不准你跟小榮結婚麼？」他兩眼凶狠的咬著她。

「當然！不過已過去了。」她悠哉悠哉的說著，使她媽媽和妹妹都急得在發抖了。「小榮因我而吃了這麼大的虧，就是不自殺，也會對我絕望了，我再恨你還有什麼用？不過，楊部長！有一點你是必須瞭解的：就是一個人，不管是男是女，即使她是完全喪失了抵抗能力，但假如他（她）對一切都絕望時，她（他）便顯得無比的勇敢，他（她）便蔑視死亡——假如一個人敢於蔑視死亡，那麼，他（她）便敢於蔑視一切了，帝王的尊貴，在他（她）眼內，那一剎那間便不值一文錢，大臣、部長、他（她）更不在乎了。我現在的心情，便是對一切絕望，因為與小榮結婚既不可能，你又不能專一的愛我，我的精神要寄託在愛情上已不可能了，轉而寄託在事業上可能麼？看你待我們這種態度，我媽媽和妹妹迄今仍被幽禁著，我的自由你隨時可以剝奪，你還能給我什麼名、利、地位呢？能給我什麼可以寄託精神的事業機會呢？像馬玉英這種人渣，你還能給她當幹部托兒所所長，而對出生入死歸來的我，卻藉小故加以幽禁，我還有什麼希望呢……假如我有一線什麼希望的話，具結永遠不結婚有什麼問題？如果依然什麼希望都沒有，你不槍斃我，我也會自殺了，具結有什麼用呢？向你說求生求死有什麼用？」

「我訓練成功的女間諜！」出乎大家意料之外，楊帆竟淺笑起來了，「在上海鬥爭二三年，果然進步得多了，好！我就給你事業的希望，今晨大家還沒有找得到這機關的適當人選，現在就決定你去吧，這是一個「副所長」的事業銜頭了，你滿足了麼？你覺得有「希望」了麼？你不再蔑視我了麼？你可以具結永不結婚了麼？」

「什麼副所長呀？說得這麼有聲有色！」

「在海格路那所『國際同志招待所』，是專門招待蘇聯國際友人的，它的重要性跟市政府交際處的百老匯大樓的招待所一樣，正所長是不負實際責任的，假如你奉派了，你便好像百老匯大樓的周而復一樣了，詳細業務，你明天到部裡面來領公事時便可了解清楚，如果你能把業務搞好，不使國際友人對妳起反感，將來送妳到莫斯科學習也有機會呢！你覺得這是不是你的精神值得寄託的事業呢？」

「這樣才使我對你充滿了希望，對人生充滿了希望！親愛的！這樣我就願意走一條生路了！……」

她忽然滿面春風的投過去楊帆的懷裡，當著她媽媽和妹妹的面狂吻著他。

電燈熄了。

他沈醉在少女底熾烈的迷力裡。

李華同志！她真的給盧榮所收買了麼？不是的，這是她從艱苦的生活中鍛鍊出來的技巧，這是當時為她媽媽和妹妹所驚奇的順水推舟，否則，她恐怕今天也不能跟我重逢呢！

◆　◇　◆

一九四九年七月廿五日，姚宜瑛踏進了國際招待所。

它是座落在海格路的中段，擁有幾畝地大的園林，林蔭之盛茂，僅次於範園，園內錯綜地排列著幾幢巨廈，它的容量是驚人的，大門上站著複哨，圍牆附近布滿哨崗，警衛的周密，比三野司令部都還要森嚴。

「國際招待所情況好麼？業務易應付麼？」我曾這樣問過宜瑛，她給我的答覆，卻是「一言難盡」！你便可以猜到言外之意，正隱藏著許多不可告人之事了。

正如你所知道，它是絕對秘密的，它是非經部長副部長核准，任何高幹不得進入的，它是由部長直接領導的全銜叫做：「中共中央華東局社會部國際同志招待所」，是專門用來招待蘇聯國家安全保衛部和遠東共產情報局的特務們的招待所，這個招待所，不但外界人鮮知，便是我們本部任何幹部，如果不是業務上跟它有直接聯繫，內情也是無法知道的。在該所服務的任何工作人員，連警衛的每個戰士在內，在參加該所工作之前，都填下志願書、具過結，如果向人洩漏該所一絲一毫秘密，都甘受處死。所以，如果不是宜瑛最近決定要跟我出來，說出一點來，你我對它都不會有深切了解的。

該所所長，正如你我所知道的皮條專家容正仁，他是該所工作人員中唯一的男子——警衛排除外——他是懂得俄語的，但一因他是男性在處理內務上不及女性那麼方便，二因接收上海後，他忙於給李士英、楊帆、王範……等等一大批特務頭子找女人，精神不能集中，三因該所中女招待員的蒐集和選擇，也迫著他整天向外奔走。因而，必須增設一名女性副所長，協助主理內務，該所工作人員，只有所長副所有有出入證，其餘任何人不得外出。

該所女招待員的第一個來源，便是戰犯，反動派，國特的家屬——選擇那些美貌的少婦少女，先逮捕去坦白，悔過，填志願書，甘願「不惜任何犧牲立功贖罪」，如果她是曾受過高等教育，英語，甚至俄語也會說得更好，住在辣斐德路她母親那房子樓上的一個少女，據說是某戰犯的家屬，解放前害著左傾幼稚病，不肯逃走，準備參加「革命」，不錯，她是大學外語系的學生，英語、俄語都不錯，但個性強硬，不得楊帆歡心，玩了不久，就索性將她送到國際招待所去，讓她獲得參加「革命」的機會了，因此，它底業務關係最密切的便是第二處，老田是供給女招待員的倉庫，如果遇到國際友人激增，求過於供時，老田便臨時幫助容正仁想種種方法解決。但大鼻子的胃口是大的，有時一夜一個人要玩好幾個，這就使老容有點為難了。

女招待員的第二個來源，便是從文工團，外事班中騙一些女學生，說是學習俄國生活方式，準備送赴莫斯科學習或工作，但這些女孩子有時在痛苦中忍不住被騙而大哭大鬧，有礙業務，後來也減少從這一來源中求補充了。

「還是經過刑罰，折磨的人比較馴服！」老容常向楊帆這樣報告。

「可是，姚宜瑛會馴服麼？」楊帆這樣問他。

「她暫時已被我說服了，不過，她向您辭職時，不要答應她！有了她，業務上有很大的幫助。尤其是女招待員不夠應付時，她可以補充。」

其實，在貪婪無止境的大鼻子面前，剛在醫院中恢復了芳容和健康，坐在辦公室中，給每個大鼻子都可以看見的姚宜瑛，她到差不到一個星期，便「補充」了十幾次了。

「名叫副所長，實際上是一個國際妓女大班——不，還兼妓女的差使，我幹不下去了，而且，俄國人那麼粗暴，我的命要給他們摧毀了！」她又跑去向楊帆訴苦。

「你在『楊貴妃』當第九流妓女，也可以熬得四五個月，現在，還有副所長的職銜，負著招待聯絡國際友人的『偉大』使命，妳竟然幹不到一個星期便要走，不但組織上通不過，大家都要批評妳，提議處分妳，便是我也不能原諒妳！」

楊帆板著面孔先嚇她一頓，再緩緩的放鬆面容，微笑著：「老實告訴妳，現在很多男女同志，想接近國際友人都沒有機會，現在，妳不把這個當是幸福，而看做恥辱，是大錯特錯了，是太把我的好意顛倒了，妳等著吧，不久，遠東共產黨情報局幾個高級顧問也要來了，如果妳能和他搞得好，只要妳不忘記我，妳嫁他們我是可以批准的——傻孩子！要結婚選擇這種對象，才不辜負我栽培妳多年的苦心。」

楊帆靈機一動，話題卻轉到這樣的方向來了，他是騙她呢，還是想利用她做工具加強他個人的「國際路線」呢，這只有自己才曉得了。

「但事實上，我的身體承受不下去了！這種粗人種，我看見便怕了，誰做他們的太太才是倒霉！」

「但不管如何？妳要幹下去，相當於妳進『楊貴妃』的時間再說，妳要明白，習慣了，日子長了，也就平淡了。」

她又只好回到國際招待所，直到前些時到這醫院來醫治子宮發炎。

在這期間，她媽媽和妹妹不斷催促她打聽我的消息，約我一塊先行逃生。

幸而，現在，我們終於在這裡重逢了。

七、走向反共的新生之路

「李華同志！現在話要說回頭了，我們要決定逃——不，要決定走上一條反共的新生之路，你以為怎樣？你幫助我們考慮，幫助我們裁決一下吧，我的心情太煩亂，煩亂到不能考慮問題了！」

我瞧瞧手錶，正是午夜十二時了，仰望窗外，正是繁星滿天，由早晨到現在，除了值日醫生診病，看護注射，送藥，勤務開飯的間隙外，我們就好像「天方夜譚」的長談一樣，低聲地談著，王軍事代表也沒有來打斷過，我聽起來，比他說時還難過。

「走！立刻走！毫不遲疑的走！」我緊緊握著他的手，不過，要準備得完備而週密，一有疏忽，便完了，我告訴你，我計劃著去香港已好幾個月了，我是設法請中央社會部把我調北京中央工作，我才相反的向南走的。因為我們社會部的人，一天無故離開，第二天領導上便追索了，請病假要住在警察醫院，離開醫院一夜也不可能，所以，如果沒有別的方法，你們不能走遠距離的香港，你們走剛才說過的太湖游擊區是可以的，只要關係你們已接好，那兒一天路程便可以到達，你們便可以脫險，便可以自由的投身於反共鬥爭了。

你們這種情況在一天未病癒離院前，不要再多見面了，王軍事代表近來雖為了鬧戀愛，多時在外面蹓躂，但其他的『下卡』們是可能繼續監視你們的，這日記你交還她，縝密收藏，不要再拿出來看了。」

我和小榮鬆了手，一種莫名的痛苦，把我推倒在床上，合上眼睛，想起十多年前，為了憧憬著一個所謂共產主義的天堂社會，常常跟小榮挨著餓，在下雪的日子，穿著單衣，冒著生命的危險，進行著慘烈的地下鬥爭，到頭來，卻陷在這樣的魔窟裡，卻又要冒著生命的危險出走，我忍不住蒙被哭泣了。

「呵，你還沒有睡麼？」

出現在藍白月光燈下的，卻是明眸似水，披著白絲綢睡衣，姿色可人的姚宜瑛，小榮時正整理著學習文件。

「妳又來了！正好，大家再談談。」小榮再來推起我。

「李華同志為什麼這樣傷感？」她看見我滿面淚痕這樣驚問著。

「他正為我們的悲慘遭遇，而灑下同情之淚呢！」小榮牽著他坐下我床沿，「我們的事情都告訴他了，他主張我們馬上走，他不久也要到香港去了。」

「只是，我媽媽楊帆怎麼辦呢？現在她們還不能自由出門，前些時她們都生產了，而且，都是男孩，妹妹命令把小孩子都送去托兒所，最近我聽說都已死掉了，他這樣狠心，我走了，她們是一定被槍斃的！」

「……」小榮難過地一聲不響。

「姚同志！我們現在幹的不是逃亡偷生！」我握緊拳頭說「我們現在要幹的是轟轟烈烈的再革命工作呀！我們要革毛澤東反動派的命，追求我們多年前理想的天堂，過去，我們都曾丟過包袱，犧牲過親眷，犧牲過財產和自由，幾乎犧牲了生命！現在，我們還是要一樣。所以，現在處理妳母親和妹妹的問題，只能聽其自然，妳卻走妳自己的革命之路，不顧一切的跟榮同志一塊走去！祝妳們成功，祝妳們愛情永恆！我們將來還是會在革命戰線上重逢的，但我們再不要上野心家如毛澤東一樣的當了！」

「對」！

「對！」

他們不約而同的說，宜瑛的精神好像大大的振奮起來。

「我過兩天便要出院了，但還要等待中央的調令才能走，短期可能還在上海，但為雙方安全計，不必再見面了。讓我留個朋友轉信的地址給妳們，希望妳們早給我佳音！跟著，我把黃君那商店地址開給他們，讓他們自己抄在本子上，不寫姓名，我便把自己寫的紙條撕掉了。

約在我出醫院十天後，我因事去看楊帆，二處的老田亦在座，老楊對我說：「你們情委會趕快將叛徒榮斌、姚宜瑛的行踪偵察清楚，設法確實掌握……」

老田臨走時，還鄭重的向老楊請示一下。

「部長，再下兩天重刑，那兩母女還不肯坦白說出這兩個叛徒的去向時，該怎麼辦？」

「就秘密槍斃算了！」

滿臉殺氣的楊帆，不加思索地這樣決定了，我心裡一陣難過，彷彿瞧見宜瑛的母親和妹妹，躺在血泊中，趕快退出。

◆　◇　◆

又過兩個星期後，情委會忽然接到報告：「六月廿八日下午十時許，海格路國際招待所門前，突被匪特投擲炸彈，炸死衛兵數名，傷十餘名，國際友人無死亡，僅傷兩名，女招待員數名乘機出走，幸被捉回……」

於是，情委會胡主委便連續召開會議，討論趕快設法清除楊部長心腹之患，指示發給各情報單位，與榮姚有關的情報，便亂紛紛的送上來了：

——據報：叛徒榮斌、姚宜瑛迄今仍潛匿市區，與軍統匪特地下機構勾結，欲營救其母親、妹妹出險。

——據報：叛徒榮斌、姚宜瑛，於六月廿八日前曾化裝赴海格路「招待所」附近，偵察與部署，附近商民曾見有一女子與姚相貌酷似者，在該處出沒多次云。

——據浦東方面報告：此間謠傳叛徒姚宜瑛、榮斌現在浦東反共游擊區內云。

——據寧波方面報告：此間有人瞥見，榮斌曾帶一女子在寧波市出現，行踪詭秘。聞已浮海遠逃。

——據太湖區內線工作組報告：約二三星期前，此間陳進游擊隊部內曾開會歡迎一男一女，並聚餐，約一週前此間曾派出男女一批，喬裝商販，去向不明云。

——據報：市面謠言，反共民主軍正進行暗殺楊部長，及突擊青白小學集中營云。又據娛樂團體內線工作組報告，在陶公館發現有妓女貌似姚宜瑛者，可能該叛徒又投身妓院，掩護工作。

——……。

這些亂得一團糟的情報，情委會都把它收集起來，但有幾個精明的「情委」是有一點判斷力的，一二項情報被他們認為是揣測，寧波方面報告更屬無稽，只有太湖和浦東兩方面報告，可能性最大，市面謠言可能是榮姚等自己施放出來，而人卻是由游擊區來過上海，又撤退了。但為了慎重計，情委會索性全部彙集，謹附註若干情委的意見而遞呈楊帆，由他自己判斷。

檢考過情報後，面對著敵人便膽怯的楊帆，第一件事先把公館搬場，更秘密地躲起來。

其實，當海格路「國際招待所」炸彈案發生後，我便到過友人黃君店中，他告訴我：「有一個漂亮的女郎親送到一封信轉給你。」我拆開一閱，正是榮姚的信，他們除了略述：「先安抵太湖，一週後即帶一批人到上海，曾送了海格路幾個大黑麵包，想向大鼻子敬個禮，可惜成績有限，他們怕身份暴露，即日離滬了」信末還附著一首姚宜瑛親筆寫的詩：為「民主自由而歌」，我現在還記得其中幾節：

在血淋淋的五星旗覆蓋下，
只要你張開眼睛，空著耳朵，
哪兒沒有兇惡的皮鞭在笞撻著人民，
哪兒沒有罪惡的枷鎖在壓著人民，
哪兒沒有失業，哪兒沒有呻吟，
哪兒沒有飢餓，哪兒沒有哭泣？

哦，到處是侮辱與迫害，
到處是野獸般的擄掠與姦淫，
到處是吃人的陰謀，是殺人的暗箭，
到處是監獄，是龐大的集中營，

到處是屠刀喲，到處是血淋淋的屠場，
到處是專制喲，到處是對人權的蹂躪，
我要為民主與自由而歌唱喲，
我要奔向祖國遼濶的原野，
把那星星的自由之火引向燎原，
把那微弱的民主呼聲傳向四方，
我要反抗罪惡的毛澤東匪幫的統治喲！
我要擎起槍桿，投身於反共戰場！
……
……。」

《地下火》（五幕劇）

陳寒波 著

一：時・地・人
二：第一幕
三：第二幕
四：第三幕
五：第四幕
六：第五幕

附歌：

一、解放區的歌聲
二、反毛的地下火遍燃

時・地・人

時——一九四九年五月二十九日晚上至一九五〇年七月杪。

第一幕：一九四九年五月二十九日晚上。

第二幕：一九四九年七月初的一個下午，距第一幕約一個多月。

第三幕：一九五〇年四月中旬的一個午夜——距第二幕約十個月。

第四幕：一九五〇年四月杪的一個上午——距第三幕約半個月。

第五幕：一九五〇年七月杪的一個黃昏——距第四幕約三個月。

地——上海及浦東附近海島。

第一幕：上海虹口同德里的一幢舊洋房的二樓（二房東張裕賈的）的客廳。

第二幕：上海市黃浦區一家開設在二樓的小茶館裡。

第三幕：同第一幕。

第四幕：上海市公安局社會處的一個刑訊單位——一座鋼骨水泥的建築物內的一個刑訊室。
第五幕：揚子江口橫沙島上「農會」門前的曠場。

人——（依出場先後）——

張裕賈（張）：男，年約五十歲，性忠厚和善，是二房東，碾米廠老闆，對共黨存幻想、後受迫害、反抗。
張太太（太）：女，年四十八歲，張裕賈妻，善良主婦，後參加反毛鬥爭。
李奉文（李）：男，年廿八歲，謹慎，樸實，原是上海市政府地政局科員，對共產黨毛派存幻想，後受迫害，參加上海反毛地下鬥爭。
陳寶寶（寶）：女，八歲，馬瑞清的女兒，伶俐，活潑。
劉二嫂（嫂）：女，年廿三歲，紗廠女工，是劉赤子妻，健美、精操作，共黨積極擁護者，後受迫害，參加反毛游擊隊。
馬瑞清（清）：年近卅歲，但外表像廿六七，丈夫早年在「新四軍」陣亡，是共黨烈屬，多年在上海市立阜春小學當教員，性冷靜，貌清秀，原是對共黨的無條件擁護者，解放後受盡侮辱，打擊，後參加了上海反毛地下鬥爭，主辦沖印反毛秘密刊物：《地下火》

劉赤子（劉）：男，年廿六歲，技術工人，熱情積極，原是對共黨的無條件擁護者，解放後受盡欺騙，愚弄，卒遭毛特機關酷刑迫死。

馬瑞玲（玲）：女，年廿四歲，是清的妹妹，唐的愛人，美麗、健康、聰明、勇敢，在光中染織廠當職員，原是共黨積極擁護者。對馬列主義理論頗有研究，但解放後在迫害下，變成了反毛游擊隊中的女英雄。

唐寧（唐）：男，年廿七歲，工人出身知識份子，精研馬列主義理論，個性倔強，為人精明，能幹，勇敢，原是對共黨的最積極擁護者，解放後受盡迫害，變成了反毛游擊隊的組織者。

阿德（德）：男，年十七八歲，身體壯健，個子頗高，懷純潔理想，富正義感，心直口快，是茶館老闆關維休之表弟，充茶館伙計，遭警察槍殺。

毛特甲（特甲）：男，年約三十歲，上海市公安局社會處刑訊單位的幹部，生得精野兇惡，在第二幕時穿解放軍軍服，在第三幕時穿便服。

關維休（關）：男，年約卅餘歲，原是上海市政府地政局職員，與李奉文同事，解放前數月辭職頂開一小茶館，後被迫害關閉，投身滬市反毛地下工作。

茶客甲（客甲）：男，年約廿餘歲，西裝畢挺，收買銀元另有用途者。

警察甲（警甲）：男，年約四十餘歲，上海灘流氓，解放後充上海黃浦公安分局刑事特務警察，在第二幕時穿便服，在第三幕時穿警服，身軀粗大，面目可憎。

茶客乙（客乙）：男，年約卅餘歲，金銀黑市買賣客。

張癩頭（癩）：男，年卅五歲，蛇頭鼠眼，頭上長有癩巴，嗜鴉片，好狂嫖爛賭，性下流，惡毒，會耍一點江湖技倆，原是横沙島上著名大流氓，解放後擔任横沙鄉農會主席，横行鄉曲。

民兵甲（兵甲）：青年人，横沙農會民兵。

警官甲（官甲）：中年人，上海市虹口公安分局警官。

察警乙（警乙）：青年人，上海市虹口公安分局警察。

警官乙（官乙）：男，中年人，上海市提籃橋公安分局警官。

警察兩（警丙）：男，青年人，上海市提籃橋公安分局警察。

警察丁（警丁）：男，青年人，上海市提籃橋公安分局警察。

張明（明）：男，年廿三歲，是張的兒子，原是馴良的青年商人，不問政治的安份小開，但解放後在被迫害下也參加了反毛游擊隊。

毛特乙（特乙）：男，年約四十歲，上海市公安局社會處刑訊單位的幹部，身胖，長著兜題鬍子的惡漢。

毛特科長（長）：男，年約四十許，上海市公安局社會處刑訊單位的一個科長，長得尖嘴臉，鷹嘴鼻，是個陰險，毒辣，殘酷的典型毛特。

廖書記員（廖）：男，年卅餘歲，先是上海市公安局社會處刑訊單位的一個書記員，後調川沙縣中國共產黨縣委會下當一個區的區委書記，轄橫沙島，為人惡毒，荒淫無恥，一個典型的荒唐毛特。

民兵乙（兵乙）：男，青年人，橫沙農會民兵。

民兵丙（兵丙）：男，青年人，橫沙農會民兵。

張裕林（林）：男，年四十一歲，是張堂弟，橫沙佃農，愛勞動，努力生產，儉僕忠厚，鄉人愛戴，但解放後受盡迫害，致參加反毛游擊隊。

唐大哥（哥）：男，年五十許，唐之兄，原在南匯泥城捕漁，性硬宜，後不甘受中共毛派迫害暴動，組織反毛游擊隊。

唐海（海）：男，年廿餘歲，是唐大哥兒子，原隨父補漁，後為游擊隊機關槍手，勇敢，強健。

毛金狗（狗）：男，年廿五歲，張的佃戶，頭腦簡單、糊塗、懦弱、貪小利。

張鐵牛（牛）：男，年廿二三歲，是癲的堂侄，有小流氓習氣。

鄉民——男女老少群眾十人以上。

群眾（群）：指群眾大會中的全體鄉民。

群眾一（群一）：指男性群眾中之某一人。

女群眾（女群）：指大會中的一般女群眾。

女群眾一（女一）：指女性群眾中之某一人。

游擊戰士——男女共五人以上。

游擊戰士甲（戰甲）。

游擊戰士乙（戰乙）。

游擊戰士丙（戰丙）。

女游擊戰士甲（女甲）。

女游擊戰士乙（女乙）。

第一幕

時——一九四九年五月二十九日晚上。

地——上海虹口同德里的一幢舊洋房的二樓（二房東張裕貫）的客廳。

景——台的三邊都是客廳的牆壁，後壁左角有一個門（是外門），右壁近後壁處一道門，門上垂門簾（是張臥房門）。左邊壁中央開一窗（窗外是馬路、有燈光），一張紅木八仙桌子放在靠後壁的中央，一邊放著一張紅木靠背椅，桌子下面放著四張櫈子，桌上放著烟灰缸火柴和一聽香烟，右邊近房門處放著一個茶櫃，上放茶具，左邊外門旁放一個紅木衣架，衣架上掛著單綢長衫和草帽，左壁近台口處斜放著一張三人沙發，上方橫放著一張寫字檯和椅子，寫字檯上左角放著一個電話機，中放毛筆、硯台、幾本帳簿疊放在檯右角，帳簿上放著一個算盤，右壁斜放著兩張單人沙發，中間一張茶几，茶几上放著一杯茶，兩邊的沙發離開牆放，可以在沙發後邊通人行，牆壁上掛著字畫，廳中央懸著電燈。

開幕——幕還垂著、鑼鼓聲、歌聲、夾雜著斷斷續續的鞭砲聲在後台交響著由遠而近——這是遊行的隊伍經過同德里，秧歌隊的（當當吃當吃當匡）鑼鼓聲和鞭砲聲震天的響著，歌詠隊的（解放區的天——歌詞見附歌一）歌聲非常嘹亮時開幕。

廳中間的電燈很亮，窗外馬路也很光亮，四個人擠在左邊沙發背後的窗口，面向著窗外府視著。張裕賈穿著白紡綢衫褲，拖著拖鞋，他把提著鞭砲的右手伸出窗外，他手上的鞭砲聲和人家的交響著，他的妻張太太穿著一件素色的單綢長衫，腳上穿著半舊的繡花鞋，俯在窗上，李奉文抱著陳寶寶也站在窗前俯視著，李奉文穿著襯衫西裝褲，腳上著皮鞋，陳寶寶穿花洋布女童衫裙，在搖著頭拍著手，張手上的鞭砲才放完，下面的鑼鼓聲也跟著停了，一個人在大聲的叫：「慶祝上海解放！」接著許多人也跟著叫：「慶祝上海解放」！陳寶寶也隨著叫了，學著舉起手來叫：「歡迎解放軍」！外面的口號聲，歌聲漸漸的去遠了，大家才轉過身來，四張臉都在歡笑，張氏夫婦在左邊三人沙發上坐下，李奉文放下陳寶寶也在右邊單人沙發上坐下，陳寶寶手舞足蹈的。

寶：哈哈！李伯伯，多好看呀！（跳向李，李笑著點頭）當當吃當吃當匡！當當吃當吃當匡！（她一面叫著一面學著進三步退一步的扭起來，向張氏夫婦扭去）嘻嘻！張伯伯，張媽媽，我也會扭了！嘻嘻嘻！

張：好孩子，真聰明（點頭），一看就會了！扭得好，扭得很好，等一下子，你媽媽回來了也扭給她看看。

太：共產黨來了真熱鬧，比過新年還要熱鬧呢，難怪寶寶這樣開心。（拉過寶寶來撫摸著她的頭）

李：真是熱鬧，哈哈！扭秧歌原來是這樣扭法的！真好笑，那個洋鬼子戴著一頂高帽子，化裝可化得好！活像個杜魯門，他牽著蔣介石，哈哈，他屁股上裝的那條尾巴一搖一擺的，曳來曳去，不由得你不發笑（齊笑），今天別說小孩子開心，連我也高興得了不得！

張：當然啦，解放了怎麼不開心呢，你們不聽到剛才的歌聲嗎，「解放區的天是明朗的天，解放區的人民好喜歡」！哈哈哈！我今天也像小孩子般劈劈拍拍地放起鞭砲來慶祝解放了，哈哈哈！解放，解放，解放！人家解放軍真行，說要那天過江，就真的那一天過江來。說要今天解放上海，就真的今天解放上海了，（高興的站起來，在八仙桌子上拿了兩根香煙及火柴走過去以一根煙奉李）。

李：謝謝，謝謝，謝謝！我自己來擦火（張已擦燃），呵，不敢當，不敢當！

寶：李伯伯，李伯伯，您也應該謝謝我啦，（頑皮的笑著，）要不是我把您拖上樓來，您還自己躲在房間裡呢，剛才看遊行的人那麼多，馬路上圍著一層一層的人，在樓下的窗口只能看見看熱鬧的人，哪裡能看得見化裝遊行呢？那裡能看得見扭秧歌呢？

李：是的，寶寶，應該謝謝你，應該謝謝你！妳最歡喜吃花生米的，我明天請妳吃一包好嗎

太：呵，我還有餅乾，寶寶，來！（牽寶寶進房去。）

張：國民黨實在太糟糕了，搞得民不聊生，老百姓對他太失望，都希望共產黨快來，它怎樣不打敗仗呢？它怎樣不垮台呢？

李：可不是嗎？貪污、腐化、無能，而且太沒有信用了。鬧著改幣制，說改了金圓券物價就不會再漲了，老百姓都懷著很大的希望，那裡知道改了金圓券更糟，這樣的政府怎麼不垮台？

（寶寶拿著餅乾吃，跳著由房中出來，張太太也出來。）

張：講起改幣制來，她（指其妻）就生氣了，哈哈！她又要怪我了。

太：李先生，我們張老闆是個老實人，說是報紙上講私藏金銀外幣查出來要受罰的，他就把半生積蓄的金銀外幣都拿去換了那倒霉的金圓券！那曉得金圓券轉眼就不值錢了，您看氣死人不氣死人!?

李：真是氣死人！我不是也把僅有的一只金戒指，和十二個大頭拿去換掉了嗎！我以為講得那麼認真，物價總不會再波動了。所以沒有去擠著搶購實物，那裡曉得那麼快物價就飛漲起來，

換的錢一下子就蝕掉了。

張：我們生意買賣人，吃虧才大啦！尤其是我們做糧食生意的，貨物被搶購得精光，他媽的，物價卻狂漲了，一漲就漲了一百倍，貨被搶購了去，有什麼法子買得回來呢？真是害死人。

太：是呀！那時候，有些人似乎知道共產黨是可怕的，但卻也盼望共產黨快些打過來！

李：可不是？大家都滿望安居樂業，過點好日子呀！

太：（向張）不知道他們對咱們做生意的會怎麼樣？

張：聽說共產黨是扶助工商業的，除掉官僚資本，帝國主義買辦辦資本要沒收外，對於民族工商業是要扶助的，我們開個小小碾米廠，當然也在扶助之列的。人們早就說，國民黨稅多，共產黨會多，我們做生意的，會多沒有關係，只要稅少就行了，哈哈，還聽說（向李）你們公教人員也都會全部留用下來，而且待遇也比從前國民黨時代好。

李：我早就聽說共產黨對留用的公教人員薪水，都以實物計算，這樣可以不再受物價波動的影響了。

太：這真是好辦法，共產黨想的辦法真好！不會像過去那樣子，每個月拿的薪水都不夠用了。

李：是呀！過去薪水幾個月才調整一次，物價呢，是直線的飛漲，像我們做小職員的，又沒有外快，過去在市政府拿的一點薪水根本就不夠花，不然怎樣會常常拖欠你們的租錢呢！精神上，說起來更痛苦了，動不動要受上司的鳥氣，可真叫人受不了，無論他們是有理無理，你都要陪著笑臉說：「是！是！是！對！對！對！」（彎腰點頭的）。

寶：哈哈！（見李狀發笑）李伯伯，看你這樣兒多麼有趣呀！當真你在辦公室裡這樣做嗎？

李：可不是嗎！所以我常說國民黨政府，簡直不行！

太：唐寧先生也和她阿姨一樣，老早就不滿意國民黨，說它太腐化，太反動了，說這個社會太黑暗，應該來一個大改革。

李：他們倆個人倒真是情投意合，是一對進步的情侶！

張：他們倆都不錯，馬二小姐不但有才幹，也有眼光，聽說她那光中染織廠長一個姓常的外甥，是在廠裡當著營業部主任的，曾經追求過她，卻被她拒絕了。要是那些拜金主義的小姐們，自己只不過在廠裡當個小職員，能夠得到主任追求，一定高興，她卻能拒絕他，反而同唐寧要好，不過，唐先生呢，也的確是一個有作為的好青年，他靠著自己努力，能在申報館由排字工人逐步上升，現在當到助理編輯了，我看他將來一定很有前途的！

李：唐寧這個人倒的確是很努力求上進的，我知道得最清楚。我和他同租一間房住已經兩年了，他很有恆心，不斷的學習，每天清早由報館回來還讀書，讀到我快要上班的時候才去睡覺，我下班回來也常常見到他抱著一本書。所以他雖然由十六歲時便離開學校當排字工人，但由於他自己努力，不斷的學習，所以他文章寫得那麼好。他很歡喜看共產黨的書，馬列主義的著作堆滿在他書桌上，常常幫助著馬二小姐研究，所以他們倆對於上海解放更加歡喜，今天一大清早就興高彩烈的跑出去了。

張：唐先生是工人出身的知識份子，難怪他跟我們亭子間住的劉家夫婦倆一樣，那麼熱烈的擁護共產黨了，今天劉二哥高興得像瘋狂了一樣買了許多東西，同著他們申九工廠的工友們一起慰勞去了！

太：聽說共產黨在工廠中，是以工人做主人，在農村中，要把土地歸農民的。裕貫！我們鄉下的田，恐怕不久就要分掉了呢！

張：分就分好了，我們也不是靠那幾十畝田過日子，過去一部份田交給裕林堂弟種，我們只要在上海混得過去，也沒有收他地租，今天若果他分到田，那麼我們就更安心了。何況，共產黨來了，生意好做了，我們更不在乎橫沙鄉下那一點地租。

（劉二嫂著花布衫褲拖鞋，若腳掌上包著紗布，推開外門）

張：劉二嫂，請坐呀！

（張太太起身去倒茶，劉二嫂忙上去阻止）。

嫂：您別這樣客氣，倒什麼茶！同屋的一天來多少次的，還用得著客氣嗎？

太：嘻嘻，妳這兩天可少來了呀！（在八仙桌子下拉出兩張櫈子自己與劉二嫂坐）坐坐，坐坐！

嫂：被這隻鬼腳（指右腳）痛得我不愛動，真倒霉，腳上生瘡，又不早點生，偏巧這個熱鬧時候痛得走不動，您看氣人嗎？老早就盼望共產黨快打過來，現在人家來了偏又腳痛走不動，今早赤子和咱們廠裡的工友們，高高興興的去歡迎解放軍，我真是急得心裡發癢。

李：嗯，劉二哥今天快樂了，今晚上海市是空前的熱鬧。

寶：是呵！今天真熱鬧，劉二嫂，您看見剛才的遊行嗎？

嫂：看見了！講起剛才來真好笑！我因為知道赤子今天會很遲才回來，所以晚點才煮飯，（不自禁的發笑，邊笑邊講）遊行的隊伍來的時候，我正在廚房裡炒菜，聽見下面打得咚咚匡匡的那麼熱鬧，我就俯在窗口上瞧，嗨！扭秧歌是那麼怪好看的，乖乖，一個個穿得那麼樣花花綠綠的，頭上包著花毛巾，腰上束著綢腰帶，就像那些做大戲的刀馬豆，（扭擺）身子是那麼樣的扭來扭去，綢腰帶是那麼樣一飄一飄的，真是怪好看的啦，我看得高興，不由得也隨著人家拍手大笑了起來，嘻嘻，只顧在那裡呆看，忘掉了鍋裡炒的菜，等看完了來炒菜，噯呀，菜已燒得焦黑的了，我嚐一下，苦得什麼似的，不能吃啦！赤子今天那麼高興的去慰勞解放軍，他回來也該讓他吃得高高興興啦，所以我又從新炒菜，又搞了個半天，直到現在才搞好呢。

（外邊又有鑼鼓響，寶寶一溜煙似的跑到門外去了。）

張：劉二嫂真不錯，又能幹又賢慧。

太：又能幫著丈夫賺錢，又體貼丈夫，真是難得的，真是難得的！

嫂：那裡的話，是您們兩位說得好呵，因為赤子在申九紗廠拿的錢少，不夠花，所以我也進了廠去，到底可以多賺幾個錢！張老闆，我賢慧什麼呀，好些做工的人家，既給人看作下等人，又為了生活苦，就常常窮相打，餓相怨的兩口子吵吵鬧鬧，打打罵罵！噯！這有什麼好處呢，又不會吵出錢來，打出錢來，反而更給人家看不起了。倒不如安安分分，和和氣氣的生活，這樣窮日子也比較好過一些呵，您說對不對（向張太太）？

太：真是一點不錯！像從前住在咱們隔壁的姓趙的，雖然是做官的，有錢有勢，吃得好穿得好，嗨，那兩口子真是不得了，三天不吵兩天吵，常常半夜裡聽見他們哭罵，摔東西，那又有什麼快樂呢！你們夫婦倆那樣的相敬相愛，每天同去同回，不比他們快樂得多了嗎！窮一點有什麼關係呢！

李：在過去，確是有些人像劉二嫂所說一樣，看不起工人，現在，共產黨來了，可不能這樣了。

嫂：赤子講，共產黨雖然是保護民族工商業，但是對於工廠是講究勞資兩利的，不像從前一樣，只是利在資方，所以工友們都希望共產黨來！

（寶寶笑嘻嘻的拉著劉赤子進來，劉穿工裝舊皮鞋，歡天喜地的）

寶：（向劉）是不是？劉二嬸是在這裡吧，我不是騙您的吧！

嫂：呵，你回來了！

李：啊！劉二哥慰勞解放軍回來啦，辛苦了！哈哈，咱們也應該慰勞你呀，請坐，請坐！（立起讓座，他倆就在兩張單人沙發上坐下）

張：是呵！（拿煙與劉），抽煙，抽煙。

太：辛苦啦，辛苦啦！（倒茶，）劉二哥，喝杯茶。你太太說你辛苦了，特地為你做了好菜呢。

劉：謝謝，（接煙）謝謝您！（接茶）不辛苦，（歡樂的）一點不辛苦！哈哈，解放軍真好，真正是名不虛傳！

李：聽說解放軍的紀律很好，你看到可真是那麼樣嗎？

劉：可不是真的嗎！他們不但紀律好，而且很有禮貌，很客氣的呢，我們工人兄弟把帶去的慰勞品送給他們，他們很客氣的推辭，不肯接受，後來經過我們苦苦的要求，才勉強收了下來。

嫂：（注神的聽完）呵！共產黨的軍隊真是好軍隊！

劉：哼，連他們的長官也那麼和氣（省悟）呵，不是，不是！他們不是叫長官，是叫指揮員！（站起來，神氣十足的）指揮員親切的和我們握手，向我們道謝！還親切的和我們談話，他告訴我們：「中國的新民主革命，是由工人階級領導的，在過去，勞動者受人賤視，咱們工人兄弟的，在舊社會裡受盡了資產階級的剝削和壓迫，陷在無窮的痛苦深淵中！現在，可就不同了！共產黨是工人階級自己的黨，共產黨來了，工人階級翻身了，工人階級不再是奴隸了！站起來了，站起來當家做主人了！」哈哈，咱們做工人的不再受剝削和壓迫了！（拍拍其妻）咱們以後做工一定可以拿多些錢，咱們從今以後生活就可以好起來了！

嫂：呵，那就好了。那咱們就好了！

太：嘻嘻，你們生活好起來，你們兩個人的感情不知道更加好到怎麼樣了呢！

（馬瑞清著淺藍綢長衫，白皮鞋，手上拿著一張捲著的紙，笑盈盈的由外門進來，陳寶寶馬上跳起跑過去）

寶：媽媽，媽媽！（跑過去牽著馬瑞清）我在張伯伯家裡吃過飯了，媽媽，您手上拿的什麼東西呀！（去拿，清不給）

清：別搞，毛主席的相片別搞壞了。（向張氏夫婦）多謝多謝！寶寶又在您這兒吃飯啦，真是太吵鬧你們了。

張：那裡話，那裡的話！（夫婦倆站起來，張讓開三人沙發），請坐，請坐（清坐在三人沙發

上，寶也同坐，張去左邊靠背椅上坐下）

太：同屋不就像一家子一樣嗎！客氣什麼呢。（去倒茶奉清）馬老師是不抽煙的，喝杯茶吧！

清：呵，不敢當（起接茶），您坐！（太和清寶三人在長沙發上坐下）

李：馬先生有沒有參加遊行呢？

清：有呵！由靜安寺到提籃橋，呵呵，跑了一個大圈子！

寶：媽媽，我也看到遊行了，哈哈，真熱鬧，真好玩，媽媽，（起勁的）一個人裝蔣介石擦了一個大白臉，脖子上綁著一根繩子，一個戴高帽子的外國人牽著他走，後面還有個解放軍拿著槍指著他（站起來指手劃腳的）還有呢，還有許多人穿著紅紅綠綠的衣服扭秧歌，我也會了，媽媽您瞧，（扭起來）當當吃當吃當匡！（眾人笑，清把寶摟在懷裡撫摸著）

清：嘻嘻，好寶寶。真的會扭了！

寶：哈哈哈！今天真開心，今天真開心。

清：唉！寶寶今天真開心，要不是他爸爸陣亡了，今天回到上海來的話，她更不知道要怎樣開心了！

劉：呵喲！（驚異）怎麼，您的陳先生是參加解放軍的嗎？

清：是的，國民黨越來越腐化，令人不滿意，他讀了些進步的的書籍就更不滿意現實了，思想上起了更大的轉變了，要追求真理，要到一個新的世界去，他就在一九四二年的春天去蘇北參加新四軍了。

張：呵！原來是這樣的！

清：本來我也打算一同去的，當時，因為正懷著（指寶）她，不然就和他一同去了，他過江去，隨著陳毅軍長轉戰在蘇北，就在那年的秋天裡，在火線上犧牲了……。

寶：呵，爸爸！原來我就這樣沒有爸爸的嗎？媽媽，（反感的）您為什麼騙我呢？說爸爸是病死的呢？

清：呵，乖孩子，媽媽因為妳還小，國民黨還在這裡，不敢給你知道，恐怕妳亂講了出去就不得了！（寶把頭靠著她，她撫摸寶）

太：唉！你們陳先生年紀輕輕的，真太可惜了！

張：真太可惜了，（站起）但是（向清）你也不要難過，馬老師，要是革命烈士有靈，見到革命迅速勝利，也會含笑九泉了。

清：（含笑）我不會難過的，革命是要流血的，他為革命犧牲是光榮的，為爭取人民的民主自由和幸福而流血，血不是白流的！

李：馬先生的思想真夠進步，難怪你的令妹也挺進步的。

清：瑞玲嗎！一方面因為我常跟她談談，但主要的還是這兩年來唐寧對他的推動和協助，幫助她研究革命理論，提高了她學習的興趣，加速了她的思想進步。

（外面有女人的聲音叫：寶寶，寶寶！）

寶：啊！阿姨，上來呀；媽媽也在這裡！

（馬瑞玲與唐寧拿著寫著標語的旗子，一跳一跳的由外門進來。馬瑞玲穿著花女裝襯衫，淺藍西裝褲，白皮鞋，左手還提著一個旅行袋，唐寧著白夏威夷衫，白西裝褲黃皮鞋。）

玲：哦，難怪下面靜悄悄，原來大夥兒都在這裡咧！

李：哈哈，說曹操曹操就到了。

唐：（向劉）咦，劉二哥倒先到家了，你們的慰勞品真是多！

劉：我們多是多，都是粗東西，燒餅、粽子、餅乾這些子，嗨，你們可真想得週到，毛巾啦、牙刷啦、襪子、手帕啦都是他們最需要的。

張：哈哈，（站起走到中間）都好，都好！吃的用的都需要，你們不要客氣了，兩位坐坐吧。

（唐在右首靠背椅上坐下）

太：（起身讓玲）請坐。（走去倒了兩杯茶送給唐玲唐欠身接）

玲：張太太，你別招呼，別客氣，（把旅行袋，紙旗放在長沙發上來接茶）張太太你坐，我歡喜

這樣坐！（在長沙發上首扶手上坐著）

寶：阿姨，旗子給我好嗎？（玲點頭。）

唐：（走過來）寶寶，這一個也給你。（寶跳下一手拿一旗子跳躍）

嫂：（笑嘻嘻的）你們都好，今天都去歡迎！慰勞！只有我跛著腳去不了乾著急，（向劉）肚子餓了吧，回去吃飯去罷。（站起劉亦起身）

唐：呵！待一會，吃糖，吃解放糖，吃了糖再去！

玲：喲，我都歡喜得忘了。（在旅行袋中拿出一袋糖給唐分糖）

太：哈哈！你們今天請吃糖，什麼時候請我們吃酒呢？

唐：全國解放了，我一定請你們吃解放酒。

李：馬小姐，人家張太太是說吃你們倆的喜酒呵，哈哈哈！（大家嘻嘻哈哈的笑了）

唐：（站起，強有力的）上海解放了，我們都新生了，我們再不受壓迫再不受剝削，我們從今天起可以過自由幸福的日子了。

玲：（起來拉著寶寶搖來擺去）我們見到太陽了，我們達到了理想了，我們已踏入了一個新的社會，從今天起，我們真的可以過自由民主和幸福的生活了。

清：民主政府愛人民，（興奮站起）共產黨來了咱們才翻了身！

劉：工人們不再受窮受苦了，奴隸翻身做主人了！

張：商人們生意好做了，苛捐雜稅免掉了！

唐：哦！真是共產黨的恩情說不完呵！

玲：哈哈，大家從今天起就可以自由幸福的過生活囉！

太：對喲，對喲！

李：對！對！對喲

眾人：咱們大家都自由幸福的過生活了！哈哈，哈哈！哈哈哈！

（幕徐徐下）

第二幕

時——一九四九年七月初的一個下午——距第一幕的一個多月

地——上海黃浦區一家開設在二樓的小茶館裡。

景——台的三邊是小茶館的牆壁，外門開在右壁，但較靠台口的一端，掌櫃枱在外門口內右壁上端，枱上放著算盤、賬簿、筆墨、左壁中間有一窗，後壁左端有一內門，通廚房，後壁中央有一長型窗櫥，內放著餅食、瓜子、花生、糖果之類。窗櫥的兩端壁上，貼著這樣的幾條字條：「奉諭：茶鋪內禁談國事。」、「非常時期，現銀交易，至愛親朋，賒欠莫問。」、「巖茶每位五十元，淨飲加倍算賬。」鋪內有木桌若干張，（起碼三張，各桌均配木椅若干把，每卓上有茶壺一個，茶杯四個，茶食、瓜子各一碟。

開幕——毛特甲穿解放軍軍服，（上海毛特們有時便服有時穿軍服）手槍掛在腰間，歪戴著帽子，面目可憎，坐在靠近櫃檯的一張客座方桌的後邊，面向台口，邊喝著茶，邊大嚼著各種餅食，糖果，桌上擺著幾疊高高的碟子。中間客座方桌子的後邊坐著穿西裝的唐寧，左邊坐著穿花綢長衫，肩掛著解放皮包的馬瑞玲，也邊喝著茶，邊吃著餅食，瓜子，但桌上謹有兩個碟子。茶館老闆關維休穿藍長袍，年約卅餘歲，坐在櫃檯裡面，在邊打著算盤，邊執筆記著賬。茶館伙計是關的表弟，年約十七八歲，但個子頗高，穿黃斜短褲及襯衫，腰圍白布，手提銅質開水壺，往來給客人們沖著開水。沖過後，提著壺欲進廚房去。

特甲：茶房

德：（陪笑走向前）同志，您還要什麼嗎？

特甲：（獰笑著）你們的油酥餅真不錯，你給我再拿二十個來，喂，用個紙袋包起來。

德：是，是，是，（躬身退開，轉向唐）先生，你們要點什麼嗎？

唐：（向玲）您還要吃什麼呢？

（玲搖頭，德退至櫥窗包餅）

玲：（取手帕揩額汗，向唐）今天天氣真悶熱！

特甲：（瞟玲一眼，獰笑）穿這樣的短袖綢衣服還嫌熱，叫我們穿棉布軍服的解放軍怎麼辦呢，哈哈！（轉向捧餅來的德）給我把吃剩的統統也放在袋裡包起來給我帶回去，一起算算一共多少錢。

德：（包好，數碟恭敬的向特甲）同志，一共是人民幣二千五百元，請您到櫃面去會帳！（仰頭拉長嗓子唱）收呀，人民幣二千又五百元啦！

（特甲拿了一大包餅走向櫃枱，從衣袋裡掏出一疊鈔票，拈了數張放在櫃檯上面，瞪視一下關。）

關：（驚訝）啊！北海票嗎？

特甲：（板起面孔）怎麼？，北海票不行嗎？

關：（機警地陪笑著）行的，行的，同志！謝謝您

特甲：（獰笑著）你倒是很懂道理的，挺進步的開明份子，我倒歡喜給你做個朋友，你要是不歡喜要北海票的話，我明天送人民幣來給你調換好了！

關：（陪著笑）同志，那裡的話，北海票不是一樣嗎？用不著換，你們為人民服務，我們是應該招待的，何況這一點小數目，不必給了（拿起櫃上的北海票塞回特甲手）以後還希望您們解

放軍同志們多多降臨，增光增光呢！

特甲：哈，哈，掌櫃太客氣了，這可不行，（把北海票推回關手）咱們解放軍是人民的軍隊，是要遵守三大紀律，八項注意的，買東西要給錢，更不能白吃老百姓的東西，所以鈔票一定要給你，我明天送人民幣來給你換。好，明天見！（丟轉身出門去）

玲：（生氣的指著門）這個傢伙真豈有此理，無緣無故的衝撞人，（向唐）我說天氣熱關他什麼事？（站起向關）老闆，報紙上老早就登過北海票禁止流通了，您還不知道嗎？

關：小姐，知道的，謝謝您！

玲：咦！那麼你為什麼要說歡喜要北海票呢？要這廢紙幹嗎？

關：（由櫃裡走出來）是啊，正因為這廢紙沒有用，我才乾脆說不用會賬呵。

唐：人家不是說明天拿人民幣來調換嗎？可是你自己卻說不用換！看情形，他明天一定會來的！

關：（冷笑）您這位先生真太老實了，我們這裡經常有解放軍到來，他們吃得最多，走的時候多數是付北海票，一樣的是說明天帶人民幣來換，起初，我也跟您一樣相信他們的話，可是……（走回櫃枱裡拿出一大疊，一大疊的北海票）先生！這票子我只有不斷的增加，沒有減少過一張。

玲：（忿慨的）那麼，這傢伙又是存心來吃白食的咯，真無恥，臨走還要說一大套什麼三大紀律，八項注意，真是無恥之尤！

德：哼，這就是所謂：「好話說盡，壞事做盡」哪！（說完望望關、玲）

玲：（笑向關）看不出他年紀輕輕的，講話這樣老成呢！

唐：可不是麼！

關：我這個表弟本來在唸中學，今年春天他哥哥到南方去，他不肯去，要歡迎解放，說要建立勞動觀點，讓理論與實踐先在自己生活中一致起來，就到我這裡來幫忙，他打算解放後進革命大學或軍政大學去學習，（向德笑）可是解放才一個多月，他卻又打算到香港找他哥哥去了。

唐：怎麼！（向德）怎麼你又這樣打算了呢？

德：先生！像今天這樣的事情——或者比這樣的事更糟的事情，天天在我們的眼前出現，一個多月，還不能看透了嗎？我們還能對這些「壞事做盡」的人們，存甚麼好的希望嗎？唉！（搖搖頭）時間可以改變了人們的一切打算呵。

唐：（嚴肅的）你很聰明，兄弟，可是你對問題的看法是不正確的……

關：（著急地向唐）這個小孩子真不懂事，簡直胡說八道（板起臉向德）阿德！你真是年輕不懂道理，不要再胡說八道了，快去做你的事情罷，（德忙提了壺進廚房去）。

玲：對一個年紀輕輕的孩子也不必這麼認真，老實說（眼光由向關唐掃射而對著唐）我倒同意他的看法呢。

唐：那麼，您的看法也不正確……。

（唐的話正說到這裡，穿著破舊西裝的李奉文，接著一個西裝畢挺的青年——茶客甲進門來了，一進門就向關含笑點頭，轉眼看見唐、玲，即趨前握手，唐、玲，均一度起立。）

李：喂！老唐，馬小姐！這麼巧，你們也到這裡來了呢？（丟轉臉一望關，點頭）噢，我給你們介紹，介紹，（指關）這位是老闆，是我在地政局的同事關維休先生，他開了這茶館才幾個月，現在正方便了我。（一笑）

唐：啊，關先生！

李：（指唐）這位是唐寧先生，就是我以前說過，跟我同住的唐先生，他是一位進步的新聞工作者。

關：（站起）唐先生，久仰了！常常聽奉文兄說起，可沒有機會去拜候過，今天幾乎當面錯過。

李：（指玲）這位是馬瑞玲小姐，是一位前進的革命女性！

玲：吁！李先生，（兩頰泛微紅）您這樣介紹真叫我太難為情了！我才不前進呢！我的命也快給人家革掉了，剛才，他（指唐）還批評過我，對問題的看法不正確呢，其實，連吃飯的地方也沒有了，橫豎死路一條，還談什麼正確不正確呢？你說對不對，李先生！

李：對，對！像我這樣，便對甚麼問題也看不順眼！（邊說邊拉著茶客甲坐在靠左壁窗下方桌子後左兩邊）不過，你們討論討論吧，讓我到這邊先辦了一件公事再說，（向廚房）阿德呀！

泡兩杯茶來！

德：（提壺笑著走向李跟前）呵，李先生又來了嗎？生意很好吧！（邊說邊泡茶）

李：（有意無意的應對著德）是，是！很好！很好！（向客甲）你老兄到底打算買多少大頭？

客甲：價錢就不能再少了嗎？

李：不能再少了——就像剛才在路邊說的一樣，袁頭賣出每一個八百五十塊人民票，孫頭賣出每一個八百塊人民票。老兄！這已經是特別客氣，照本賣出了，你到底打算怎麼樣？要買，最好馬上買，今天行情一定漲，等一下，這價錢也許又不行了。

客甲：（點頭）那麼，就先買袁頭十個吧，孫頭不要了！（邊向口袋掏出一疊人民票，點過數，遞過李手）這裡人民票八千五百塊錢。

李：好！買多少都可以！（點過鈔票，向門外張望一下，從內袋掏出十個大頭，遞過客甲手）這裡十個袁頭，你點點！

客甲：（忽促地把大頭互敲幾下，點點數）大約沒有壞的吧？

李：有壞的包換，你老兄隨時可以找得到我啦。

客甲：（大笑，大頭放進袋裡）麻煩你，我走了！

李：那裡的話！（握手）以後有生意請多多關照。

客甲：當然！當然！（向外門走出）再見！

李：再見！

李：噯——噯！（伸個懶腰）我當了半個月銀牛了！

玲：李先生！（指自己客座右邊椅子）請到這邊坐坐談談吧。你近來可真忙啦，同住在一個屋裡，也難得見到您，生意很好吧，這個賺錢辦法，倒要請教您了！

（李移坐所指椅上，唐給他倒杯茶，奉煙。）

李：為了解放後給地政局一腳踢了出來，一時找不到別的工作，只好做銀牛，日夜奔跑，也不能糊口，算得什麼賺錢辦法？談起來真令人心酸！您和令姐怎麼樣？很好吧！

玲：（黯然）我剛才的話，您還沒有領會嗎？光中染織廠已停了工，我們薪水只發到六月底，七月份便完了。十幾天來我到處找職業都沒有著落，今天，也是為了找職業和他（指唐）跑出來的，可是，依然是空跑一場，而我姐姐的教員職位，恐怕也不能長久保得住了……今天的上海，找份職業這麼困難，怎麼辦呢？你看我當個女銀牛行不行？（微笑）

李：（失笑）這行檔的苦頭，不是妳們舒服慣了的小姐們所能吃得消的，還是另外想個辦法吧。您看見我在這裡一坐便做成了一樁交易，覺得很容易吧，其實，我在街邊已經跟他談得唇焦舌爛了，整天奔跑在街頭巷尾，有時，談來談去都談不成一件交易，白跑一天也是常事——

就是交易成功，利也很微，賣一兩百個大頭，賺不到一個。唉，還要整天逃避警察的搜捕，萬一給他們遇到，那就完了……。（黯然低下頭來問歇一下，）馬小姐！女銀牛是有的，但卻是另外一種女人幹的，像你們兩姐妹都不適合。

玲：可是，失業的人一天天多，解放後找職業這麼困難，將來總得想個辦法呀。

李：真想不到，解放後才一個多月，我們都給失業的陰影壓倒了，算起來，他（指唐）總算是幸運的了。

唐：（冷靜地）失業是痛苦的，而你們兩位跟我的關係特別深，我何嘗不是跟你們一樣感到傷腦筋?!可是，對問題的看法，我卻跟你們兩樣：第一，我根據馬列主義和對中國革命發展的基本規律的認識，與當前現實相結合起來，我認為目前的失業狂潮是暫時的，是很快會被克服的。第二、作為這偉大時代的青年，應該處處為整個革命利益著想，在這暫時的困難情況下，個人所遭遇到的一點痛苦，是應該忍受的，是不應該怨恨、悲觀，甚至逢人便咒詛革命政府的。至於說到我「幸運」，我也否定這種看法……。

關：（離櫃檯走過來，打斷唐的談話）過去我就聽到（指李）奉文兄說起唐先生學問淵博，見解過人，現在聽起來，真是不錯，這許多是是非非的問題也正常常盤旋在我的腦海，裁決不下，今天要請唐先生指教指教。

唐：（做手勢，請關坐）請坐！關老闆，大家都是朋友，可以隨便談談，說指教就不敢當了。

關：不要客氣！（推謝不坐，仍站唐面前）我不用坐。

李：您繼續說啦！（笑向唐）為什麼連我說您「幸運」也要「否定」？

唐：「幸運」觀點是不合動的邏輯的，是違反科學的辯證唯物論的，是反動的唯心論，迷信的宿命論的落伍觀點的，因而，我對於任何好的遭遇或不好的遭遇，都否定它是運氣使然，而認為是各種主客條件在決定著它底必然的發展。比方說我現在的遭遇吧，雖然現在也有點壞消息傳到我的耳朵，說《解放日報》當局不久就要踢我出來了，可是，根據客觀條件，我是一點不相信的，因為，第一點，我是無產階級出身的知識份子，我由十六歲時在初中畢業起，便進《申報》館當排字工人，由於我的努力工作和學習，經過十多年，才逐步升到校對、書記、助理編輯，今天共產黨是應該繼續培養我的。第二點，我的思想早就打通，一切觀點都跟老布雪維克們一致的。第三點，我過去雖然沒有參加過組織，但報館內一切進步的鬥爭我都支持的。第四點，現在館內留用的職工們，尤其是排字工人們都擁護我。第五點，解放前後，我不但團結著工人們，不讓他們散開，而且，積極協助著接收工作，到今天還沒有完全停止，屢次得到特派員、軍事代表們的嘉獎，還有第六點……。

玲：（冷笑）夠了，夠了！可是，您跟他們有什麼私人交情？

唐：（不高興）您為什麼到今天還保留著這種落伍的舊觀點？一個革命的組織，怎麼會談私人的交情呢？

玲：一個多月來，這種樣的例子可太多了。

唐：您又沒有親眼見到，怎麼能夠相信那些捕風捉影的傳說呢？您聽我說完第六點，再總結給你們聽吧，所謂第六點，就是……就是我在《申報》館內，不但是一個第一流的排字工人，而且，也是一個第一流的校對員，對編輯地方新聞版，是一個出色的精通業務者，憑著這些精通業務的特長，即使他們抹煞一切，即使他們不讓我當助理編輯，退回當一名校對員，我相信是絕無問題的。這就是我對現在的遭遇，將來可能的遭遇底最客觀的最辯證的看法。

關：唐先生的認識，畢竟是高人一等！可是，我有一點疑問，就是那些不守軍紀，常來我這裡「吃白食」的作風，你正確的看法又怎麼樣呢？

唐：那很簡單，哲學上有一句術語：「一般中有特殊」，一般的革命組織是好的，壞份子只是少數中的少數，這是難免的，我們怎麼能「只見樹木，不見森林」？怎麼能只看見一棵枯樹，就說整個綠油油的森林盡是枯樹呢？關老闆，你說對不對？

關：是，是！我也有這點含糊的想法，所以，雖受到許多損失，但對共產黨還存著一點希望。

（走回櫃檯坐下）

李：可是，老唐！我聽到你提起你個人歷史和精通業務這兩個條件，我就有點不服氣，你知道，我老李在地政局也跟你在報館差不多，我在初中還沒有畢業，便失學了，十幾歲進地政局當聽差，後來當油印工人，因為努力學習，五六年後才獲升到當錄事，抄寫油印臘紙，再埋頭苦幹一番，才升到辦事員，前幾年才當到科員，（指關）關老闆知道得最清楚，在地政局我是一個怎麼樣出色的精通業務的科員，反動政府時期，祝平曾幾次公開嘉獎過我，我學習馬列主義理論，雖然不及您那麼深刻，可是，我總比較現在還留任的許多人強，那裡想得到，解放不到幾天，便給他們一腳踢出來？所以，這些條件都是靠不住的，現在您即使不是「幸運」，大約主要原因也在您幫助他們接收這一點吧，哼哼！我怕您協助接收完畢，就會踫到「狡兔死，走狗烹」的遭遇了，您當心吧！

唐：根據馬列主義精神，根據無產階級政黨的崇高本質，怎麼會有狡兔死，走狗烹這種事情呢——假如真的會這樣，那除非毛澤東的黨已經變質了，已經違反了馬列主義精神，和無產階級的崇高本質了。（間歇一下，用手抓抓頭髮）……可是，我相信，毛澤東的黨是不會變質的！

（一個穿著黃卡其短褲襯衫的青年茶客乙，突然走進來遞一張字條給德看，德看完轉遞李看，李向客乙點頭，客乙退出茶館。關走近李。）

關：老李，什麼事呀？

李：是阿德的一個朋友，要照著今早價錢，再賣給他十五個大頭，他過兩點鐘帶鈔票來，請我等候他。

關：哦，你今天生意可真不錯了。

李：就是天天這麼多機會，一個月也賺不到兩擔米。

唐：（諷刺的）可是，已比較供給制的革命的幹部強得多了。

李：（不高興）老唐，你現在為什麼談話越來越跟我合不攏？

唐：因為你對革命的認識，越來越糊塗了！你只看見你個人利益，看不見革命的利益！（故意望望玲玲轉瞧李）

李：（懊惱）哎喲！你不要再向我打官腔了吧，我告訴你，（站起厲聲）我沒有糊塗！我只是被迫害得太慘了。談甚麼個人利益，革命利益呀？你今天不是給他們還可以當工具利用利用，還有一碗飯讓你啃啃，怕你連我這樣的興趣也沒有呢……。

玲：好了，好了！不說這些了，你們大家都有點主觀，暫時還是不談問題好了，李先生！要不生氣吧！

唐：（看錶）要三點半了，我要去報館一趟我們走吧。

玲：我拿了工廠裡最後一點錢，還沒有花完，今天晚上，請你們（指李、唐）兩位到一家小館子去吃晚飯，李先生，現在你還做買，我們走了，等一下五點鐘我們再到這裡來約你好了。

李：這樣妳太浪費了。（臉容放鬆）我看還是不要在外面吃飯吧。

玲：經濟館子，也跟在家裡差不多，你一定等我們好了，（向德）茶房，請你算算多少錢？

李：不要你們付帳！（向德）等我一起付好了。

關：阿德，不要算了。

唐：這樣不行，（掏出人民票二千元）放在桌上，這個數總會要的？

（唐玲匆匆走出外門，關追上退回不得，只好交李。）

關：這位馬小姐很不錯！

李：是嘛，不但長得漂亮，人品好，又通情達理，剛才不是她，我跟老唐怕抬槓抬翻了，這個傢伙近來，越變得厲害了。

關：可是，照我看起來，馬小姐跟他思想也不一致，倒是跟你的思想要接近些！（一笑）

李：她從前是一個百分之百的共產黨擁護者，可是，現她跟我同病相憐起來了。

（穿著白夏威夷上衣，卡機西裝褲，面目可憎，身軀粗大的警察甲踏進門來了，這是他執行便衣偵查業務時的打扮，他坐在靠櫃枱的客座方桌後邊椅上。）

德：（向警甲）先生吃什麼茶，吃什麼東西呢？

警甲：泡龍井茶來，點心多拿幾碟來！（抽著香烟，目光向每個角落掃射著）好好的一間茶館，生意為什麼冷清清呀！

德：只要貴客們，多約些朋友來光顧便熱鬧了。（德給他泡茶送食物）不過，現在也不是熱鬧的鐘點。

警甲：（吃了點東西，攤開帶來的報紙）呵，呵！世界形勢越來越糟了！（目光四顧欲盼人答話）

德：先生，你說怎麼樣糟法呀？

警甲：共產黨到處搗亂，不糟嗎？

李：你先生說話好大膽，幸虧現在沒有別的客人在這裡，否則，給人家報進公安局去，你可吃不消！

警甲：我現在還怕死嗎？我已給共產黨害得家破人亡了，現在，恨不得找個機會，跟他們拼個他死我活，先生！（向李）你說共產黨好不好？

李：唔，唔！……。（搖搖頭，欲言而止）

警甲：（向各人）共產黨迫害過你們嗎？

德：我們這茶館就給共產黨害得慘了……。

關：（打斷德談話）阿德！做你的事情，不要又胡說八道！

警甲：你這個老闆何以對伙計管得這麼厲害呢！橫豎大家都給共產黨迫害過的！

關： 先生！我們做小買賣的人，是不談國家大事的，而且，請你看看壁上的字吧，（指壁上字）不是寫明：「茶館內禁談國事」？還是請你不要談這些吧，談談生意經談談女人多好！哈，哈！

警甲：（佯笑）哈，哈，哈！你這老闆倒很會做人！

（唐、玲由外門走進，唐垂頭喪氣，走進李坐的桌子，拍李肩膊一下。）

唐：（向李）老兄，還是你的看法對！（坐下）

（玲亦坐下，沒精打采。）

李： 我看對了什麼？

唐： 我們剛才到報館去走走，今早還不知道的事情，現在明白了……（黯然低下頭）

李： 明白了什麼事情？

唐： 唉，不談了！（欲言而止，搖搖頭）你買賣做過了嗎？到外面吃晚飯吧。

李： 買賣還沒有做過呢，請你們再等一等吧。

玲：李先生還不領會嗎？《解放日報》又把他開除了，好狠心的……。

李：（諤然）噢，原來這樣！（兩手攤開）

德：唐先生！請的看法對呢？你現在體驗到了嗎？共產黨是「好話說盡，壞事做盡」的王八蛋呵！……。

關：（向德做手勢）阿德，我不准你又胡說八道！滾回廚房去！（向唐）唐先生真被解職了嗎？真可惜真可惜！

警甲：是嘛，（臉旋轉著向大家）共產黨是「好話說盡，壞事做盡」的王八蛋嘛，（向關）你的伙計倒有見識！

關：他是十幾歲的小孩子，不懂事，胡說八道！（焦燥）簡直是胡說八道！

（茶客乙驀地走進門來，直與李握手，李拉客乙到靠左邊窗下的方桌子，分後左兩邊坐下，李神志不安地注視幾次警甲，警甲偽裝全神看報，實則暗察各人活動。）

客乙：鈔票已帶來了，價錢就照剛才決定的吧！

李：自己人有什麼關係？（向客乙做手勢，暗指警甲）我們到外面走走好吧？

客乙：（會意）好的！好的！（起立）

李：（起立，向唐玲）請你們再等一等，我到外面去，一會兒就回來。（與客乙向外門走）

（警甲待李等行經桌邊，突站起，右手從褲袋掏出手槍，攔住去路。唐、玲、關均站起注視。）

警甲：（大聲吆喝）站住，舉手，檢查！

李：（驚惶站住）你是什麼人？我犯了什麼法？

警甲：（左手從褲袋抱出手摺遞給關看），我是公安局的便衣警探，（向李）你們犯的法多著呢？看見你們這麼鬼鬼祟祟，就不是一個正當人！（取回手摺放入袋）

李：我們做買賣關你什麼事？

警甲：（暴怒槍口指正李胸膛）你媽的！你們做什麼買賣？我看你們不是做鴉片嗎啡，便是黃金，銀元黑市買賣。手舉高一點！不要動！動就開槍！

（警甲伸手在李客乙二人內外袋搜出一包包銀元，鈔票，有的納進他自己袋內，有的放在桌面，李及客乙顫抖，關、玲，呆若木鷄，唐走向前，但不敢搶救，德從廚房奔出。站在警甲傍。）

德：這算什麼玩意兒？（氣忿）這到底算什麼玩意兒？

警甲：（邊檢查著）你媽的！還看不到嗎？販賣銀元，破壞金融，擾亂市場，做經濟特務，還不該死嗎？（歪臉看德）你媽的！你這個小傢伙也一起到公安局去！你專罵共產黨，散播謠言，作造謠特務！

德：（暴怒）操你媽的！你罵得共產黨，老子罵不得呀？

關：阿德！阿德……（焦急搖手）

警甲：你媽的匪特！老子罵共產黨，是毛主席教的！老子一槍幹掉你！（舉槍向德敵）

（德閃身躲開，翻身糾纏著警甲兩臂，警甲左手抓緊李，三人扭作一團，桌被碰倒，茶壺茶杯丟地打碎，客乙乘勢逃走，叫罵揪叫不停。）

德：（厲聲）你們幫忙啦，搶掉他的槍！（拚命奪槍）把這王八蛋幹掉！

警甲：你再不讓開，老子就開槍拉！

（剎那間，碰，碰！幾聲，德兩手撒開倒地，渾身上下，鮮血迸流，但仍大罵不止，關、唐上前搶救德，玲跪下用手帕給他包紮右臂。）

德：你媽的！你殺死老子一個，千萬人給老子報仇！

關：（顫抖）不要罵了，不要罵了！算了吧！

（警甲左手仍抓著李，李已停掙扎，警甲站定，右手握手槍指關。）

警甲：你這個混帳老闆養得好伙計！你媽的，老子押著犯人回去，你看管這個傢伙，除非他死了，老子什麼時候要人，你得什麼時候交出來！

關：是！是……。（拚成一團）

德：操你媽的！老子再跟你拼一拼！……（掙扎欲起）

警甲：（用腳踏李）走啦！王八蛋！

（李被押出門，唐玲黯然垂下頭，德仍叫罵著。）

唐：好弟弟！不要罵了，他走了！叫罵起來，止血更難了！

（唐除德圍腰白布助包紮傷口。）

德：（用左手撫腹）哎喲，痛喲，我肚子也中彈了！我大約救不好了！（向唐）唐先生！你……大……概（昏迷）

（玲急包紮德腹部，關、唐感傷搖頭。）

關：（蹲下，用手挽德頭）阿德！阿德！（哭叫）阿德！……阿德！

德：哎喲，痛死我了，共產黨王八蛋！忘……八……（又昏迷）

唐：（用手推德頭）阿德！阿德！（大聲）阿德！

德：（睜開眼皮）我……完……了！可是，（把氣力一抽，緊握拳）可是！唐先生！你從天今天的幾件事情裡，你可以知道毛澤東的共產黨是什麼東西吧，它到底有沒有變質吧，他們隨時可以白吃東西，他們隨時可以使你失業！他們隨便可以捉人！他們隨便……隨便……（大聲）隨便可以殺人！他們說的是一套，做的又是一套！唐先生！你對問題的看法，會從此而改變了嗎？會從……此……而……。（呼吸緊促）哎……哎……喲……痛……死……了

唐：我對問題的看法，會改變了！你休息，休息，少說話！

德：（舉起拳頭顫抖著）我在這臨死之前，要向全世界宣布：「毛澤東的共產黨，是土匪強盜的集團！是土……匪……強……盜……（足亂蹬幾下，眼睛發白，昏厥）

唐：（邊推德頭，邊喊）阿德！——阿德！（站起）怎麼辦呢？

玲：（丟下眼淚，停止包紮，站起）噯！手足冰冷了！這麼好的青年！真可惜！

唐、玲、關均沉默注視片刻，關再推，無反應。關哭。

關：（哭喊）阿德喲，表弟喲！你死得太冤枉了！太……

唐：（咬牙切齒）現在我就什麼都明白了。

（幕急下。）

第三幕

時——一九五〇年四月中旬的一個午夜——距第二幕的十個月。

地——同第一幕。

景——同第一幕，衣架上的衣物更換了。不整齊地掛著一頂呢帽，一件嗶嘰長衫。廳中央電燈不開，茶几上沒有茶杯。

開幕——張裕賈（穿嗶嘰衫褲，黑布鞋）煩悶的坐在寫字枱前，翻閱著一本帳簿，翻了一會，又拿過算盤來，照著帳簿一頁一頁的打著，眉頭越皺越緊，他算過了站起來，長嘆了一口氣，走向八仙桌，拿了一根香烟抽燃，忽然，寫字枱上電話鈴響，張急按聽。

張：（舉起聽筒）喂，阿明嗎，什麼事？（靜聽片刻）噢，催公債的和催稅的今天特別兇，要通知公安局抓我去嗎？假如他們明天再到，你耐心的向他們解釋一下吧，說我們現在正想辦法籌錢，請他們多等待一些時，現在實在沒有錢，抓到公安局也繳不出……。怎麼樣？最近很多商人因避債避稅被捕嗎？這個，這個……。（聽筒不自然的放下）

（張在廳中苦惱地踱來踱去，深深的吸著煙，搖著頭。張太太從房中出，穿藍布長衫，拖著拖鞋，蓬頭亂髮，愁眉不展，有氣無力的走到下首單人沙發上坐下。）

張：你又爬起來幹什麼？生病也不肯多躺一下，真是……。

太：已經退燒了，聽到明兒打電話來，心裡焦急，就躺不下去了。

張：焦急有什麼用？焦急能解決問題麼？你還是安靜點去休息吧。

太：情況這麼嚴重，我們總得想辦法應付呀，否則，他們真的把你抓到公安局去，怎麼辦呢？

張：想來想去，還是一點辦法沒有，算來算去，到處都是虧空，解放以來，生意冷淡到極了！每天只有支出，沒有收入，要遣散職工又不行，要申請停業也不准，他媽的，老子連維持這二三十名職工伙食工資都沒有辦法了，他們還要硬迫公債，硬加重捐稅，而且，期限上一點不能拖延，說繳就要繳，一天三催，就好像催命鬼一樣，他媽的，解放前不把產業賣掉，一走了之，還聽信他們的虛偽宣傳，等他們來扶助私人工商業，夢想過著更好的生活，到頭來卻求生不能，求死不得，真是懊悔莫及了！到這步田地，除了躲著籌錢繳交外，還有什麼辦法可想呢。

太：今天落在他們手裡，你躲避也不是辦法，你好不好明天自己去拜訪他們。詳細的解說，我們是老實商人，沒有發過暴利，實在是籌不到錢，不是有意抗繳公債，和逃避稅捐，把我們實際困苦情形，徹底說一遍，也許可以博得他們的同情，准我們拖延一下，等待生意好才清繳，你覺得這辦法怎麼樣？

張：（坐下在三人長沙發）這辦法行不通！你沒有跟他們碰過面，而我過去跟他們辦交涉，回來也懶得跟你詳細說，免得刺激你，你到今天還以為向他們可以求情呢！實在告訴你，那些迫債迫稅的共幹，尤其是那些山東土包子老幹部，根本就不把我們當人看待，一進門，便好像他媽的一個兇神，你一開口求情，他們就聲色俱厲的罵：你們有困難麼？工人農民比你們的困難更大，但工農兄弟們已熱烈的購債繳稅了，你們有產階級還繼續一貫自私自利的作風嗎？你再開口訴苦，他們就警告你：你們這批奸商，過去怎麼樣，我們都查得清清楚楚了，人民現在不清算你們，已經是十二分寬大，如果今天還敢抗債抗稅，人民就不會再原諒你們，人民就要懲罰你們，人民就要把你們當人民公敵一樣來清算你們！（站起來，忿恨的）他媽的，左一個人民，右一個人民，放個屁也說是為了人民，而我們卻連人民的資格也沒有，動不動就給他們戴上奸商，反動，人民公敵的帽子！（再拿了一根煙，抽燃了回到三人沙發上坐下）

太：（悲忿地快速地）唉，這樣如何是好？從前說國民黨一團糟，聽到共產黨宣傳得好，今天它來了才知道，比起一團糟更糟糕，初來時還裝著溫和樣子，日子長了便露出猙獰面貌，唉！今天如何是好？求情行不通，那麼，錢籌不到，就只有拉倒？……

（馬瑞清推外門入，穿藍布長衫、皮鞋。）

清：張太太，病好點嗎？

太：（欠身）好點了，謝謝您！

張：請坐，請坐！（倒茶）

清：呵，不敢當，（接茶在張太太上首沙發上坐下）寶寶回來說張媽媽病了，我才曉得。到底什麼病呀？有沒有請過醫生？

太：沒有，不過是打擺子。

清：這個毛病很辛苦，我家裡有奎寧丸，我等一會去拿過來，明天照著規定時間吃，才能截住病再發作。

張：我們還有，是她上次吃剩的，她上次害惡性瘧疾，把身體弄壞了，這幾天聽說迫公債迫稅捐太厲害了，她心裡一急，毛病又發作起來。

太：唉，馬老師，真是不得了，共產黨，好厲害，稅捐一天天重，生意沒得做，正喘不過氣來，現在還給他們硬派了一千份人民勝利折實公債，強迫我們興農碾米廠認購，請求減少一點點也不准，多說幾句，便罵我們奸商，要清算我們，十多個月來，只有支出，沒有收入，現在廠裡只剩得幾十擔米，向那裡拿出幾千萬塊錢來買公債，來繳稅？（搖搖頭）我們快要完了！

清：他們不是說，納稅照民主評議，公債憑自願認購麼？而且，我常常看到報上登載，說國民黨苛捐雜稅名目多如牛毛，人民政府現在只收一種工商稅了，工商行業情形我不大清楚，到底是怎麼一回事？

張：（啼笑皆非地）共產黨騙人伎倆該考第一！騙你們教育界的花樣，只有你們才體驗得到，騙我們工商界的方法，也只有我們自己才了解，在你們外界人看起來，只有一種工商稅，確是比從前好得多了，但是，今天的工商稅，卻包括了營業稅、利所得稅、牌照稅，和各種數不清的附加稅。而且，稅率提高到比從前超過百倍，您想這合理不合理？（他向清苦笑一下）就因為它骨子裡不合理，所以，再添上一個騙人的徵稅辦法，共產黨給它起了個漂亮的名目，叫做民主評議，怎樣民主法呢。就由稅務局定下繳稅總額，專制地派下某一行業，由該行業內各商號分配負擔，總額既定得高，同業大家推來推去，評來評去，推也推不掉鉅額的負擔，更製造出無窮的糾紛，評過了，共幹們便如狼似虎般督徵了，譬如我們碾米業，現在百分之九十九都沒得生意做，照理，每月負擔一千萬塊錢都不行的，可是，稅務局定下，我們三月份要負擔五億元，少一塊錢也不准，同業們整天爭吵著，窮鬼推窮鬼，有時還要打起來，但結果，五億元還是要如期繳上去。認購公債也是用同樣方式壓下來，表面上說自願熱烈認購，其實，總額硬派給各行業，誰也推不掉，所以，我現在，就給迫債迫稅逼得喘不過氣來，只好整天呆在家裡等死！

清：我還不明白，（懷疑地望著張）上海有六百萬人在消耗著大量的白米，為什麼共產黨來了，連你們這最吃香的行業也沒得生意做？難道，現在的白米，不是從碾米廠出來的嗎？

張：（發笑）白米那有不從碾米廠出來的呢？不過，現在卻給上海糧食公司壟斷了，因為，解放後，凡運進上海的稻穀，米糙米，在過關時，上糧都有權照收進的官價徵購，因而，全市糧食都握在上糧手裡，除了上糧給你稻穀，糙米委託加工外，你想找一宗私人生意也找不到！唉，一言難盡！我們的飯碗給共產黨搶去了，眼巴巴就要餓死，就要被迫死！

清：可是，報上不是登載過，人民政府大力扶助工商業，上糧給碾米廠許多加工機會，維持你們的營業嗎？

張：見鬼！報上登的完全是官樣文章，我的碾米廠一聽到這消息，就送申請書進上糧公司了，可是，申請書送進去，好像石沉大海一樣。結果得到上糧批准委託加工的同樣，只有二十家，這些廠家，雖然有的設備不好，地點不適宜，信用不昭著，可是，有些是共幹們變相自己開的，有些是跟新貴們有著人事關係的，大多是運用行賄送禮的方法，跟新貴們秘密勾結起來，給他們紅股，才促使上糧批准——但是，這樣行賄買人情得到的加工權利，也不會有好結果的，很快，這個廠便等於送給共幹們了。到頭來，還不是跟我們一樣走上了死路？

清：申請沒有下文，他們還這樣貪污不法，假公濟私，你們一大群人，不可以向軍管會控告他們嗎？

張：唉，馬老師，像您那樣給校長無理解聘，還控訴不出結果來，像我們這樣的事情，您以為控告便會有好處麼？何況一些老實商人，提起官廳便害怕了，大多數都是不敢多惹是非的，只有協豐碾米廠何老闆才那麼大膽，上書向上糧抗議，上書向軍管會控告，但結果，上糧不但強詞奪理地罵他：協豐碾米廠經過調查研究，設備不妥當，地點不適宜，信用又不好，所以沒有資格獲得政府委託加工的權利，其實，協豐這一切條件都是第一流的，而有些第九流的廠家早已批准了，所以，他格外的氣忿，而最近，他卻被指為「製造謠言，破壞政府信譽」，被關進牢裡去了，您還要我控告麼？哎，像我這樣安份守己的人，在這年頭，也不知那一天被關進牢裡去了，（臉下垂，眼眶潤濕）恐怕遲早總是要去的！

太：（傷感的，用手帕揩著眼皮）馬老師！您看，生意沒得做，停業不批准，職工要維持，稅捐一天天重，公債硬派下，現在，把存貨、機器、廠房，連我們一家人的命送給共產黨還是不夠，真是只有死路一條了！

清：這樣說起來，好像你們給共產黨害得比我還要慘了。我不過受盡侮辱，丟掉了服務多年的市立阜春小學的教職，可是，你們有點事業基礎的人，反給事業拖累得死去活來。

太： 是呀，看清形，我們馬上就要完了，而您，雖然給那新來的共產黨校長，因追求不遂而借故把您除掉，但您還可以另找工作呵，我們一旦生意埼了，一切也就完了。

清： 張太太！在共產黨統治下，找工作可不容易呢，我失業幾個月了，還以烈屬的資格到處呼籲，但誰理會我呢？上海教育局，它完全瞎了眼睛，通通相信了那王八蛋校長的報告，他自從由去年十月間的一個晚上，約我在兆豐公園的假山前樹蔭下，向我求婚、調戲，給我嚴肅的指責了他，他便老羞成怒，反向教育局反映我，說我雖然是烈屬，但因為在反動環境中生活得太久了，反動意識太濃厚，思想有問題，待遇觀點重，表面上看，工作雖努力，但實際上分析，卻是虛偽的形式主義，而且拿我當年不能陪陳先生一起去參加新四軍工作，來證明我在政治上的落後性，為了避免我在學校內發生不好的影響，所以，教育局便同意了他把我解聘，我一再抗辯，教育局都不理，這樣一來，我在上海小教範圍內便斷絕了出路，其他不熟悉的部門更難了，何況倒風吹遍上海，我妹妹也一直失業到現在，（悽愴地搖著頭）我姊妹倆再找不到職業也要餓肚皮了。

太： 你的陳先生這樣白白為共產黨犧牲了，真太不值得！他現在地下有靈，也會咒詛這班衣冠禽獸，無惡不作的王八蛋了，也會咒詛那個強奪他妻子不遂，借故打破他妻子飯碗的王八蛋校長了！

清：現在我知道不值得已經太遲了，當年跟陳先生太純潔，太熱情，像今天一般天真的青年一樣，讀了幾本宣傳品，便信仰了它，以為它真是為人民的，所以，直到第一次接到陳先生的噩耗，我也沒有像今天這麼難過，我當時，覺得他為革命犧牲是光榮的，為人民而犧牲是值得的，八年來我一直在做夢（大聲），一直在做夢！現在才明白了，原來千千萬萬像他那樣的青年底白骨，只砌成了毛澤東專制皇朝的寶座！（聲稍低）讓他底大小功臣們，今天可以荒淫無恥地享受著統治者的生活，可以名正言順地來剝削人民，欺侮人民，迫害人民，所謂革命，為人民爭民主、自由、幸福都是假的，十多個月來，我一聲不響地看著，看著，看著！（咬牙切齒地）看著他們一切倒行逆施的行為，現在實在看不下去了，我不但完全覺醒了！而且，我還要……（氣忿地站起，客廳外剛巧傳進陳寶寶的哭叫聲：媽媽！媽媽！……。）

寶：（慌張的跑入，關上門，撲向清，清抱著她坐下，她很快的講）媽媽！警察追我，跟著我進弄堂，我進門他也跟進來了，追上樓來了！（怕，兩手抱著頸，清撫摸她）

（敲門聲，張往開，果然是警察，眾驚。警甲穿警服踏進門。）

警甲：這裡可是姓張的？

張：是的，是姓張，你找誰？

警甲：找一個叫張裕賈的！（眾驚慌、緊張）

太：（忙搶上去）張裕賈剛出去，你找他幹什麼？

寶：（小聲向清）我去叫唐叔叔。（溜下）

警甲：有人有封信給他，妳是他什麼人？

太：我是他的太太，有信交給我就行了。

警甲：他的私章在家嗎，要寫一張收據。

太：在家，（往寫字枱抽屜中拿出私章、紙、筆）怎樣寫？

警甲：就寫：茲收到黃浦分局送來信乙封。

太：（向清）請你寫一下！（清走過去寫了一張收據，遞給張太太，蓋過私章，交給警甲，他看過放入衣袋，才在袋裡拿出一封信交給張太太然後出去，大家都吐了一口氣）

太：共產黨動不動亂捉人，叫人看見他的兵和警察就膽跳心驚，難怪寶寶見了警察來了害怕，連我聽到說找張先生也嚇得不敢給他（向張）認，（遞信給張）快快看是什麼信！

張：（站廳中間拆開信，誦讀著）：「張先生，弟自因販賣銀元被拘，經人民政府長期教育改造後，現幸蒙寬大處理，准予省釋，但須將十個月伙食費繳清，才能回寓，計每月應交伙食費中白粳五十斤，共應交五百斤。弟本身向無積蓄，在滬又無親屬，唯望先生念同居之誼，賜予援手，暫借此數，待弟恢復自由後設法奉還，如蒙俯允，懇即日照上糧中白粳拋售市價，折款著人逕送黃浦公安分局……」

（唐寧穿著睡衣，拖鞋，慌忙跑入，寶寶隨後。）

唐：（站在張旁揉著眼皮），怎麼一回事？警察找你（向張）幹什麼？

張：黃浦分局派來的，送來李奉文的信。（將信給唐，唐看）

太：共產黨花樣真多，放犯人還要交了伙食費才放，我還沒有聽見過付牢飯錢的事呢，真是新聞！新聞！

唐：（將信遞還張，氣忿忿地）他媽的真是個「共劊黨」，五十斤白米一個月，住個三等公寓也可以了，他媽的又不是人家愛住他的牢房，又不是人家愛食他的牢飯，是他強迫人家去住去吃的，憑什麼道理像住酒店、公寓一樣要人家付錢!?他媽的……。

（眾人都忍不住發笑了，張走向寫字檯，坐下，又打著算盤。）

清：（邊說，邊走回左邊的單人沙發坐下）李先生這樣肯上進的青年，也被迫害到這步回地，真令人傷心！解放前後，他嘗向我說起他十多年來的奮鬥史，他常嘆息，在國民黨政府中他第一沒有靠山，第二沒有大學畢業資格，不管業務怎麼樣精通，他還是沒有前途的，只有共產黨來了，像他這樣埋頭苦幹的人，才有得發展。那曉得解放後才幾天，他們就說他思想搞不通，認識糊塗，一腳踢了出來？（忿恨地）誰不要吃飯？他們不敲破他的飯碗，他怎麼肯辛辛苦苦的去賣銀元來糊口呢？一點小事情被捉進去，一個小小公安分局也有權關人十個月，坐完了牢，銀元沒收了，還要拿錢去贖身，真是太豈有此理！太豈有此理！

唐：（坐紅木靠背椅上，握著拳頭，咬牙切齒地輕輕捶擊了兩下八仙桌）真是太豈有此理！提起李奉文被捕，我又想起那個枉死的茶房阿德了，唉！今天，生殺大權還是握在人家手裡，沒有道理也變成有道理了，沒有錢送進去，人就不能出來，張老闆！（走過寫字檯旁）這件事你打算怎麼辦呢？

張：（慨然的）我正算著該折款多少，反正我買公債，繳稅疑都不夠，還是先救了李先生出來再說。

太：是呀，應該這樣做！（站起，走過張背後）時間不早了，你馬上打電話到碾米廠去，叫明兒和帳房先生即刻籌這幾擔米的錢送到公安局去，好讓李先生今天可以回來。（坐三人沙發上）

張：（撥電話），喂，你是阿明嗎？你馬上跟帳房先生商量，湊足一百一十五萬頭寸，請賬房先生親到黃浦分局跑一趟，代李奉文先生繳清坐牢的伙食費，僱三輪車陪李先生回來這

裡，……是呀！櫃裡頭寸不夠，向行家借點，或賣點米也好，要馬上辦好就去，遲了恐怕又要明天才放人了。（放下聽筒）

唐：你的少爺說不夠頭寸嗎？

張：是呀，生意沒得做，櫃裡經常是空空的，不過，幾擔米的代價，我小孩子和賬房先生今天總可以想辦法籌足送去，請放心！

清：（感佩的）張老闆和張太太真是見義勇為呵，自己的公債款和稅款沒法繳，還是這樣慷慨的來救李先生，真令人感佩，可是，這個時代，好人是站不住的，（向唐）唐先生！你說是不是？

唐：（站起來一邊講一邊緩步移過坐在右邊單人沙發上）真的，這個時代，好人真沒有好結果，在這些王八蛋的統治下，他們就專找好人來欺侮，來迫害，如果你不跟他們鬥爭，他們就把你當點心一樣吃掉。就拿我來說吧，開始也太天真了，幫《解放日報》接收好，就給它一腳踢出來，一直失業到現在，（氣忿的）這班婊子養的！真是狼心狗肺！早知這麼下場，我即使不拆它爛污，我也不會替它出半點力了。一失業下來，便叫做反動報業人員，要找個工作，比上天還難，我在上海根本活不下去了，大家這樣下去怎麼辦呢？（向眾掃視一遍）

清：真的，大家這樣下去怎麼辦呢？記得去年上海解放那一天，大家在發著多麼綺麗的夢，以為解放後可以登上天堂了，那曉得反被打進十八層地獄，張老闆是被迫破產了，我們有的被侮辱，被迫害，被投進監獄，被迫著長期陷在失業的飢餓線上，算起來，住在這屋裡的一大群，要算劉赤子倆夫婦最幸運了，他們倆到今天還有收入。

太：今早劉二嫂到我這裡來，借一千塊錢坐車去找劉二哥的時候，也談起來，她說，劉二哥是熟練技術工人，解放前每月可以拿到四擔米的工資，可是，現在，他們兩人合起來，每月也拿不到一擔米，那料公債一來，劉二哥給共幹半迫半騙，把一個月工資全部認購公債了。回來，劉二嫂跟他吵了通宵，他懊悔起來，第二天要求共幹更改，減購半個月工資的公債，但共幹說已經公布了，不能更改，還批評了他倆一頓，三月份要完了，劉二嫂正為了整月的開銷焦急呢！

唐：真是婊子養的王八蛋！一邊殘酷的剝削，一邊還要騙人，人家一點血汗錢，也要整月的騙回他們手裡，前兩個月，給劉二哥一面一文不值的臭紅旗，就要他日夜不停的加倍賣命，看劉赤子近來清瘦得厲害，這兩天連面也沒有見過他，恐怕又忙著拿出大筆膏血去換紅旗了!?

太：這兩天不回家，連劉二嫂也不知道為什麼，因為她說，怎麼樣作工作競賽，他還是要回家休息的，這兩天她剛生病，沒有一塊去上班，今天大清早，她接到申九軍事代表辦公室一封通知，要她立刻到申九去，沒有說是為了什麼事，她正是滿肚子狐疑的走出門。

清：噢，我昨天探她病，她還發著高燒，今天怎麼能夠出去呀！

唐：軍事代表的通知還厲害過聖旨，除非是蹺了辮子，誰敢拖延片刻呢。

（劉二嫂哭喪著臉，跌跌嗆嗆的由外門走進來，穿著藍布衫褲，粗毛線外套，黑皮鞋，毛巾紮著額頭，頭髮結成兩根短辮子。）

嫂：（上氣不接下氣地）張太太，我……完……了！

太：（失驚，忙上前扶她坐在三人沙發上自己也在她左邊坐下）怎麼樣？病厲害起來嗎？今早我勸你不要出去啦，軍事代表通知又怎樣！

嫂：（搖搖頭）哎……哎……。

太：怎麼一回事？是病，就要馬上請大夫來，一點點醫藥費我們可以代墊的。（太用手探撫嫂額溫度）

嫂：不用請大夫，病倒沒有問題——可是，劉赤子被扣留去了……。

（眾均失驚，目光集中在劉二嫂身上，馬瑞清起來，走向她跟前，寶也跟過去。唐寧也站起來了。）

唐：（悲忿地）這還成什麼世界！這還成什麼世界！騙人家流盡血汗去換他媽的臭紅旗，迫人家餓肚皮一個月，給他們買公債，到頭來還把人關進牢裡，他媽的，真迫人反了！

清：（坐在她右邊親切地握著嫂手）劉二哥為什麼事被扣留？現在關在什麼地方？

嫂：扣留他的遠因，是說他自從請求減購公債不准後，共幹已經看出他的工作情緒，不像從前那麼熱烈了，這叫做犯了「鬧情緒」的罪，其實，赤子情緒並沒有降低，他還是那麼樣一股傻勁的幹的，不過，因為許多個月來，他賣力太大，勞動過度了，加上營養不好，體力實在降低了，你們都可以看到，他近來瘦得多麼厲害，自然就不能像從前一樣，事事爭先，超額完成生產任務了，但是共幹們卻不管他這一點。到了前天中午，大家休息時，一個特務共幹，在赤子工作的細紗間，發現了一張反共傳單，連貫起他近來被指出的「鬧情緒」罪，就懷疑他參加了國民黨的地下特務活動，軍事代表就把他扣起來，現在已經押到公安機關去了，關在什麼地方？軍事代表說，我沒有權利知道，今天要我去，是為了審訊我的，我剛到廠，就被關進一個密室裡，軍事代表和兩個特務，就聲勢洶洶的來恐嚇我，要我坦白赤子甚麼時候參加國民黨特務組織，否則，也要把我送進牢裡去，天哪！叫我怎麼樣坦白呢？（她仰面號哭起來了）……。

太：（倒杯開水給嫂喝）劉二嫂，劉二嫂！不要傷心，不要傷心！他不是真正的國民黨特務，總會放出來的！

嫂：（臉平下來，抽咽地說）張太太，你在家裡時間多，聽不到關於共產黨的殘暴，惡毒的害人行為，解放後許多人，一進公安機關，儘管你什麼事都沒有，但在酷刑迫供下，有時候你也只好供認了——認了就只有死路一條！唉，我今天能夠回來，也確是不容易呵，他們恐嚇我，還摑過我兩次耳光，但我只能告訴他們，赤子參加什麼活動我都不知道，經過幾個鐘頭疲勞審訊後我終於暈到了，廠裡醫生過來給我救醒，告訴他們，我正害著熱度很高的病，如果不休息，可能有危險，這樣，他們才讓我找我的領班擔保我不逃走，才放我回來，規定我一個星期內送去一篇關於我和赤子的詳細自傳，尤其是對於解放前後的生活情形，和接觸人物，清楚坦白出來。同時，還告訴我，在赤子問題沒有解決前，就是我病好了，也不准到廠上工了——天哪，我又失業了！（仰靠在沙發背上放聲大哭起來）我馬上（帶哭聲）就……就完……了！

（張太太和馬瑞清焦急地從左右兩邊扶起她，緩步的走出門外，送她回亭子間去，一邊走，一邊安慰著她。張搖頭嘆息著，唐寧忿怒地站在廳的中央，叉著腰。）

張：（傷感地）這樣子大家怎麼樣活得下去呀!?

唐：（激昂地）他媽的，這就叫做「共產黨的恩情說不完」咯！

（太、清回來坐在三人沙發上嘆息。）

清：隨便剝奪人民的人身自由，不經過調查、證實，不經過依法的傳訊，只要有一點點懷疑，便非法逮捕，毒刑迫供，非法隱蔽關禁地點，不准家屬探問，不將人犯提交公開法庭審訊，便秘密判決，秘密槍斃——這一切的一切，在許多年前，共產黨都曾教導過我和陳先生拿來做過反對國民黨的口實，可是，今天共產黨幹得還比國民黨厲害萬萬倍！像劉赤子這樣的事情，假如在日汪時代，最多被查詢一番，找個保證便可以回來。假如在國民黨統治下，最多被加強對他的監視和偵察，假如在美國、英國、誰想查詢他，監視他或者想非法妨礙他的自由的話，恐怕誰就倒霉，他發起火來，還可以回敬你兩下耳光呢！可是，在共產黨統治下的中國，連肯為它賣命的勞動模範，不管閒事的劉赤子也會無辜的被關起來了！這一切的一切，使我對現實更了解了！

唐：今天的事，使我又加深了一層認識——毛澤東的共產黨已退化變成專制野蠻的奴隸主義集團了！（向大家）我們能長期忍受奴隸制度的奴役嗎？（忿慨的在廳中緩踱著）

張：不過，唐先生！不忍受又有什麼辦法呢？

唐：唔——唔……。（想說，但又吐不出來）

太：這些話是說不完的，你們還是研究、研究有沒有辦法可以幫助劉二哥早日放出來吧。他關下去，劉二嫂恐怕支持不下了，好好的一個小家庭，真的又會給他們搞垮了。

唐：這個恐怕誰也想不出辦法來，我見過不少例子了，像我們這些跟共黨高級新貴們毫無交情的老百姓，一進它鬼門關，就只好聽其自然，任由它宰割算了，也許祖宗有靈，像李奉文一樣，突然被踢回來，只繳伙食費算了。因為，他們不關你便罷，要關你的話，除了移送法院公開判決監禁的人外，你都不知道他的一切，像李奉文這樣簡單的事情，失踪後我到處找他，都找不到，黃浦分局不承認，我以為他完了，直到看見他今天這封信，我才相信他還在人間，這樣的牢，年紀大一點的人，坐一會就拉倒了！

太：（像感冒般受到一陣感觸）哎喲！……。（閉目合掌，唸著）阿彌陀佛！保祐我家張裕賈平安，阿彌陀佛！……。

（突然，橫沙農會主席張癩頭率民兵甲由外門衝入，虹口公安分局警官甲、警察乙二人跟進來，都佩短槍，張癩頭頭上有癩巴，穿人民裝，沒戴帽子面目可憎，兇惡地拔手槍直指張裕賈。）

癩：舉手！（向張一望）站起！不准動！（向官甲）他就是我們鄉中的逃亡地主張裕賈，我們鄉農會和區政府，一次又一次地催他回鄉，清繳他的累進地稅，和清理退租退押等許多爛賬，可是，他根本不理會，他看不起我們人民政府的法令，他拒絕人民的要求，害得我們不得不跑到上海來，麻煩你們幫助逮捕他，（大聲叫）他媽的，真該死！

張：我，我……。（顫抖地望著警官甲）我在橫沙島故鄉只有幾十畝田，我幾十年來都在上海做生意，最近，為了……為了生意糾纏，沒有辦法分身回鄉去清理這些手，已托我堂弟弟張裕林代辦了，今天我不能回去！

官甲：（兇狠的）不能回去也要回去！你的一切我們不管，我們只協助張主席押你回鄉去清算，懂得嗎？（向警乙）把犯人上起手銬來！

（警乙馬上把張套上一副白鋼手銬，客廳眾人均呆若木鷄，只有張太太瘋了般衝過去，一邊拖著他的臂膀，不讓他被帶走，一邊大哭，大跳，大嚷。）

太：你不能回鄉去，要死大家在上海死在一塊，死在一塊喲！（向癩看，高聲的）你這個狗娘養的癩頭鬼！從前借老娘的錢還借少了嗎？那一回到上海來，不來向我們這裡借錢去狂嫖爛賭，早前借多少就給你多少，後來少借給你，你便含恨，今天當了什麼王八蛋主席便來害人嗎？你這殺千刀的癩頭鬼！

癩：操你媽的臭×！誰借過你的錢呀？（窮兇極惡地大喝著）民兵！（兵甲應聲上）把這臭婊子拉開，踢走！

（民兵正與太拉著，踹著，從外門又衝進來警官乙一人，警察丙丁二人，他們是屬於提籃橋公安分局的。來勢洶洶的押著小開張明闖進門來。張明年約廿歲，穿西裝，黄皮鞋，倉皇失色，太和民兵都轉移注意力到他們身上，停止揪拉。）

張：（驚）明兒！你……。

明：爸爸！他們要我們立刻繳清公債款和稅款——他們在帳房先生出去不久便衝進廠裡來了，見不到您，就留警在廠裡監視職工不許外出，揪著我，迫著陪到家裡來，說找不到爸爸便關我，（向癩注目）呵，怎麼張癩頭也帶兵來了，爸爸我們現在怎麼辦？

張：（向兒子，由顫抖到忿怒）這邊要迫地稅、要退租退押、要捉回鄉下清算！那邊要迫公債、迫工商稅！我還能搾得出多少油水呢？橫豎是死路一條，他們要怎麼辦便怎麼辦，你們（指向眾官警）人民政府愛人民，就是這樣愛法嗎？你們這樣倒行逆施，你們馬上就要垮台了！像他（指著癩）這樣的無賴漢、平時好吃懶做，人家給他種好了稻他也懶得收割，整天，整年，都在抽鴉片、狂嫖爛賭、盜竊詐騙中生活的無賴漢，今天卻給人民政府捧出來操縱政權，你們怎麼會不垮台呢？我也算老了，遲早只有一死，現在我是不怕死的！你們到底要我到什麼地方去呢？

癩：（下流惡毒地）你媽的不要嚕囌，再嚕囌打腫你媽的嘴巴！同志們！（向眾官警）先把這個

惡霸、地主、奸商、劣紳給我帶回鄉去清算再說吧（注視警官乙）

官乙：我奉命扣留他在上海，（遲疑地注視官甲）你奉命押送他去橫沙，糊塗就糊塗在你們（指著癩）沒有同時通知我們提籃橋分局——他的碾米廠在我們轄區裡，你不通知我們，大家就容易發生誤會了！這件事情顯然我們兩位分局長沒有接過頭，我看還是把他就近帶回虹口分局，向上面請示過再決定吧，先把他送到鄉下去，我就沒得交代了！

癩：我想出一個兩全其美的辦法，（得意地望著官甲、乙）就是你們提籃橋分局抓走他的兒子，讓我抓走這個老傢伙，那麼，大家也就有得交代了！

（官甲、乙沉吟著，大家掏出執行命令來看，且互遞過目。）

官乙：大家的執行命令只寫逮捕張裕貫，怎麼辦呢？

唐：（忍無可忍地爆出了響亮的聲音）同志們！我是樓下房客，偶然到張先生這裡來坐，一切問題我都不敢過問，只是剛才聽到這位農會主席所說，讓他抓老的下鄉，叫人家掀嫩的頂補，我不明白是不是可以像土匪抓人一樣，愛抓誰就抓誰的？沒有罪也可以隨便抓人的？像張先生這樣的事情，憑什麼道理連他的兒子也要抓進牢裡？

癩：（發火地走上唐跟前，用手指著唐臉）你媽的！你是什麼人？你幹什麼的？你敢在這裡放臭屁！什麼是土匪抓人一樣，你媽的！你侮辱人民政府，你侮辱共產黨！連你也可以抓進牢裡去！

官甲：（給癩作幫兇，向著唐）你嚕囌什麼？你敢妨礙我們執行公務嗎？你到底是什麼人？馬上拿出身份證明來，否則，我連你也逮走！

癩：我看你就像個反動派！（用指尖點著唐額）身份證明還不拿出來嗎？（他緊迫著唐）你先說，你現在在哪裡工作？

唐：唔……。（為難地吐不出話來）

官甲：馬上說呀，你在那裡工作？

唐：……。（痛苦地咬著辱）我在那裡工作關你什麼事？

官甲：（用手槍指著他胸膛）你還這樣目中無人，我就把你幹掉！同志們！（向警眾）還有手銬麼？

警丙：（應聲）有！我們也帶了一副出來沒有用！

官甲：混帳東西！你說！（用手提了幾下唐的衣領）

唐：我是印刷工人出身的！（大聲地說著，過度的忿怒好像把他激瘋了）在《申報》館幹了十多年，由工人到校對、書記、助理編輯，你們共產黨到來時，我還協助你們的《解放日報》來接收它呢，可是，言行相反的你們，卻在接收完畢後把我踢出來，迫使我失業，你們現在還好意思問我在什麼地方工作麼？你們，你們……。（忽然，唐被官甲打了一耳光）你們為什麼打人？

官甲：我打人？我槍斃你！你是一個反動殘餘份子，還不該殺嗎？你是反動宣傳員，你是文化匪特！我們給你逍遙法外了，你還敢來闖禍！你媽的，也活該你倒霉，讓我們意外的得到了重大的收穫！（冷笑一下，向警丙）借你們手銬來用用，請你把他（指唐）馬上銬起來！

（唐寧被套上手銬，眾人均失色，但不敢作聲，馬瑞玲正由外門走入，被警丁擋駕，她穿淺紅薄絨長衫，黃皮鞋，肩掛時髦的解放皮包，儀態可人，睹狀大驚。正站在門口遲疑間，穿舊長袍的帳房先生和骨瘦如柴穿破舊西裝的李奉文也匆匆地走到門口。）

警丙：不准進來，你們是什麼人？

玲：（靈機一動，注視著官乙請吏）同志！我們是住在這裡的，讓我們進來站在一邊吧！

官乙：好！你們進來，站在一邊，不准動！（向官甲）這樣情形，我們還是先把這兩人（指著張、唐）帶回虹口分局，向上面請示過再說吧。

官甲：好，就這樣辦！（向眾警，厲聲喝著）把這兩個犯人帶走！

（張太太和馬瑞玲聽到這聽音，像刀割一樣，太緊拉著張不放，玲也衝向拖著唐，哭著，玲先給警丙大力推倒在地板上，太跟著在外門口，也給官甲與癲狠狠地踢了幾腿，撒手昏倒了，眾人目送張、唐被推出門，分別救扶玲、太兩人，廳中充滿了哭泣聲，呻吟聲）

（幕徐徐下。）

第四幕

時——一九五〇年四月杪的一個上午——距離第二幕約半個月。

地——上海市公安局社會處的一個刑訊單位——一座鋼骨水泥的建築物內的一個大房間，審犯人，用刑的刑訊室。

景——台上三邊都是鋼骨水泥的牆壁，後壁的右角上有個關得緊緊的門，在它中央高高的掛著史大林、毛澤東的肖像，像下放著一套鋼製的三人寫字枱椅，枱上放著文具和煙茶，左角斜放著一張陳舊的三人沙發，沙發上首大且小茶櫃，上放熱水瓶、茶壺、茶杯等，左壁靠近後壁處開著一個窗，陽光正射進沙發上，一排鐵環嵌在左壁靠前台邊的一端，每個鐵環繫著繩索垂下來，右壁嵌上一欄銅製的掛物架，掛滿了皮鞭、繩索、鐵鏈、腳鐐手銬、和燙皮肉用的火棍鐵鈀，架下有一大水桶，離牆稍遠近台口處有火熊熊的煤爐，靠右壁中間放著一張老虎櫈，櫈下放著一大疊青磚，在三面牆壁空白處均貼著一些標語：「肅清反革命殘餘」、「保衛人民勝利果實」、「首惡必辦，脅從不問，立功者獎」「史大林元帥萬歲」、「毛主席萬歲」

開幕——穿著骯髒的工人服，憔悴不堪，臉手都有傷痕的劉赤子，正給一個穿西裝褲，捲起襯衣袖，腰間佩著手槍，長得粗野兇惡的毛特甲，從離地倒吊在右壁鐵環上解下來，昏倒在地上，穿著同毛特甲一樣，肥胖的生著滿臉都是兜顋鬍子的毛特乙，用冷水噴著劉，要他清醒，毛特甲用腳輕輕的踢他的腦袋。

深眼睛，尖嘴臉，年紀約四十多歲、陰險、毒辣的毛特科長，穿著薄絨的咖啡色西服，整齊筆挺，腰間佩著手槍，在三人寫字檯正方（正對台下）斜坐著，身子靠著椅背，右腳放在桌上，深深的吸著煙，白眼的望著躺在地上的劉赤子。年約卅多歲，穿著解放軍服，手槍佩在腰間風紀帶上，頭上歪戴著紅星軍帽的廖書記員，坐在寫字枱的左邊，望著劉，劉漸漸甦醒了，斷斷續續的呻吟著。

廖：他媽的，（搖頭指劉）這個匪特真是個難於突破的「頑固堡壘」！（看看毛特科長）

長：（向廖）今天不突破他，咱就不幹這個科長。（向特乙）你拿皮鞭動動手吧，吊昏了的猪玀，再加他媽的一頓皮開肉綻就會醒了。（點著頭做出胸有成竹的樣子）

特乙：是！（過去取下一根皮鞭，拿起來大力的抽劉）殺千刀的，坦白嗎？（又一起一落的抽）

劉：哎喲，哎喲！……。（昏迷中喊，身子縮作一團）痛死我了！

長：（獰笑）哈，哈，哈！你瞧，皮鞭比藥還靈。再加點油就行了，（鼓勵著）加油呵！

（劉傷瘡又破、血絲染著皮鞭，衣服血跡斑斑，痛楚得在地上打滾，但眼睛還是閉著。）

（特乙更大力的抽）

劉：（慘叫）饒命吧，共產黨的老爺們喲……。歇歇可以嗎？哎喲！痛死我了，我也是……無……產……階……級喲！（末聲微弱，又將昏去，但還打滾）

特乙：（揚鞭說）你肯坦白，馬上可以歇下來。

劉：哎……喲……（口張著許久說不出話來，乙又是重重的一鞭抽下）哎喲，歇吧，我……我坦白。

長：（喜）好！就給他歇一下，讓他坦白（向廖書記員）給杯熱開水他喝，（向毛特甲乙）扶他上沙發休息一下。

（甲乙扶起劉，已不能行，被扶著搖曳不定地走到三人沙發上坐，廖餵他開水，劉赤子面仰空，斜靠椅背，片刻，眼睛睜開了。）

劉：我被倒吊了一夜，弄得頭昏腦脹，神經昏亂，什麼也想不出來了（向長懇求）同志！請你把……把我送回牢房裡休息一下再提出來，可……可以嗎？

長：哼！沒有這樣便宜，昨夜出動了幾個同志，給你輪審守候了一宵，現在又讓你去休息嗎？老實告訴你，今天你不坦白，就要你的命！（離坐走近劉處站著）不過，你馬上坦白了，馬上恢復你的自由也可以的，何必要回牢房去休息呢。（冷笑）現在你說呀，那細紗間的反動傳單是不是你散發的？你前後在申九廠裡散過多少次反動傳單？你在上海發展了多少組織？你現在的領導關係在那裡！你把組織關係交出來，不但沒有罪，而且還有功，你看到嗎，（指牆上標語）「立功者獎」！即使你是個老牌匪特，只要你肯立功，你還是可以得到人民政府的獎賞的！你吸口煙（偽裝溫和，遞根煙給劉，還給他劃火柴）仔細想清楚了，坐在檯子這邊來，自己寫吧，我向你保證，今天坦白了，明天就可以出去！你的一切，我們已充分了解了，不過，要你自動坦白出來，是看你悔過的誠意怎樣，不肯坦白，就表示你沒有悔過的決心，就表示你繼續要與人民為敵，那麼，人民便不能原諒你，人民便要懲辦你。

劉：（半昏半醒地，猛吸著香煙，像喝續命湯一樣）唔……呀……。

長：（走到沙發上首一隻左腳踏在沙發扶手上，用手推推劉額，劉張大眼睛望著他，他耐心地說）本來，我們對你是寬大極了，不過，你太不自諒，偏找苦頭吃，你被看管後的第一個星期，被優待在那座花園洋房裡，你想想，那邊同志待你多麼客氣，可是，你一點也不肯坦白，人家對你說，若果現在沒有匪特組織關係，而是偶然犯錯誤，只要你坦白認錯了，便算了，可是你連對散發傳單這一項也不肯承認，也要推到別人身上，那邊「說服單位」同志完全對你失望了，才把你送到我們這邊「刑訊單位」來。但是，我看你到底是無產階級出身的，也許是一時錯誤的，墜進匪特陷阱，不能自拔，變成了革命階級的叛徒，總不會執迷不悟，膽敢反動到底的。所以，開始不過給你一點點小苦頭吃，光只是抽抽皮鞭，刺刺花針，站兩日夜水牢，對你可以說優待到極了，寬大到極了，可是，你卻以我們的寬大為可欺。依然沒有悔過的表示，一點也不肯坦白，所以，昨晚才決定大力幹你，先倒吊你一夜，今天你如果還不坦白，那麼（陰險的放下左腳來指著火爐，老虎櫈和其他刑具）今天就要你嚐遍這些苦頭！（向乙）提他過那便坐！

劉：（戰慄地眺望著各種刑具、又不捨地吮吸著最後一點香煙頭，）這個，這個……。

（共特乙把他拖過坐在三人櫈右邊的椅子上。）

長：（坐回原處，向共特乙）讓他坐好，拿紙筆墨給他，（指劉）你好好自己寫吧，不要再叫我動火！

（共特甲站在劉背後監視著，共特乙也走過來拔出槍指著劉。）

劉：（拿起筆搖來搖去寫不出字來，良久。）可是……同志！（乞憐狀）我實在沒有什麼可寫呀，傳單確不是我散發的，假若參加匪特組織，我還會在上海解放那一天，發動工友歡迎和慰勞解放軍嗎？我還會積極參加生產競賽，奪紅旗，當勞動模範嗎？我還會將工資一個月買公債嗎？

廖：（兇惡的站起走過來，拍拍的打劉兩個耳光）你媽的，不識抬舉的王八蛋！我們科長對你這麼客氣，你還是這麼樣頑固到底，你沒有什麼可寫，就要你的命！你媽的，你慰勞解放軍，你奪紅旗，你當勞模，你買公債，都是你主子美蔣匪特組織指使你偽裝進步，偽裝積極的！

劉：（痛楚的仰起頭來）天喲！真寃枉啊，我出盡氣力，空著肚板賣命，還說我偽裝進步，（淚下，泣不成聲）我……我今天……除了一死，恐怕永遠不能辯白了！

廖：你媽的，頑固的匪特！你想死，沒有這麼容易，沒有這樣便宜，（向毛特甲、乙）把他拖過來，上老虎橇！（兇神般叉著腰）

（毛特甲、乙走到窗下把老虎橇斜放在近台口中央，把青磚繩子拿來放在老虎橇下，轉身過來拖劉。劉嚇得發抖。）

長：（偽裝仁慈的）待一會，再給他最後五分鐘考慮吧，（甲、乙放手站在一旁，長向劉）怪可憐的，（輕拍劉肩）你不方便寫，你說好了，讓廖同志紀錄吧，說出你參加國民黨特務組織的經過，解放前害過多少人？解放後由誰領導？領過多少活動費，做過多少破壞工作？散在細紗間的傳單由那里來的？指示你偽裝積極的計劃是怎樣的？你一一的答覆我。

劉：（急得淌出淚來，）我連國民黨都沒有參加，那裡會曉得它的特務組織是怎樣一回事，叫我怎樣講！我除了用勞力換工錢以外，什麼收入也沒有！（氣憤）那裡領過什麼特務組織津貼，假如硬要我說幹過多少破壞工作的話，我……（難過的）我只好說我那麼樣慰勞解放軍、奪紅旗，當勞動模範，買公債就是我做的破壞工作了，細紗間的反共傳單，唉（仰天長嘆）！只有天曉得是誰散發的……。

廖：（不耐煩地）你瞧他這副狡猾的鬼臉，不給厲害他嚐嚐怎麼行？

特甲：（咬牙切歲，抓著劉頭髮猛搖）我們的科長忍耐得，老子可忍耐不得你了。

長：（冷笑）你這個老頑固！你看我的部下都不滿意我對你的寬大了，我最後給你五秒鐘，承認呢？還的否認呢？（發火）馬上說！

劉：（發抖，乞憐狀）我根本沒有參加過國民黨特務組織，教我怎樣講呢？

長：（咆哮）要你的命！不識抬舉的老牌匪特！（捶一下枱）拖過去上老虎櫈，綁緊些，加磚！

（毛特甲、乙把劉拖過來按倒在老虎櫈上，頭在近台口的一端，面仰天，兩手反縛，上下體及腿膝都被細縛在長櫈上，兩隻腳踝給一塊兩塊青磚墊高，膝蓋骨向前彎著。）

劉：（閉緊眼睛，咬緊牙齒慘叫）哎喲！哎喲呀！我的膝蓋骨粉碎了……哎喲喲喲！我的筋胳，腿骨都斷了喲，喲喲喲，哎喲！……

特甲：操你的娘娘！你坦白嘛。

唐：哎喲……啊……我實在不知道怎樣當特務，教我怎樣坦白呢。

廖：你這樣就是老牌特務派頭，你是最會偽裝的！（向毛特甲）加磚，再加磚，今天就要他的媽命！

唐：（哭叫）哎唷……我的媽呀！……（甲、乙硬把三塊磚墊上痛得狂叫）救命呀，救命呀！哎唷……沒有命了呀……我想不到今天會死在這裡……冤枉呀……哎喲……我今天要冤枉死在你們手裡，（號哭）哎嗨嗨嗨……我……我多少年在想共產黨，望共產黨，嗨喲……天呀……那曉得見了共產黨就要受難咯，哎呀，痛呀，痛死我了呵……（厲聲叫）你們說不打人，不罵人，你們……你們卻最會下毒刑（痛得叫不出高聲，音漸低，昏過去，一會又醒）哎喲，媽呀，我受不了啦……（直著嗓子叫）你們槍斃我吧，我受……受不了了！（呻吟）

廖：我已經說過（扁著口）你想死沒有這樣便宜的，你硬不坦白匪特組織的秘密，我們就教你想活活不得，想死死不了，哼哼。

劉：（忿怒、瘋狂、不顧一切的直著嗓子叫罵）你們共產黨做的和說的完全相反，宣傳得自己那麼好，做起來簡直就像強盜，你們的腳步走遍了大陸，你們統治了全國，你們……你們的信用就要在……在五萬萬人面前破產了，你們……你們欺騙工人，你們剝削工人（尖聲，大叫）你們還要屠殺工人，你們打著工人政黨的招牌，你們是不要臉的強盜，狼心狗肺的強盜，你們是工人階級的敵人！哎喲，痛呵，痛死我了……你們好！你們這幾個小強盜要老子的命，你媽的×，老子二十年後……報仇（昏迷狀態）

長：真是個老牌匪特！真是個老牌惡棍！你媽的×，不肯坦白還罵人，豈有此理！豈有此理，他媽的，一不做二不休，索性幹掉他算了，再加磚，用鞭子抽！

（靠檯立觀，特甲、乙加磚，廖抽皮鞭，劉呻吟，磚加進去膝蓋腳腿上的血透出褲上，口，鼻噴血）

劉：（狂叫）痛死我了！共產黨強盜！……痛死……我……了……。

廖：（停了鞭）咦！他媽的又昏過去了！

特甲：報告科長，太概他的膝蓋腳骨都已斷掉碎掉了，您瞧，櫈子上流的血好多咯，膝蓋斷了加磚也沒有用！他這個傢伙真頑強，對這頑強的匪特，得另換別的刑罰了。

長：（懊惱的）鬆了綁，潑冷水在他頭上！（向廖）給我提他老婆過來！

（廖即開門出去，反手把門關好。特甲、乙忙著解繩除磚，劉的雙腳左右平攤在櫈上，甲拿了冷水過來潑在劉頭上。）

劉：（頭搖動，眼還是閉著）哎喲，哎嗨嗨嗨，我的媽喲，我死得好寃枉，死得好慘喲……。

（哭）

特乙：哈哈！我操你的奶奶，你這個狗娘養的，你以為你這就死了嗎？

劉：（張目觀看）呀！（切齒痛恨）你們這些狗強盜，還沒有夠嗎，還不肯讓我恐，還要零刀碎割嗎？哎喲，哎……喲……。

長：（向甲、乙）拖下來，給我拖下來，燙死這狗娘養的。

（特甲乙動手拖，劉痛得喲喲的叫，後來連叫都叫不出來了，劉的雙腿已完全癱軟，被拖下地連坐都坐不住，躺在地上，特甲將老虎櫈拖到原處，特乙把劉曳拖（劉呻吟）拖得頭向裡腳向台口平躺著，就去拿下兩隻鐵鈀來放在火爐中燒，廖推開門把劉二嫂推進來，特甲忙把門關好，昏昏倒倒的劉二嫂穿著很髒的藍布衫褲蓬頭垢面，眼腫皮黃、手臂上有一條條的傷痕，他一眼看見，就呀的一聲哭了，廖把他推在長沙發上坐下，她淚珠不斷滾下。）

嫂：你們……（泣不成聲）你們還不能證明……不能證明他犯的什麼罪，你們就這樣殘忍，把他搞成這種樣子……。（痛哭）

長：（板著面孔喝）哭什麼！誰說不能證明，哼！他當匪特的證據多得很、怎麼說他沒有罪？（轉溫和）不過，我們人民政府是寬大的，只要他能坦白認了，就可以放他回去，現在就是叫你來勸他，勸他立刻坦白，否則今天就要結果了他，你看，鐵鈀已經燒紅了，他再不坦白，就燙得他遍體出油！

嫂：（擦著眼淚走到劉身旁蹲下來，撫劉臉上傷處，染得他的手上都是鮮血）赤子，赤子（推劉大聲）赤子呵，你醒醒啊！赤子！

（甲拿了杯開水過來，把劉的頭托起來（劉額上臉上染著血）嫂接過開水來餵劉，劉醒轉呻吟，眼還閉著。）

嫂：赤子！你醒醒呀！（托著劉頭撫摸胸口）醒醒呀，赤子，赤子！

劉：（張開眼睛看見嫂大驚）哎唷，妳怎麼到這裡來的，妳也受過毒刑逼供嗎？……。

廖：（拍檯喝）不許問這些！不許答這些！

（特甲、乙走近監視。）

嫂：（害怕的）赤子！你還是承認了吧，承認了咱們就可以回家了。

劉：（發大怒目視廖）你媽的，你們天天喊民主、自由，連說話都不能自由嗎！你們天天喊著愛人民救人民，你們……你們這些傢伙，連一點人道主義也不講，好殘忍、好狠心，硬賴人做特務，毒刑逼供還不算，還要把我的老婆也關起來，你們共產黨王八蛋，土匪、強盜……。

嫂：（用手掩住劉嘴吧）赤子，不要說了，你還不怕嗎……你還是承認了吧。

劉：沒有這樣事怎樣承認？沒有得講，老子不怕這些共匪、強盜，隨他怎樣來，殺就殺，死就死。（呻吟）

嫂：赤子呵！你不要這樣呀，就承認做過特務好了，承認了，咱們就可以回家，他們說擔保放我們回家喲！

劉：（翻著眼）妳不要聽這班強盜放屁，會放我嗎？我一定要死在他們手裡了！假如，假如妳還能活的話，妳要記牢（悲憤）不要忘掉共產黨強盜給我們的仇恨。

長：（大怒）你媽的×，冥頑不靈的王八蛋。（向甲、乙揮手）給我脫下他的衣服來，燙得他媽的皮開肉爛！

（甲、乙推開嫂，把劉上衣脫去，雙手縛在前面，把劉上身拖得豎起來，甲、乙每人捉住他一隻胳膊，廖從爐中取出一根燒得通紅的鐵鈀，過來燙劉。嫂慌忙奔過來阻止，被長一把抓著拖開她，拖到牆邊，她掙扎不脫，廖已一下烙在劉背上去，劉痛得慘叫，顫抖、扎掙，嫂哭號，長獰笑，廖又是一下。）

嫂：（嚇得發抖靠著牆）哎呀，赤子呵！你就承認吧！我的天呀，承認了好一下子死，免得這樣受零刀碎割般的刑罰吧……。（廖又是一鈀烙下去，嫂驚駭得合上自己的眼睛）

劉：（咬著牙，緊閉著眼）我的媽呀，媽呀，我的媽呀媽呀！哎喲，哎喲，哎喲喲喲喲！嗬嗬……我的媽呀！（頭垂下，聲漸微）呵喲……呵喲……呵……呵……。

（昏絕，甲、乙又把他放平，潑冷水）

嫂：（跪求毛特科長），請你發慈悲，做好事呵，請求你施捨兩顆子彈槍斃我們兩個吧！請你馬上槍斃我們，他已經再受不了了，我已嚇得要發瘋了，發發慈悲吧，馬上槍斃我們呵，（叩頭如蒜）

長：（丟轉屁股）哼！槍斃，沒有這樣容易的事！（走到三人沙發上坐下，把腳蹺在扶手上）你們不坦白出來，要準備長期活受罪，（獰笑）哈哈，在人民的世紀，在毛澤東的時代，是沒有什麼慈悲可講的！要死也不能這麼容易的，懂得嗎?!

劉：（又醒轉來）哎……哎……哎喲……哎喲……死又死不了呵……呵喲……痛呀……（想翻轉身翻不動，跪在地上的嫂見狀爬起，跑過來，幫著把他翻轉，橫在台前俯臥著。背上兩個大烙痕）

廖：狗娘養的匪特，坦白呵！（向嫂）妳快叫他坦白呀！不然老子又來了！（又在爐上拿出通紅的大鐵鈀來威嚇）

嫂：（嚇得發抖，向廖）請你放下吧！我叫他坦白，我叫他坦白！（跪在劉面前）赤子！赤子呵！我跪下來求你，你答應我吧！你承認吧，我求你答應我承認喲，赤子，就是像你所說承認了也不會放回家去，也還是死，但也得承認，免後再活受罪！赤子，你已經再受不起刑了，我也不能再看了，再看我就要發瘋了，你承認了吧！我願意陪你一塊去受槍斃！死也死在一起，（回顧舉著大紅鐵鈀的廖，急得哭了出來）你……你……快點認了吧。

劉：唉！（長嘆了一口氣）……我本來想依你的話承認，但是……我根本就沒有這件事，叫我怎樣承認法呢？

嫂：（附劉耳）你就亂造……自己亂造出一套話講出來就是了。

長：（走近）怎麼樣？到底肯不肯坦白？（向廖揮手）

（廖馬上過來，舉起鐵鈀欲燙下去，嫂急得顫抖，推劉。）

嫂：赤子！快說呀！快說呀！

劉：（昂起頭）好，我坦白，我願意坦白的承認了……。（轉身，轉不動嫂幫他，甲乙也過來幫助把劉輕輕的拉得斜一些，劉背碰地痛）哎喲，背痛呵，把我扶起來……。

（甲就蹲在劉背後托起他的上身，劉上身直豎起來。）

特甲：你這才對呀，快講，快點坦白出來。

廖：（把鐵把放進火爐，換了一根燒得更紅的走過來）快點講！講你是什麼時候參加匪特組織的？

劉：我……我是老早就參加的。

廖：老早！老早是幾時，講清楚，（向乙）你記錄一下。（乙坐下記錄）

劉：我是（想）……是前十年……（呻吟）

長：（點頭）哼，十年歷史！（向乙）我早就看出他是個老牌匪特了。

特乙：（驚奇）呵，一九四〇年，這傢伙怎麼，怎麼十五歲就參加了反動特務組織？

長：快說呀！中九細紗間的反動傳單是不是你散發的？

劉：（不耐煩的）是的，是的，是我散發的，我是老牌匪特，罪大惡極，應該處死，快把我槍斃掉！

嫂：連我一起槍斃，我是他的妻子，也有罪，也該槍斃！

長：（推劉頭）別裝蒜！快講，你的傳單是那裡領來的？他叫什麼名字？在那裡工作！住在那裡？中九紗廠那些人跟你有特務工作關係，馬上給我說出來！

劉：（為難的）這個……這個……。

長：怎麼，你還想替匪特組織保持秘密嗎？還想隱瞞嗎？老實告訴你，你不馬上交出你的組織關係又給苦頭你吃！

劉：（急得眼淚迸流，向嫂）這樣怎麼辦？我劉赤子忠厚一世，就不能捏造事實，胡亂害人——害別人是不行呵。

嫂：（惶急無措，發抖）天哪！天哪！……。

劉：我自己受寃枉，受苦受難就算了，我決不能害人！（向長）我老實告訴你，我那裡參加過什麼特務組織，剛才的話，是我造出來希望早點死的，我劉赤子只能亂講自己，怎能亂講別人呢？……請求你們做做好事，不要這樣逼我了，不要逼我再找別人來陪罪了！

長：老奸巨猾的老牌匪特，你不要再用避實就虛這一套花樣了！（厲聲喝）你翻供嗎？我警告你，你再不馬上把關係交出來，你又要想死不得，想活不得！

嫂：（哭）呵唷，天哪，這可怎麼辦！（向劉）這可怎麼辦呢？

劉：沒有辦法，由得他們怎麼辦，就怎麼辦，我不能亂害人。

長：再燙！燙得他講出組織關係來為止！

（特甲在左邊抓著劉左臂，特乙捉住右臂，廖又向劉背上燙，嫂不顧一切的來拉廖的手，被廖猛的一腳踢倒在地上，火紅的鐵鈀燙上去劉又慘叫，但卻不停地亂燙著，劉又痛得昏過去，特甲、乙放手站起來，嫂已在地下滾，哭得嗓子都啞了，昏過去了，仰臥著不動了。）

特甲：（皺著冒頭）科長，我看這傢伙恐怕真的不是……。不然為什麼一點都不會說！

長：管他媽的是真是假，寧可錯殺一百，不能錯放一人，有一點可懷疑的就得捉，關了進來，假的也得當真的辦！

廖：對呀，管他媽的寃枉不寃枉，到了咱們手裡就得這樣幹，來，再來搞醒他，幹他媽的一個痛快！

（特乙過去拿冷水潑，嫂已醒轉來，呻吟，坐了起來，哭。）

嫂：天哪……這是什麼世界呀，赤子呀，我們前世作了什麼缺德的事，今世要受這樣的活罪呵……。

特乙：怎麼還不醒？

廖：讓我給他吃幾條鱔魚他就講話了！哈哈！（拿過皮鞭來抽劉）好吃嗎？好吃嗎？講話呀，講話呀！老子抽口煙再來。

嫂：哎喲！這是人間，還是地獄呵……。

長：是我們的人間，你們的地獄呵，哈，哈，哈！（抽煙獰笑）

特甲：俯下去摸劉的胸口、頭、手，報告科長，他已經沒有呼吸了！

長：他媽的，已經完了嗎？這可太便宜他了，哈哈！（獰笑）

嫂：（爬起來撲過劉處）赤子呵，赤子啊！你好了，你好了，你放心，我記得你的話！我一定記得你的話喲！（摸著劉冰冷的手足，停止呼吸的胸膛，反哭為笑）

廖：（抽著煙）什麼話（走近劉）你記得他的什麼話？

嫂：（咬牙切齒的白廖一眼）什麼話，（音重聲大）就是說你們共產黨的恩情說不完啊！（又仰天號哭）

長：哈哈哈！

廖：哈哈！哈哈！

（幕急下）

第五幕

時——一九五〇年七月杪的一個黃昏——距第四幕三個多月。

地——楊子江口橫沙島上，農會門前的曠場。

景——台後邊左端露出一座祠堂式建築物的一角，有門可進，在它上面掛著「橫沙農民協會」的牌子，後邊右端是空地，有楊柳若干棵，柳絲繽紛，右角一條路。背後是山林遠景。一個露天台斜躺在台前右端，台高一呎，濶八呎，長一丈，（若舞台小此台尺寸可以酌量更改）周圍砌岩石，中間用坭沙灰混雜填平，左右兩端有石級，它的中央靠後有椅一把。餘儘是曠場。

開幕——張裕貫兩手被反縛，跪在露天台前邊，頭上戴著高紙帽，上書：「我是反動地主惡霸張裕貫」。椅子上坐著到場指導鬥爭大會的廖區委書記，他穿解放軍軍服、皮鞋、手槍佩腰間，他的馬弁也穿解放軍服、布鞋、肩掛著盒子砲，農會主席張癩頭，穿人民裝、佩手槍，恭恭敬敬地站在他身邊，民兵甲執步槍、上刺刀指著張，民兵乙、丙，荷步槍站在露天台前緣兩角，曠場上站著一大群，奉農會命來參加鬥爭大會的島上鄉民。群眾見張縛跪台前，都感到驚異，有些表示反感地竊竊私語。

癩：報告區委，（鞠躬彎腰）現在，群眾都到得差不多了，可以開會了嗎？

廖：好吧，你就宣布開會。

癩：老鄉們！（走向台前，高聲地）今天是鬥爭他媽的張裕賈的大會，他是地主惡霸，所以要大家來操他媽的一次鬥爭大會……。（台下群眾一陣嗤嗤笑聲，他歇一下）老鄉們！靜靜的聽著啦，今天是我們的救星，我們的毛主席的重要（？）幹部廖區委，接任後第一天到横沙來的一天，我們要殺他媽的張裕賈來表示歡迎呵，我們擁護廖區委來指導我們，指導我們操他媽的地主惡霸……。

（台下群眾聽到這一連串肉麻、下流、無倫次的話，嗤嗤笑聲越來越大了，癩再歇一下，目光向台下一掃，急得漲紅了臉，仰天大叫。）

癩：他媽的……他媽的……地主惡霸張裕賈，我們要大夥兒來操他，有仇有恨的更要加油加油！

操他，操他！

（群眾中竟有人哈哈地笑出聲來了，廖著急地站起，走向台前。）

廖：好了，好了！（向癩，附耳說）讓我對他們說幾句話，（向群眾，高聲）同志們！兄弟姐妹們！我初由上海調來，在這樣興高彩烈的大會中跟大家見面，真感覺高興。剛才張主席已經說過，今天要請大家一塊兒來鬥爭張裕賈，我聽到農會的報告說他幾十年來橫行浦東上海，迫地租，放高利貸，很多人民，給他害得家破人亡，給他害得投水上吊自殺！現在，苦主們可以站出來控訴他！血債要他用血來償還！

張：我幾十年來在上海做買賣，根本沒有在鄉下害過人……。（張顫抖地望著望）我……我真的沒真人：我……。

癩：操你的奶奶！不准開口！（用腳踢張）跪好，等人家控訴你！（向群眾）你們說呀，說呀！趕快說呀！

（台下雜在群眾中，那個嘴巴在動著，但卻吐不出聲音來的金狗，和癩的堂倒子鐵牛，給癩注目暗示，催促發言，但兩人，卻出乎癩意外地垂下臉來，台下一片寂靜。）

癩：（焦急，惱怒）你們還怕他，不敢說話麼？有毛主席的親信人（？）廖區委在這裡保護你們，有老子在這裡擔起一切，你們還怕什麼？還怕什麼？（朩聲大且急）

（廖看情形不對，擔心鬥爭大會會垮掉，也焦急的幫他打氣。）

廖：你們說啦，有怨申怨，有仇報仇！（歇一下）誰種張裕賈的地呀？

（台下群眾中有幾個人頭在鑽動，但還是一片寂靜。）

癩：你媽的金狗！（暴怒厲聲）你不是種張裕賈的地麼？你為什麼不答廖區長的話呢，你給這惡霸收買麼？

狗：我……我種他五畝地！

癩：他怎麼樣迫你的地租？

狗：（眼睛微合，唸台詞般）……他叫我給他很高的地租，要是少交遲交了一點，他便要打我，便要收回地，不給我種！

癩：妳媽媽是怎麼樣死的？

狗：是害了……病……。

癩：你媽的！到底怎麼樣死的？

狗：呵，不是！是被……被他迫租迫病的，迫死的……。

癩：你要怎麼樣辦他？

狗：我……我要……。（話吐不出來）

癩：你媽的金狗！你要怎麼辦？（大聲）你是不是要求把他殺掉？

狗：……是……是殺！（不自然的緩緩答）

癩：大家聽見嗎？苦主金狗要求殺掉惡霸地主張裕賈，我們要接受人民的要求呵。你！（指著台下另一群眾）你想說話嗎？鐵牛！你說啦！

牛：……我沒得說了！（遲疑的咬著下唇）

癩：（惱怒）你媽的，你的嘴巴在動，不是想說話麼？

（牛被另一群眾拍了一下肩頭，他身子一歪，才張開了口。）

牛：啊，啊！我控訴……。我控訴惡霸張裕賈，我曾借過他十個大頭，去年，他逼我要本利共還一百個大頭，他就是這樣用高利貸來剝削人民的，迫得我老婆要跳海自殺！

癩：你要怎麼樣辦他？

牛：……我要……要求殺掉他！

癩：又是一個苦主要求殺掉惡霸張裕賈，我們要接受人民的要求；但是，苦主們！我們要怎麼樣殺呢？槍斃呢？還是活埋呢？

張：金狗、鐵牛！（悲忿地）你們都這樣扯慌麼！金狗你媽死了，剛巧我回鄉來，我看到你沒有辦法埋葬，還送給你媽一副棺材，（向牛）鐵牛，你借的十個大頭，現在還沒有還，（向癩）主席你……。

癩：操你的奶奶！（又用腳踢張）你不承認犯罪嗎？（向民兵甲）拿棍來！（同台下）苦主金狗、鐵牛上台來！

（狗、牛遲疑著，民兵乙推他們上，他們驚慌失措，癩迫他們報仇，命各拿棍打張，兩人不忍打下。）

張：（忿怒如狂）你這個狗娘的癩頭，你還借我幾十次錢……。

癩：造謠！打！打！（著急）有仇不報，傻瓜！（接過金狗棍，照頭一劈，張暈倒）操你媽的！裝死嗎？（台下一片騷動）若主們，你們要怎麼樣殺他？說呀，我們自己人是要講民主的，鐵牛，你先說呀！

牛：我要……活……活埋他！

癩：老鄉們！（高興的大叫）苦主要活埋惡霸張裕賈，我們不能不接受人民的要求。（向民兵甲）你馬上帶人到那邊山邊挖個地坑，快點挖好！（向廖鞠躬，諂笑）報告區委！人民這樣熱烈擁護人民政府，什麼惡霸也會被鬥倒的！今天就這樣辦好嗎？可惜他的碾米廠已給上海當局封了，其他金銀衣物也給上海當局沒收了，但估計起價來，還不夠抵償公債和稅款，上海同志們百般迫他，也找不出他藏匿財物的地方了，我自從由上海提他回來，反覆拷問，也弄不到他一個銅板，所以，退租退押沒有辦法，他欠下人民的許多血，只好拿他的命來還了。

廖：（懊惱地頓足）這樣，我們得不到一點鬥爭果實怎麼行呢？（沉思一下）所有借他的錢沒有還的，都得通通還給農會，你集中起來交我處理，本利齊收，金狗的棺材錢也要交還給人民！

癩：（瞪白了眼）……是！是！

牛：這……這個，（失驚）這個是什麼道理？

廖：你思想還沒有搞通麼？（板起臉，指著牛）沒有共產黨，你們就不能翻身，惡霸還是迫你們討債，今天共產黨救了你們，帶著你們翻身了，在這個「支前」緊迫，處處要錢要糧的時候，你們就應該馬上交給共產黨，好徹底打垮反動派，使你們永遠翻身！（向癩）你明天就要收夠這筆錢，誰借的也不能少，我會查的！

癩：……是！是！（呆若木雞）

兵甲：報告主席，坑挖好了！

癩：操你媽的，就是你害人！（懊惱地用腳踢張，向兵甲、乙）扛走他。

張：哎……喲！（呻吟，被從露天台扛到曠場上）

（突然，一聲槍響，扛張的兵甲，應聲倒地，張被丟在地上，咯、咯、咯、咯的輕機槍聲，衝散了人群，民兵們亂響了幾槍，便死的死，跑的跑了！場上一片混亂，叫喊。癩和廖及他的馬弁，伏下台的下首，一邊用手槍，盒子砲迎擊猛衝過來的人民隊伍，一邊喊著民兵抵抗，但一剎那，馬弁中彈倒下，人民隊伍中領頭的是上穿襯衫，下穿粗布西裝褲，不戴帽，打裹褪，足登膠鞋的唐寧，和穿著和唐一樣，髮結成兩根短辮子的馬瑞玲，唐玲均執盒子砲，向廖癩猛撲過來，擊傷兩人，繳下手槍，廖癩跪地乞饒，游擊戰士甲乙，均揹步槍，穿短黑衫褲，膠鞋，上前將廖癩綑縛，張明穿短西褲，襯衫，膠鞋，揹卡賓槍，搶救起他父親，背進農會房子裡救治。

槍聲漸遠，穿灰短衫褲，揹卡賓，穿膠鞋年約四十許的張裕林跟穿和他一樣，但拿步槍的游擊戰士丙，由露天台的混戰中，看見唐玲二人生擒廖、癩後，就追逐著狗、牛二人，由柳樹後抓回，把他們反縛兩手，推向台來，唐大哥，年約五十歲，留著短鬍子，光頭頂，穿灰短衫褲，膠鞋，右手舉起曲尺，在柳樹右角通後面山林的路口，帶領一群男女戰士參加追尋，他的兒子唐海，年廿餘歲，大個子，穿的和他父親一樣，提著輕機關槍，跟著他父親追擊，一剎那隱沒在山林裡。）

唐：兄弟姐妹們！（舉子盒子砲，高叫）島上的毛匪，都給我們殲滅了，首惡和幫兇都給我們俘虜了，善良的老百姓是我們真正的兄弟姐妹，我們再集合起來，開個真正的控訴大會，大家痛快的來控訴毛匪的罪行！來呀，圍攏上來呀！

（群眾由四方八面向露天台前湧來，廖、癩被綑縛著，跪在台前，垂下臉，狗、牛被綁著，站台左角。）

玲：（右手舉起盒子砲站台前，望著女群們大叫）被侮辱，被迫害得最慘的姐妹們，大膽站向前來，大膽控訴荒淫無恥的共匪們的罪行！

（兩個女群眾擠向台前，揪住癩的頭髮猛搖著。）

女一：（忿恨的）殺千刀的野雜種，你也會有今天嗎？（嘴裡還咒詛著退回人群中）

林：老鄉們！（站向台前，用手指著自己）我不用自我介紹，你們都會認得我了！我是莊稼漢，二十多年來，靠著勞動生產，倒也生活得很好！可是，自從毛匪到來，我被迫害得站不住，才逃亡出去一些時，幸虧今天我們打回來了，老鄉們！我今天還是莊稼漢的老實脾氣，不會說漂亮話騙人的，現在，我們大家先來控訴共匪罪行，開完了會，便去分掉毛匪的倉庫，和罪犯們的錢糧！救濟被迫害和生活無著的兄弟姐妹，大家說好不好？

群眾：好！好！擁護控訴！擁護分錢糧！

群一：還要馬上槍斃這幾個毛匪和幫兇！

群眾：（聲震天地）對！槍斃他們！活埋他們！

（廖、癩顫抖地互相看著，又偷看台下群眾，再垂下頭，狗、牛給群眾的怒吼，嚇軟兩腿了，站不住，倒下，被戰甲推起，發抖地坐在台上。）

唐：親愛的兄弟姐妹們！我們對於這些人民底公敵的毛匪和幫兇們，是一定要懲罰的，但我們必須根據他們每個人罪惡的輕重，來決定給他們怎麼樣的刑罰，我們一邊根據調查記錄，一邊根據他們自己的坦白，一邊根據廣大人民的控訴，但是要請大家注意，我們的控訴，不能像毛匪一樣，揑造事實，誣陷善良，我們要照事實控訴，誣告是要負責任的，現在，我們就先開始控訴吧。

群眾：請張裕林老鄉先控訴！

林：好！老鄉們，我上面已經說過，我自從跟著父兄們做莊稼起，雖然自己沒有一片田，但租點地好好的種，今年四十多歲了，卻也沒有缺過衣食，但是癩頭呢，因為他好食懶做，不但連十多畝的祖田都賣光花完了，後來租別人的地來種，還是懶得田裡雜草比稻還長。

所以，形成了我們和他不同的生活，他不斷走向沒落，我們不斷走向豐足，後來，他還狂嫖爛賭抽鴉片，使他十多年來變成了一個大流氓，可是，共匪來了，卻看中了他，竟然當了農會主席，我雖是佃農，卻被迫著交幾擔米「支前」，過幾天，又捐幾擔米慰勞，過一會又說要繳幾擔米做剿匪捐，他媽的，我剩下一點今年渡春荒的糧，還沒有到春節，便被迫光了，一家七口，過了春節便吃雜糧、青菜、草根，但是共幹和癩頭卻不肯放鬆我，三番五次，迫我控訴堂兄裕賈，說他剝削我，堂兄弟也要收地租，說他是惡霸，要我陪他們到上海去捉他回來，迫他退租退押，我說，要我鬥爭堂兄萬萬不可以，因為我種他十畝地的地租，他本不肯要我的，但我覺得他的田不但要花錢買來，而且，每年也要納地稅，我是應該像給別人一樣，照例送給他的，有時候他不要，我只好買禮物送給嫂嫂和侄子。

我說，我做人勤儉和睦，不但堂兄，就是別的地主，也待我很好，我也不願意大家傷感情，因此，他們就罵我思想打不通、落伍、反動，到了裕賈兄被上海扣留起來清算了，癩頭更迫我一定出面鬥爭他，否則，人民便要鬥爭我，他對我說，等我堂兄在上海被清算的手續辦完了，便押回鄉，這是我表現積極向人民靠攏的最好機會，堂弟鬥爭堂兄，是革命的模範！我都堅決的拒絕了，他們就把我扣留起來，恐嚇我，鞭打我，又叫金狗、鐵牛來勸我，他們說我堂兄待他們倆也不錯，但是為了表現革命的積極性，所以，已讀熟了毛匪幹部和癩頭教給他們的控詞，準備開會時背誦出來，還背過給我聽呢，說這樣我堂兄便可以被活埋，他們也可以獲得鬥爭的果實了，可以不勞而獲地撈一筆財物了……。

群眾：噢！他媽的，原來是這樣！

群一：嗨！怪不得今天金狗、鐵牛說話都很不自然呢！哈哈！原來是毛匪們導演的把戲，好來騙人！

群二：（大聲叫）金狗、鐵牛！你們這麼傻瓜，可憐的蠢貨！天字第一號的豬玀！

狗：（自言自語）真傻瓜！真該死！（望望牛）

牛：唉，真上當透了！（悔恨，忿怒）到頭來這個狗娘養的區委，還要我們把賈伯伯的債錢交到他手裡，金狗媽的棺材錢也要刮去，真是土匪，真是他媽的「共剷黨」！（把痰唾在廖身上）

群眾：（大笑）哈，哈，哈……。

林：（繼續說）老鄉們！你們覺得這種騙人伎倆好笑嗎？可是，假使今天沒有反共的人民武裝進來，我不能在這裡向大家公開控訴，任何人也不敢洩露，你們是很容易受騙的，現在，這種騙術已經驅到大陸的每個角落了……。

群一：後來你又怎麼樣呀，可以詳細告訴我們嗎？

林：（微笑）當然可以的，老鄉們，聽著吧，當時我為堂兄的生命擔心，而且，我不答應他們，我也不能自由，但是我答應了，他們還要我親抄一份控訴狀存案，還具結永遠不得洩漏秘密，否則，甘受槍斃！好厲害呀！幸虧，我放出來了，我堂兄還沒有解回來，我就逃到上海，見過嫂嫂姪子便躲起來，剛巧那時，正是六月初，我們的反共英雄唐寧同志，正派他侄子唐海駕著帆船到上海，接他的愛人馬瑞玲同志到海上的游擊根據地去，我便和姪子，劉二嫂等一塊參加了，這一支為爭取民主自由而戰鬥的游擊隊。老鄉們！唐寧同志就是剛才那個打衝鋒，走在戰鬥隊伍的前頭，生擒這個忘八區委和癩頭的英雄呵！他的愛人馬同志，從前在上海是一個時髦的漂亮小姐，但在反毛的怒潮裡，她也變成了一個英勇無比的女戰士了，老鄉們，你們剛才在混戰中，有人注意到，有一個協助著唐同志猛撲到癩頭身上去的女英雄麼？她就是馬同志了，老鄉們！我給你們介紹，就是這兩位，就是這兩位，唐同志也受盡毛匪的迫害呵……。（林手指唐、玲，群眾鼓掌）

群一：請唐同志也參加控訴！

林：唐同志是在上海被迫害的，寃家在上海，將來打下上海，生擒陳毅和他的公安匪徒，才更熱烈地控訴，我們現在寶貴的時間，要儘量讓我們橫沙的受害者控訴。不過，我在這裡是可以簡單的向你們介紹一下的，他是為了斥責上海毛匪無理逮捕我堂兄而被捕的，無緣無故的被關了半個月，別的罪名加不上，硬要迫他承認妨礙執行公務，在報上登了一個「悔過啟事」，才釋放出來，他一肚子的氣跑回南匯泥城故鄉去，跟著他哥哥去捉魚生活，怎麼曉得那時候毛匪幫正強迫著十幾條漁船，義務運輸去打定海，漁船們都不肯去，毛匪們扣留了幾個人，於是，唐同志便和他哥哥唐大哥組織了泥城的漁民暴動，搶奪了那些殘兵敗卒的一批槍械，開到海上某島——這個島在定海解放後，它還是屹立不動的反毛民主根據地，我們是不對外公布的，老鄉們，由泥城暴動到現在，短短的幾個月中，我們已經經歷過十幾次的勝利的戰鬥了，我們已經殲滅過五百以上的毛匪武裝，這些俄式的武器，是由毛匪變相的輸送隊補充來的……。

老鄉們！我們的存在，敵人已經感到恐怖了，我們的根據地雖然在海上，但我們鬥爭的組織是到處存在的，因此，我們對橫沙的消息，比你們住在橫沙的人還要靈通些，因為，我們算好了鐘點，給這批匪徒一頓狠狠的懲罰！我們已經經過幾次這樣的，反公審的武裝擊了！……。

（突然，跟著唐大哥去追擊殘敵後，又去進行上門訪問居民工作的劉二嫂，穿藍衫褲，佩手槍，結兩辮子，陪著女游擊戰士甲乙二人走回會場來，她走向露天台，一眼瞥見廖，正是仇人見面，分外眼明，一把揪住他的頭髮，咬牙切齒地搖了幾下，忿極而泣。）

嫂：你這個王八蛋！（狂叫）原來這裡的廖區委，就是你這個狗娘養的王八蛋！不用我控訴了，你自己坦白吧。（向林）同志！別的話請慢點說，讓這個王八蛋先坦白吧！

林：這個王八蛋，就是你曾經說起的，上海閻羅殿裡的兇神，廖書記麼？

嫂：（泣不成聲）請命令他自己坦白吧！

林：混蛋！（指廖臉）你馬上坦白，你怎麼樣迫害劉二嫂！

廖：唔……呀……。（支吾不白）

群眾：不坦白便拿刀來碎割他！

（群眾擠台前，拳頭雨點般落在他身上，他被擊倒，唐、林、嫂跳下台，阻擋著群眾。剛巧唐大哥，唐海也回來了，大家協力隔開群眾。）

唐：老鄉們！老鄉們！（高聲喊）不要打！不要打！冷靜點！我們是文明的戰鬥隊伍，我們不能像毛匪一樣亂行打殺，等他坦白吧，我們看罪行來處理。

群一：臭王八蛋，你不坦白，老子就不能饒你。（群眾們還揮拳遙向著）

林：坦白啦，狗娘養的，敢做不敢說！

廖：我……錯了，（低下臉）我下刑害死了她的丈子劉赤子，我還假裝仁慈，請准了上面釋放她，但是我真該死，我卻帶她到旅館去……到旅館去強姦她了！（末聲低沉）

（嫂初聽時掩面痛哭，一會兒，又反轉臉來忿怒得發抖的右手又揪住廖的頭髮，狂搖著，台下群眾也一片叫罵聲。）

嫂：你，你，你這個衣冠禽獸！你還要坦白下去！

群眾：不坦白就把他割成一塊一塊！

廖：（顫抖地）我，我罪大極了！她後來回到家裡，我還強迫她，每星期三，六、七晚上，到我新亞酒店三一八號，我們為了幹情報工作而開的長期房間裡，給我和幾個同志玩弄，又不給錢她，我還常常恐嚇她，不服貼就逮捕，直到她突然失踪，才停止了這樣子的罪惡行為——本來，社會處是規定不准她離開上海市區的，是由我負責管制她的，但是她給我這種行為迫走了。

（群眾唾罵著，一顆石頭擲在他身上，他痛叫一聲。）

群眾：活埋他！活埋他！活埋這種禽獸不如的東西！

（嫂拉玲向前，彎著腰，泣不成聲。）

嫂：馬同志！你記得起嗎？他還想害你們兩姐妹的事情，你叫他也坦白出來。

玲：（如有所悟，指廖）畜生！禽獸！你還不夠坦白！你要劉二嫂怎麼樣通知我們兩姐妹？

廖：是，是！在一個星期四的中午，我到同德里去找劉二嫂，在樓下瞧見了兩個漂亮的女人，後來一問，知道是馬小姐兩姐妹，我就迫她通知她們，在那個星期六的晚上，跟著劉二嫂到新亞酒店來，否則，逮捕。可是，那個星期六晚上，她們都沒有來，我當夜趕去一看，那房子住的男男女女都搬走了。我才知道碰了釘子……。

女一：夠了！夠了！他幹得這麼多醜事，我們也怕聽這麼多醜事了，不要他坦白了，馬上殺掉算了！

群眾：不聽了，不聽了，把他扛出去，活埋算了！

林：老鄉們！請耐心的等一會！

玲：畜生！人民的眼睛是雪亮的，你看，群眾的情緒多麼的仇恨你們？我沉痛的告訴你，一九四九年五月二十九日，上海剛剛解放那個時候，同德里那座房子的男男女女，都為了歡迎和慰勞你們而狂歡著，可是，才一年多的今天，你看過那座房子，已經搬空了，但他們並非懼怕，也不是逃亡，除了給你們害死的劉赤子之外，其餘的人，都參加了反毛的戰鬥，有的在游擊隊裡拿起槍桿，有的潛伏在上海，進行著激烈的地下鬥爭，兩三個月來，在我們這一個戰鬥系統裡，已經在上海組織過幾次的怠工、罷工，已經出動過幾次反恐怖、反特務的突擊！在上海到處秘密傳播著的油印三月刊，由我姐姐主辦，得到李奉文、關維休和若干反毛教授、工人、學生熱烈幫助的《地下火》，它的銷路比你們的《解放日報》還要好，你知道麼？連二樓那一位年近五十歲的張太太，現在也在上海掩蔽起來，跟你們鬥爭了。你太約是共產黨的老黨員吧，你知道這是怎麼樣的一種象徵嗎？

廖：我現在知道了，覺醒了，毛澤東的共產黨今天這樣專制、殘忍、腐化、欺騙、和荒淫與無恥！雖然得了大陸的江山，但失了大陸的人心，欺騙宣傳已經破產，反毛的《地下火》到處燃燒了，我知道你們沒有任何的外援，完全是你們這一群青年男女，在共產黨迫害下自動組織起來的！而你們偏偏在定海解放後才壯大起來，這一切，都說明了，共產黨是要垮台了。整個大陸的《地下火》都要延燒到地上來了。

唐：你真知道悔過麼？你希望我們怎樣處分你？

廖：我們常常唱：「種瓜得瓜，種豆得豆，種下了仇恨，自己遭殃！」我知道，我的罪孽深重，我不敢希望你們赦免我，俗話說：「人之將死，其言也善」，我現在是應該說幾句好話了：共產黨統治農村，是好人不用，專用地痞流氓的，像癩頭這種無賴，日本人來了也不要他的，可是，共產黨卻把他當寶貝一樣，這怎麼不弄得地方遭殃呢？實在說起來，他跟我一樣該死！（望望癩）

癩：吐！吐！（口沫唾在廖臉）操你媽的毛匪！老子上了你們的當，你還拉著老子陪葬，老子有什麼罪？一言一動都是奉了你們媽的毛匪的命令來幹的呀。

廖：癩頭！死就死罷，罪該萬死了，你怎麼樣千求百拜來爭當狗腿，誰不知道呢？你知道我早天第一次到這島上來，你為了諂媚我，你還強迫橫沙島上著名漂亮寡婦馬慧琴接待我，聽說她今天中午，我們在她那裡喝過酒出來後，也就上吊自殺了，只要這一樣，我跟你就該死了。

女群一：我趕來就專為了代表馬慧控訴，她真的是自殺了，好慘呀……，……同志們，夠了，夠了，我們也用不著控訴，他們也同不著坦白了，更不要把他們這樣狗咬狗地相罵了，他們不怕難為情說得出口，我們也怕聽入耳朵了，還是趕快把他們活埋了吧。

群一：活埋吧，連小狗、鐵牛都活埋了吧，我們不多說了。（小狗、鐵牛哭泣起來。）

林：老鄉們，還請忍耐一下吧，你們不想多說話，我們就要癩頭坦白，（向癩）你先坦白，你為什麼迫害我的堂哥哥？

癩：多少年來，我只要見到張裕賈回鄉就去向他借錢，只是借了從來沒有還過給他，我每一次到上海去都是在他的碾米廠住，在碾米廠吃喝。這樣還不算，還要他借錢給我，借錢去嫖賭，這幾年抽上了鴉片，就向他借得更多了。裕賈勸我戒掉鴉片我就不高興，解放前兩個月，我到上海去開口向他借一兩金子，他說聲沒有就拒絕了，我發起皮氣來，罵他是地主、惡霸、奸商等，共產黨來了，老子給你算賬，他也發怒了，就是就吵了起來，吵得很厲害。後來，我再到上海，到他碾米廠去住，他的兒子張明和伙計們都不招呼我了，所以我恨得他要命，解放後，我就千方百計的來謀害他，要他回鄉來就捉起來鬥爭他，但是他卻沒有回鄉來過，所以我一再請求區委和區政府批准發公事到上海虹口分局協助捉他，把他捉回來鬥爭，這樣不但出了口怨氣，還希望在他身上撈到一大筆錢！可惜被上海的機關先把他的財產拿走了。我們當然不死心，把他提回拷打他，希望他說出還有那裡有錢，可是拷打了十多天，一點油水也撈不到，就只好打算今天借鬥爭大會把他活埋算了，現在想起來，我真是喪心病狂，真不是人，真該死，真是太對不起他了。

（群眾激動，叫罵聲四起。）

群一：狗娘養的（伸手指癩）你也知道你喪心病狂麼，你也知道你該死麼？

群一：他數不清的罪狀，我們都已經知道了，不要這個婊子養的多講話，早早把他活埋掉，就把他埋在剛才挖好的那個坑裡。

群眾：馬上把他活埋在剛才挖好的那個坑裡。

林：老鄉們，老鄉們，不要急！還是等他坦白完了再說！（向癩）你還要坦白！坦白你當農會主席以來的罪惡！

癩：這個……這個……這個可太多了，我記不清楚了（低頭垂目不敢看台下）。

唐：豈有此理！你自己做的事怎樣會記不清楚，快些坦白！

癩：是，是，是！我坦白，讓我想一想（望著唐、林）作總結性的坦白吧？

唐：好，你先作總結性的坦白吧！

癩：我一年多來，幫著毛匪幫假借著鬥爭、徵借、募捐的名目搜括人民，我不顧老鄉們的死活，來大搶大奪，搶奪到記不清楚的那麼多，我就在當中揩了很多油，我真該死，我還捉人勒索，所以我自己搞到一百多擔米和十多兩金子，我把這些作孽弄來的錢拿來開了一間興島商行，我自己不出面，叫我的大舅子出面搞，我真罪過，殺害人，間接的害死了二十多個人還不算，還直接殺了十多個人，弄得三十多家破人亡，我真該死！（懺悔般望著台下怒潮般的群眾，自己打耳光）我真該……死……

女群一：還有呢！（老太婆，怒衝衝的）你這個死雜種，做得更該死的事就敢講了嗎？

癩：我講，我……我還強姦和誘姦了十多個少婦和大姑娘，她們的名字就是……

女群：（指癩）不用你講名字，（向唐、林）不用他講人家的名字了，馬上就活埋他，馬上埋掉他。

唐：（向癩）停止你的狗嘴吧！姐妹們都不願意聽你底荒淫無恥的自白了，（向群眾）好吧！同志們，兄弟姐妹們！我們決定把廖匪和癩頭這條狗腿殺掉，他們的犯罪行為都坦白承認出來了，他們兩個都是罪大惡極，我們必須為著人民而殺掉他們，但我們不能學毛匪那種種中世紀的野蠻作風來活埋人類，那是違反人道的。（向戰士甲、乙）同志們，我命令你們：我們現在接受人民真正的要求，把這兩個人民公敵槍斃！馬上提下去執行！

（戰士甲、乙、丙，推廖、癩下台，跪在柳樹下，槍聲數響，廖、癩倒地。群眾鼓掌歡呼。）

群一：金狗、鐵牛也要殺掉！

群眾：也要殺掉，也要殺掉！

林：老鄉們，鄉親們！金狗、鐵牛雖然可惡，但是，是脅從，他們是年青無知的，老鄉們，對他們兩個可否考慮一下呢？

群一：他們兩個傢伙誣害裕賈伯伯，最好進農會看看他清醒了沒有，請他出來決定好嗎？

唐：對！對！這個辦法最民主，最合實際！（向戰士甲）同志！你進農會去看看張老先生，他能出來就請他出來一下。

（群眾讓開進農會去的一條路，戰士丙走進農會去，舞台上肅靜片刻，張明和戰士丙攙扶著張裕賈由農會出來緩緩的走上露天台去。）

張：（用目光掃視台上眾人，感傷的）呵……呵……唐先生，馬二小姐……呵……裕林弟……呵劉二嫂！……你們……你們都來了……呵……我……我是不是在做夢呵……。

嫂：是的我們都來了，（睹張狀難過的）張老板！我們被毛匪幫害得好慘呀！

玲：張老板你知道嗎！咱們的劉二哥已經……已經在三個月前被毛匪、強盜、害死，下毒刑害死了……。

張：哎呵！哎喲！劉二哥，劉二哥喲！

嫂：赤子真死得太慘了！（眼一合）說起他來慘絕人寰的一幕又像電影般出現在我眼前了。（向張）他滿身鮮血的叫我不要忘記了毛匪幫給我們的仇恨，我牢記著毛匪欠下我們的血債，我希望要為赤子報仇，所以我不管怎樣設法活下去……（悲痛的）忍受著把赤子活活烙死的強盜劊子手的侮辱……（痛哭哭得講不出話）哎呵……哎呵……。

玲：（撫慰嫂）劉二嫂！劉二嫂，別難過了，那個毒刑害死劉二哥的共匪、強盜已被我們槍斃掉了，他已躺在血泊中，我們已討回血債了。

唐：咱們的劉二哥被共匪害死，但是一個人倒下去，千萬個人站起來，反共的地下火更到處燃亮了！從前住在你房子裡的房客，都參加反毛鬥爭了，連你的太太也在上海擔任著連絡工作了，而你那房子，也老早搬空了，我們在上海的地下組織，是異常嚴密的，昨天我們還接到上海消息，說他們還很安全，李奉文一邊協助編輯油印刊《地下火》，一邊還化名混進工廠去當工人，組織工人，反毛的工作不但開展得非常迅速，而且，他最近還可和一位女工同志組織小家庭呢！（一笑）

張：呵，這樣很好！可惜不能回上海喝李先生的喜酒呢！

林：裕賈哥我們的話慢點講，現在請你出來是請你決定金狗和鐵牛該不該殺？請你決定一下！

張：被迫被騙的年青人我們應該寬大一點，雖然他們要害我，但是，我希望不要殺他們！不要殺他們，教育他們改過好了！

（嚇得顫抖的金狗和鐵牛，聽了張的話，感激流淚。）

唐：同志們，老鄉們！（大聲）張伯伯的話大家聽到嗎？他的話是對的，我們現在的鬥爭，是爭民主自由運動的歷史鬥爭，是翻天覆地的反毛抗俄的鬥爭，要完成這歷史任務，不是單靠殺人可以解決的，假如像毛匪幫一樣走著黃巢張獻忠的路，是不能達到爭民主自由運動勝利的目的的，除非首惡，罪大惡極，像廖匪，癲頭一樣，才把他們殺掉，否則，我們還是教育他，使他悔過，使他參加我們的反毛鬥爭的。（向狗牛），兩個傻瓜，以後還敢為虎作倀，跟人民為敵麼？

狗：（吐了口氣）我這可明白了，再也不上他媽的毛匪幫的當了。

牛：可不是麼，拚了我的命也要反毛反到底！可是你們肯收留我當游擊隊員嗎？

唐：革命的反毛大門是打開的，你肯為人民爭民主自由，我們當然歡迎，但是革命的戰鬥隊伍裡，紀律是嚴格的，你們要經得起我們長期的考驗才行！

玲：（看手錶）寧！大家對對錶，今天下午過得好快，已經六點半鐘了（唐、玲互看著錶）

（眺望山林的雲天，夕陽漸黯了。）

唐：老鄉們，你們現在可以去分毛匪的糧倉和財物了，但我現在要向你們坦白公開，由於目前的戰鬥形勢，是敵強我弱，敵眾我寡，人民的力量還沒有充分的組織起來，這個橫沙島由於距離上海太近，浦東一帶，尤其是川沙的游擊戰爭還沒有充分展開，川沙縣城經常有一團的毛匪兵力，不受到任何的牽制來分散，或者被截擊，而且可以在十二小時內集中開到橫沙島上來，這就形成了我們暫時還不能把橫沙變成永久性的根據地，所以我們要在今晚撤退，但是，我們經常還是要來的，金狗、鐵牛兩個人，我們要帶回根據地去教育考驗……。

群眾：我們都跟你們去！我們要請求戰鬥紀律的考驗！

唐：我們希望只有一部分太突出的同志離開這裡，其餘的還是要繼續掩蔽橫沙，敵人再來了，要繼續跟敵人進行不妥協的鬥爭，把橫沙島變成了反毛的地下火山！

林：請大家注意，分過了糧食錢財以後，要參加游擊隊的老鄉們，再到這裡來，集中起來好一塊下船，向根據地出發，請各位馬上分錢糧吧！

群眾：好吧！咱們大夥先分錢糧去！

（場上群眾大部份湧進農會，小部份人由路口出場去，同時台上張明扶著張裕貫在椅上坐，張靠在椅上合目休息，唐寧走到金狗身旁，轉身向戰士乙丙揮手。）

唐：請你們把他們兩個人身上縛的繩子解除吧！

（戰士乙丙過來解狗牛的縛，這時有些人正挑著空籮由路走向農會去。群一、女群一，笑嘻嘻的挑著籮筐上露天台去，群一把籮裡放著的紅薯的籃子提出來，放在地上，女群一也把籮筐內的大茶壺，碗，及一籃芋頭拿出來。）

女群一：各位同志們，辛苦了，喝點水吃點紅薯吧！

唐：老鄉們，別招呼我們呵！

玲：呵唷，這麼許多，你們太破費了。

女群一：今天戰士們來，給我們把人民的公敵除掉，我們真不知道怎樣感激法了，鄉下窮地方沒有好東西，請各位吃點紅薯，芋頭怎樣還說破費呢？

林：從前這個真是算不了什麼，現在可真算破費呀！我還在家的時候已經好些人吃草根樹皮呢。

狗：他媽的毛匪幫，把鄉下的米糧都刮光去，老百姓吃草根樹皮，他們不但有大米飯吃，還是吃大魚大肉，我餓得昏了，想飯吃想瘋了，聽他們王八蛋，毛匪幫的話，參加他們來鬥爭那送棺材給我母親的恩人，（哭）呵，我為了饑餓才做這黑良心的事，想向張伯伯倒租，哪裡曉……哪曉得那個錶子養的反要我還棺材錢還給農會（切齒）毛匪，強盜！

鐵：比土匪強盜還不如，他媽的毛匪幫會殺人害人，搞得人民要餓死，還要叫人家唱：「民主政府愛人民，共產黨的恩情說不完呢。」

（台上有的人忍不住笑了，群一、女群一挑空籮筐下台往農會去，台上的人有的吃著，有的喝著，這時許多人嘻嘻，哈哈笑著，挑著米麥出，有的手上還拿著鈔票，人群向路口走去，經過台前都向台上人投著感謝的目光。）

群一：（挑著一擔糧笑嘻嘻地經過台側）謝謝你們呵。

群眾：（邊走邊向台上）謝謝你們！謝謝你們！

唐：（舉起吃著的紅薯，向群眾）謝謝你們呵。

台上眾人：（揚著吃的東西）謝謝你們呢！

群眾：哈哈！哈哈！

台上眾人：哈哈！哈哈！

群眾哈哈地笑著自出路口處走去，群眾下了場，還是在後台笑，笑聲漸漸遠了，這時，月亮慢慢的升起在遙遠的山林上。台上下的游擊戰士們還在喝著水，吃著東西。一會兒，要參加游擊隊的男女群眾陸續到來，有的揹著步槍鳥槍，有的舉著長茅，大刀，慢慢的齊集在露天台前。吃，喝的人均停止，整裝待發。

在月色朦朧中，一聲號響，新老戰士混合著，作單人編隊行進，向出口處去。玲領先，眾和唱：「反毛的地下火遍地燃」（歌詞見附歌二）歌聲激昂，響徹雲霄。

幕徐徐下。

附歌一

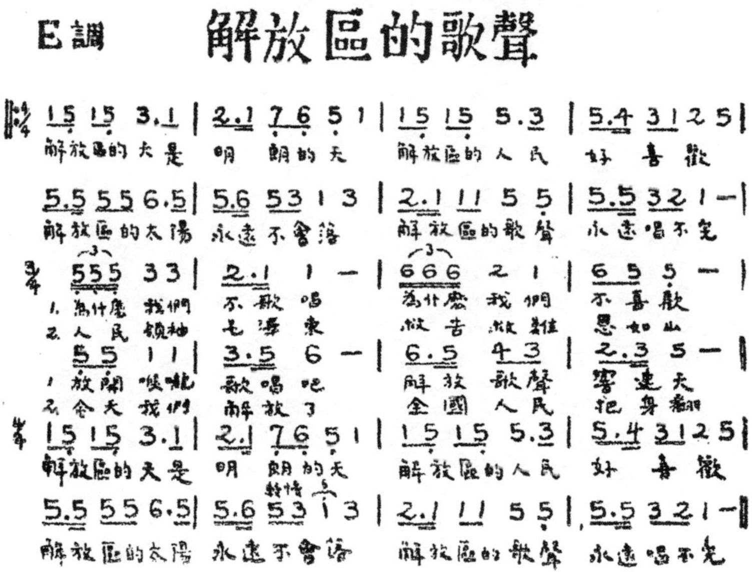
E調 解放區的歌聲
解放區的天是明朗的天 解放區的人民好喜歡
解放區的太陽永遠不會落 解放區的歌聲永遠唱不完
1. 為什麼我們不歌唱 為什麼我們不喜歡
2. 人民領袖毛澤東 救苦救難恩如山
1. 放開喉嚨歌唱吧 解放歌聲響連天
2. 今天我們解放了 全國人民把身翻
解放區的天是明朗的天 解放區的人民好喜歡
解放區的太陽永遠不會落 解放區的歌聲永遠唱不完

附歌二

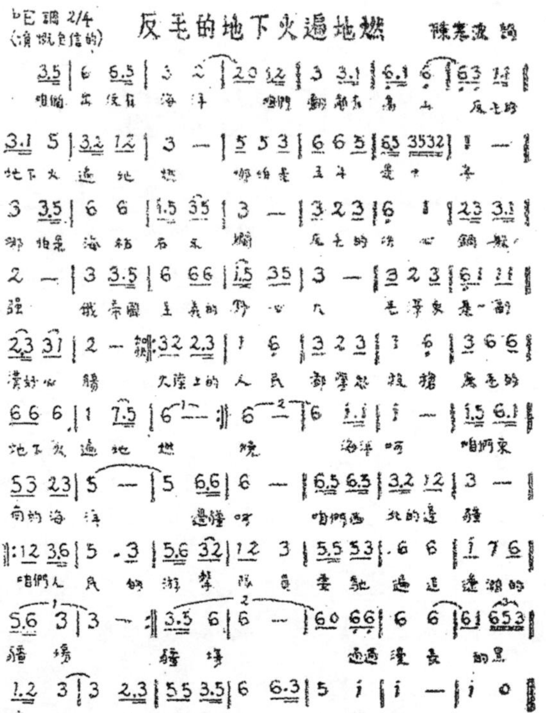
♭E調 2/4
(憤慨自信的)
反毛的地下火遍地燃
陳寒波 詞

《陳寒波之死》

張公道　編

中華民國四十一年（一九五二）一月十六日，（農曆辛卯十二月二十日）下午七時半，民主自由人士陳寒波氏在九龍黃大仙道於風雨昏黑中被暴徒狙刺斃命。

從此烈士長眠，一坏黃，任後人憑弔！

翻雲覆雨千秋夢，

未曾成名身先死！

在一月十五日的夜間，陳寒波寫好一節文章後，口裡再三哼著這麼兩句，在他那狹小的客廳裡，踱來踱去，當然，彼時的心情，一定有著若干說不出的苦悶的。在今日看來，這兩句倒像是冥冥中安排著的預兆，不幸竟成了讖語，不啻是他的自輓了。這在當時的他和他的家屬，是萬想不到的。

烈士可以瞑目的是，人之成名，無非是為的身後光榮，史冊流芳，今天，陳寒波三個字，已經成名，而且已洋溢於自由世界的每一個角落了。

蓋棺論定陳烈士，

死後成名亦足榮！

筆者在這裡，謹以這兩心向陳寒波的英靈致深切的敬意和悼念。

當他的太太和兒女們去到殮房認屍時，陳寒波兩目下垂，面現微笑，一如往日在家中和兒女們嘻笑的模樣，最小的孩子，還不知道他父親已死，當時的景況，誠屬淒慘，但，陳寒波雖死，他的微笑的面孔，象徵著一朵未來的光明之花，卻留給兒女們一個深刻的印象，他，已做完了人生之夢，如願以償地為了爭取民主自由而身殉，他應該可以含笑了。從另一方面看，千古英雄都有「出師未捷身先死，長使英雄淚滿襟！」的恨事，以名論，今天的陳寒波，確是可以含笑九泉，但以事功論，也是足以使陳寒波淚滿襟的，他是為爭取民主自由而殉難的，今天在香港，他生前是一名與共產黨人作戰的英勇鬥士，每時每刻都不懈地在出師動員中，如在戰場一樣，自己總是站在最前線與敵人搏鬥的，如今竟遭殘暴兇徒暗殺，在此事功未竟之際，豈非未捷身先死，豈能不死有餘恨！

為了紀念這位未捷身先死的烈士，來寫這本小冊子，這血淋淋的現實呀！也操縱了我的觀念和情緒！（借陳先生語）實不覺感慨萬千！情感思想陷於紊亂，筆者不敢自附於英雄，雖然未死，也有淚滿襟的痛楚！

朋友！這不過是一個開始！（陳先生語）爭取民主自由的路途，決不是平坦的大道，不犧牲若干頭顱，不流若干血，不化上若干生命的代價，去舖平那崎嶇坎坷，決不可能走到路的盡頭，去讚賞那美麗的民主自由之花和摘取那勝利的果實的，朋友！在這途程上，這也才不過是一個開始！

且講本事。

一月十七日香港中西文大小型各報的本港新聞欄，都以頭號大字標題，報導「九龍城黃大仙路，黑夜中謀殺案，兩聲槍響，一男子倒斃。」。「兇手在逃，疑係政治暗殺案」。各報標題大體如此，內容也多類似，茲先將《工商日報》的報導，轉載如後。

昨晚七時四十分，九龍城黃大仙四十六號A附近，發生一宗離奇槍殺案。一男子中兩槍重傷斃命，死者身份警方拒絕宣布，是否涉及政治關係尚未查悉，警方對該案異常重視，於該案發生後，即迅速出動大隊武裝警探前往查究，本港偵緝處長師古，九龍偵緝處長威路覺，九龍城警署華人偵探幫辦陳渭民，列等深目陳立等，均親自到場查究，並在附近一帶搜查。事後大隊警探曾包圍搜查，並先後將該村內附近居住之男子十餘人帶返警署查究。死者身中兩槍，皆在左邊胸部，當場重傷斃命。昨晚警探星夜分赴各處搜索偵查，至今晨一時止，兇手尚在逃未獲。

查兇殺案發生地點，乃在通入九龍嗇色園（俗稱黃大仙）之孔道。該處戰後始開闢，名為黃大仙道，兩旁皆建有僅一層之磚屋及木屋，排列成行。其中不少為小型食物店，衣紙店，及解簽相館等。死者被槍殺地點，距離該黃大仙道四十六號A約十碼處，時間約為下午七時四十分，當時天已入黑，該處一帶之商店已關門休息。據當時目擊者稱：是時突聞槍聲兩響，隨見一男子以手掩左脅，蹌踉走入四十六號A祥泰店內，發出呻吟，狀極痛苦。附近鄰居中人曾聞死者曾說出一句：「今次必死咯！」繼即不支倒斃。

四十六號A屐店一邊為祥泰號，設有一長櫃，陳列木屐甚多，另一邊為見明齋，代人解籤語者，死者倒仆於見明齋之一邊，頭向店內，足微曲彎向街外。當時該店內只有店東黃強，及妻與年約十四歲之幼女在店內。睹狀後其女乃急奔出門前高呼救命，由附近中人代通告當值附近之華警。五分鐘後，九龍城警署大隊警探到場，由署長屈臣，偵緝幫辦奧喇利，史葳夫，陳渭文等率領，抵埗偵查，並搜索兇手踪跡。港九偵緝處長師古警司，亦親自到場偵查，死者遺骸經警察醫官彭定祥檢驗及指模部人員拍照存案後，於深夜十一時許，始用黑箱車舁入九龍公眾殮房。

命案發生地點頗為黑暗，肇事時因時已入黑，各店多已上舖，途人殊為稀疏。據一途人稱，死者大約係從黃大仙路口行入，行抵四十六號門前時，即突聞槍聲兩響連續發出，因附近多閉門，死者中槍後只向前飛跑，至四十六號A門前，因該店尚未上舖，死者乃奔入暫避，詎已傷重不支倒地。死者所中兩槍，皆在左店胸脅骨要害，彈貫穿內臟，故當場傷重不治斃命。……

直至今晨一時止，警方之偵查工作仍在進行中，死者之名字，可能已獲悉。但警方對該案嚴守秘密，迄未有透露。僅謂：「此案之死者，為中國籍男子，年約四十三歲，身高五尺四吋，面目黝黑，身穿寶藍色陳舊西服，黃皮鞋，被兇徒狙擊槍殺斃命，原因未明。」

又據另一路經該處之目擊途人稱：當時死者行至距四十六號A木屋祥泰屐店及見明齋解簽約五十碼之譜，有另一男子從後在左便身旁經過，隨即聞槍聲二響，死者即告步履蹌踉，口中哎哎作聲，隨後之男子隨即從黑暗中向竹園洞村之岔口小路飛遁，瞬即失踪，死者勉力支撐，行入四十六號A祥泰屐店後，不及一分鐘，即倒仆地上斃命，頭西腳東，踡伏地上，身上微有血跡。

據祥泰號中人稱：當時適逢天雨，死者突然走進店內，手掩胸部，旋即不支倒下。店中人大呼救命。在此混亂之際，究竟外邊情形，有無其他人走動等，未有注意，但死者未走入屋時，則確聞槍聲兩響。死者撲入屋後，店中人當嚇一驚，曾有詢死者何名及住何處者，但死者已因重傷不能言語。事後據聞警方在死者身上搜出日記部一本，另請柬數張，疑死者乃到附近派送請柬，途中遇狙擊。……死者為廣東人。

死者遺屍直至晚上十時許，始由屍車載去，先送九龍城警署，辦理各項手續，約十時三十分，又有大批警探到黃大仙附近，今晨尚在偵查中。

此宗離奇謀殺案，其內情為何，尚待警察當局查究，一般推測，疑為與政治問題有關。因：（一）死者遇事之處為黃大仙道，該處附近一帶居民，不少過去曾在國內政治舞台活動者，死者是否與其中人有來往頗堪注意。（二）觀乎死者身穿衣服，似非富有，假定因私仇引起被殺，或不致使用手槍。（三）死者非住在附近，而竟遇狙擊，行兇者當屬有預謀。（四）警方對此事之重視，與出動警探眾多，並嚴格封鎖消息，情形與過去發生謀殺案情形相同，故推測可能與政治有關，但警方對此問題，不允有所披露。」（以上摘自《工商日報》）

這一報導，對於環境和當時情形，都採訪得非常詳細，推測得也甚為接近。並插入最後消息一則：

「今晨一時，據另一未證實消息：死者於一年前即已居於黃大仙之利群新村內某屋者，警方業已將該屋中人全部帶返警署問話。一說死者姓陳，名漢波，東江人，卅一歲，現無職業，最近曾向親友求一教員職位云。」

這一消息只是說明了死者姓名為陳漢波。漢與寒同音，大體上還算正確。其他若干報導，與此大體相差不遠。時間上有說是七時二十分者，星島日報載：「……警方檢驗他身上的創痕，發現一共中了兩槍，第一槍的彈著在左肩，第二槍的彈著點在左胸，子彈卻是從前面射進去的，……由於死者的傷痕一共中了兩槍，兩槍都是從前面射進去的，兇手可能與死者迎面相遇，認清面貌以後才開槍射擊，這種動作，似乎是預先有計劃的行為。……他叫陳漢波，卅一歲，台山人，……」

《華僑日報》的報導中有：「事後，據在發生地點附近擺賣食物檔之小販稱：槍響時，曾睹一穿藍絨西服之男子發足向竹園村狂奔，在後似仍有一人奔跑，惟於黑暗中無法辨認面目，且似轉向興華國建築店鄰側空地小路逃去。因此，料死者乃被兇徒伺伏路旁放槍狙擊。……」此一報導除在黑暗中能否看見藍絨西服之顏色一點堪疑外，其他亦可資參考。

一般說來，十七日的日報報導都差不多，只有《大公報》、《文匯報》兩報在死者姓名方面，與其他各報有不同的記載：

《大公報》：「……據未證實的傳說：死者係國民黨軍人（前曾任廣州公案局局長等職）朱暉日之侄朱榮業，……」

《文匯報》：「……但直至今晨（十七）一時許仍未緝獲任何嫌疑兇犯，傳說死者名朱榮業，為偽廣東省警察局長朱×日的侄兒……○○（缺兩字）為王×青，為匿居香港的「東江國防游擊大隊長」，「與蕭匪××有密切關係。」

十七日下午各晚報均報導死者為陳寒波。《中聲晚報》的標題是：「淒風冷雨之夜，陳寒波被槍殺。」《星島晚報》的標題是：「黃大仙道謀殺案，死者為投稿人」。被謀殺為民主自由作家陳寒波氏，至此證實。

一月十八日，《大公報》說明：前傳為朱暉日之侄，不確，對陳寒波的住所狀況，人多，家境很窮，無力落葬的家庭情形，有簡單的報導。對於案件之發展，似未願予以推述。同日文匯報，對於此案無一字的記載。

一月十八日其他各日報對此一謀殺兇案，續有長篇與內幕報導，而且因為死者是一個自由作家，所以對於兇手問題，發出涵義鮮明的問題。《自然日報》用頭號大字標題：政治謀殺案內幕。內容摘錄於後：

「九龍城黃大仙道政治謀殺疑案被害的陳寒波，他逃出鐵幕後在香港印行過兩本反共的單行本，一本是《今日北平》，一本是《反共宣傳與文藝運動》。（編者按：當時由本社出版的還有他用李華筆名發表的一本《一個紅色女間諜的新生》）從這兩本著作中，證明他是一個在共區擔過重大任務的青年文藝家，黨握無數關於中共的秘密資料。逃出鐵幕後，憤恨中共欺騙政策，把紅都的醜惡相貌和共黨領導人物醜惡的嘴臉赤裸裸的暴露。這位青年文藝家雖然飲彈而死，他的死是什麼人主使？什麼人使用這種卑劣行動？只好由讀者們去鑒領。

一個窮無立錐的書生，延遭了這種悲慘的命運，剩下來一家人，在覺蔭園內是無人懂得他是個有政治關係的人，他是廣東台山人，其妻葉素珍，江蘇人，也是上海的女作家，兩人的愛情是由文藝而結合，人生觀和政治觀點相同。他們命生不辰，一對患難夫妻做了「該死」的知識界，以為逃離赤色魔爪，困住木屋來苟延生命。料不到在這悲慘時代，一對比翼鴛鴦也難逃分飛劫運。

……死者於去年秋間由上海逃出鐵幕來港，租得覺蔭園內的第二十一號木屋。覺蔭園位於黃大仙道的支路最末路，隸屬於竹園聯合村北村第二段，園內建有木屋數十幢，建築甚簡，均以木料而成，由覺蔭園主持人收租。菩提淨地，變了流亡的居停。在園裡住的，有外省人，也有廣東人。死者與年邁母親和一妻三子一女同居，據該園一尼姑稱：死者舉家遷來已十餘月，每月納租七十元，租金甚少拖少，惟最近三數月來，環境似已轉惡，故尚欠了四個月租。死者初來租屋只兩夫婦，自言身世是教員。

死者之母，鄰人多呼之為亞婆，和藹和親，甚得附近兒童喜悅，老人家嘗對兒童說其子（死者）是在一間報館工作，入息每月有五百元，但一家多口，生活頗為清苦。陳寒波遺下的三子一女，均未成年，最長的不過十二歲，子名炳珍、蝦仔、炳康，女名路沙，只有路沙及炳珍在嶺表學校讀書，其他兩個尚未入學，路沙讀第一年級，炳珍則在四年級。

死者之妻昨晨九時五十分被警探帶到殮房認屍，當時她披頭散髮、面容憔悴，穿著鼻烟色外套，棗紅長旗袍，但未有穿襪，帶領兒女各一，在殮房外面聽候。珠淚滿眶，悽楚欲絕，旁觀者也為她掉下幾點同情之淚。上午十一時許，由政府檢驗官彭定祥帶葉氏認屍，他認出槍殺者果為其夫，不禁放聲大哭，撫屍哀慟，小孩子也哭著呼喚爸爸，後由警探勸止。十一時許，認屍手續完畢，即由政府攝影員將死者屍體拍攝存案，以為他日開堂時佐證。十二時後，警方將葉氏一家人帶返警署，暫時供其伙食。

記者昨日三至覺蔭園調查，因全家人都在警署，直至下午六時，仍是重門深鎖，屋內頗為凌亂，廳外地上有一張《文匯報》，和一本《中國紅都》，（編者按，亦自由出版社出版）……房內抽屜更為紛亂，無甚傢俬，至於死者是如何人物，警方仍繼續查究。

據外間流言：「死者當初是一個國民黨人員，後來中了紅毒，入了共產黨。後又發覺共黨一切措置，全屬虛偽，乃於去年逃來本港，並寫反共文章，但他深知鐵幕內一切秘密，為免他戳穿鐵幕，所以實行暗殺。

窮書生生前一向慳儉，但因吃飯人多，雖極力節省，仍無儲蓄，身後蕭條，喪費無法籌得，棺木還未購置。聞死者出殯費用，將由警方籌措，現警方已通知葉氏準備埋葬死者遺屍，可能今天即出殯，否則便延至明天。」

這一則報導，可算把陳氏的家庭情形和生活情形報導得很明白，殮房一幕，尤其是一幅慘絕人寰的圖畫，對於陳氏的死因，也有所論列，自然，在香港這個環境裡，究竟兇手是誰？讀者是會鑒領的。

同日《工商日報》也有內容無多大距離的報道，並且有：

「……同時，死者曾經出版了幾本抨擊共黨的叢書，最有名的……由自由出版社出版，死者也就靠寫點文章拿稿費，和間中替人補習賺點錢來支持一家七口的生計。但是，為了這樣，死者就闖下殺身之禍，這可能就是死者被殺的最大原因。……根據死者以往的歷史，和最近居留在港的過往，死者陳寒波是怎樣被迫害的？為什麼被害的？被誰所害的？這一切，聰明的讀者們，也許都能夠明白了答案。」

值得注意的是，陳寒波被謀殺的時間，正是一個姓龔的朋友約定會晤的時間。這位龔某，據說也是由中共出來的，那個姓龔的朋友和他約定八點鐘去看他，他準時趕回，恰巧就在那時間被刺，而那位姓龔的朋友，這晚卻沒有來，《我怎樣當著毛澤東的特務》的原稿，姓龔的朋友既常往來，當然也應該看過。

當他最後的一本書《我怎樣當著毛澤東的特務》寫到將近結束時，他曾遇到舊日的共特同事，這本書第九八頁就這樣寫著：

「往事縈徊，傷心倍甚，當我執筆寫這篇文章時，正楊帆、胡靜波、馬福利、周立（高方中前妻）均曾先後抵港。有的正在部署對台灣的滲進工作，有的在港從事破壞……。而有一二人，更曾狹路相逢過。可是，大家都黯然無言地避開了。我特借此寄語這些得意的與失意的共特老朋友們：「早日放下屠刀，立地成佛吧！雖然淡泊，卻也精神愉快！」」

《我怎樣當著毛澤東的特務》這本書，只才寫了一部份，他似乎是準備續寫的，現有的這本書，似乎只才透露了一部份，也許還有令人更可怕的事實在後面呢，可是，完稿時距離被殺時，時間太短，我們永無機會讀到這本書的續集了！那些血淋淋的事實，在兩槍之下結束了！

關於陳寒波的一生，本書下面專章敘述，這裡不予贅錄。直得惋惜的是！有些報紙的記載是出諸幻想，荒謬之至，這裡不多介紹，陳先生九泉有知，也要跳腳的。

自此以後，這一謀殺案即移歸政治部處理。其家屬亦由警方設法優待維持。迄至本書付印時，兇手仍在逃未獲。警方已懸紅五千人元購緝在案。

一、陳寒波這個人

本月一月十七日早晨香港各報最初報道黃大仙謀殺慘案的消息時，有的載死者為「陳寒坡」，有的稱死者為「陳漢坡」，可見當時本港新聞記者們，對於陳寒波這個名字，都還顯得非常陌生；至於陳寒波是何許人也，一般社會，自然更是不甚了然。

不用說，自陳寒波被害的消息傳播以後，他的名字，已藉極權特務的暴行，替他作了一番廣泛而有力的宣傳，如今，在港九，在海外，在自由世界的每一角落，陳寒波這個名字，早已不脛而走，遐邇皆知，幾乎成了一個象徵反極權的標幟。

陳寒波這個人，究竟是怎樣的一個人？

這一問題，在他死後各報章的報導，顯然語焉不詳，甚至穿插附會，對他還有一些誤解的地方，這對於一個為民主自由奮鬥而殉道的烈士，未免有失公允，實在是不應該的。筆者在此，願作一個忠實而客觀的報道和分析。

且先從他的歷史著手吧。

陳寒波是廣東台山第七區上澤鄉大墩村人，乳名同春，派名應武，學號普唐。台山是南國有名的華僑之鄉，他的父親陳璧光，便是一個經商海外的華僑，至今還留在美國，在台山家鄉，還有他祖下遺下的產業，也算是一個地主。照共產黨劃分階段成分的說法，無疑地，他的家庭，是一個地主階級，也是一個小資產階級。但陳寒波本人，卻是一個科班出身的共產黨員。據他在《我怎樣當著毛澤東的特務》中說：「我從小酷愛文藝、美術、尤其愛好詩歌和戲劇，我所以在少年時代便參加了中國共產黨……參加了左翼文運團體，跟隱蔽在團體內的『文特』、『藝特』結了不解緣，致在不知不覺中投進了共黨的組織。」

寒波幼年就學於上澤鄉成務小學，嗣又入台山培英小學，畢業後，升入台山師範初中部。因其敏而好學，刻苦自勵，成績每列前矛，深得師長嘉許，他的父親也非常歡喜，認為他是一個可造之器。

台山師範初中部畢後，就叫他到上海，寄寓在他父親的乾親溫宗堯家裡，就學於上海匯文中學。民國二十六年（一九三七）「八一三」上海戰爭爆發，他便離滬到延安，據他在《今日北平》中說：「回憶當年，一九三七——一九三八年間的延安，毛王為了欺騙群眾、欺騙青年——我也是一個被欺騙者之一……」在延安受中共訓練一個時期，就於二十七年（一九三八）派他來港參加地下文運青運工作。這時，廣州已經失陷，廣州國民大學遷港，他便在國民大學借讀。

寒波在台師中學部讀書時，就與中共的中委譚秀峰認識了。中共對於像寒波這樣的優秀學生，自然必須力加誘騙，可能就在這時，他便和中共發生了工作關係。他到香港以後，為了便於工作，一面在國民大學借讀，一面與左翼作家茅盾（沈雁冰）等過從甚密，在茅盾領導之下，參加共黨的文運工作，就開始用蕭曼，陳北流等筆名在左傾尾巴報刊上投稿，並且參加左翼「文特」組織的中國詩壇寫詩，誦詩。由於他自己學習的努力和苦心研求，深為左翼作家所器重，對於朗誦詩歌，有優異的表現，為一般左派青年所欽慕，頗有號召的力量。他在香港不到二年，沒有等完成國民大學的學業，就取道昆明轉赴成都，據說，他這次回大陸時，缺乏川資，就是這些青年學生資助的。

大概就是這個時候吧，他父親對他的行徑，也許開始感到不滿，便託溫宗堯保他進中央軍校，想使他與共產黨來一個事實的隔離。他的入中央軍校，是先經中共批准的，是奉命去做滲透工作的。

最精彩的一幕，最富於戲劇性的一幕，是他滲透中央軍校的一段經過。這不但是一段緊張驚險的國共暗鬥史，而且也是他本人悲劇的開端。

陳寒波，本來是一個愛好文藝、美術、詩歌、戲劇，而正嚮往著「詩人之夢」的人，說起來，壓根兒就沒有學軍事的志趣，也不具備從軍的條件。但事實上，他竟進了中央軍校，不得不進中央軍校；他父親要他進，中共更要他進，父親的意志，還可以不必曲從，但中共的黨命如山，豈可以違抗，容許你違抗麼？於是，這不由自主的現實，迫得他不得不脫下長袍換短衫，就在抗戰期間，走進成都中央軍校十六期步科的行列。他就在中共指揮「青運」的連成壁領導之下，運用他的天才，展開了他的滲透工作。並且，就在這時，他寫了一本《布爾喬亞的軍事理論批判》，由中央人員審閱後，帶到延安，印成小冊子，作為教育幹部的資料，這就建立了他在中共內的地位。

不幸，在軍校搞了一年半，快要畢業的時候，恰巧皖南事件發生（一九四一年一月），他一向的言行，已是極為激烈，此時更因響應新四軍事件的風潮，暴露了身份，經軍校政治部主任再三的威迫利誘，都堅決不肯屈服。這樣簡單的嗎？深入軍統的發源地去謀反側，單靠這樣一派死硬到底，就可以了事的嗎？不用說，陳寒波，便成了軍統追獵的目標之一。但在延安受過中共訓練而機警的陳寒波，也自知黃雀在後，於是便展開了一幕國共的特務戰。

這時，他適患關節炎，就藉就醫的理由進了軍校醫院，企圖逃避軍統的視纘，乘隙而逃。但軍統派熊某和另一個同班同學，也追踪趕到醫院監視，寸步不離。可巧，這兩個監視的獵犬中，除熊某是徹頭徹尾的軍統嫡系者外，另一個，思想上卻是左傾的份子。

在一個陰霧沉沉的晚上，也正是準備逮捕陳寒波的前夕，熊某應女友邀約去看電影，把監視的責任全部交給那左傾的監視者。就在這個時候，他藉下棋來掩飾，示意寒波入廁，在厠所中才偷偷的告訴他事態嚴重，如再不逃，明日即將逮捕。但這時，大門早已有人把守，插翅難飛，兩人在厠所內設計，用兩人的綁腿布，結成一條長帶，協助寒波從城牆上吊下逃走（軍校在西城角的城牆邊）。寒波逃出了虎穴，在萬分驚怖之餘，伏在馬槽裡過了一夜，好不容易，由現任中共上海花紗布總經理視華的哥哥（中共外圍分子）的幫助，才乘車逃到重慶，躲在紅岩嘴的中共辦事處。

這一幕，軍統顯然中了金蟬脫殼之計：協助寒波脫逃的，不用說，事實上，達成了反間諜的任務；約熊某看電影的女友是什麼人？是偶合的？還是預謀的？是友人？還是敵人？相信事後，熊某應該有這樣的警覺。

陳寒波在軍校用的名字是陳晉唐，因這次國民黨通緝他，便放棄了這個名字。同時，他父親從美國匯給他的二千元美金，也被沒收了。至於協助脫逃的這位同學，雖為國民黨某權要之子，也受到軍校不給予畢業證書的處分。

陳寒波到重慶以後，仍在連成璧領導之下，擔任青年運動工作，當時，曾有不少的青年，受他熱情鼓舞，赴延安去接受了中共毒素的洗禮。

這時，陳寒波因他父親要他赴美，經中共批准，打算取道香港，遠渡重洋。但適逢太平洋大戰爆發，未能如願，便逗留在香港，繼續地下青運工作。

一九四一年，香港已淪在日本統治之下，活動很不容易，可是當時做警察局長的，是溫宗堯的家族，共黨命他利用與溫家世交的關係，掩護工作，確也獲得不少實效。就在這個時候，他結識了他的愛妻葉珍女士。

葉女士，是一個世家的後裔，從意識形態到生活形態，本來都與寒波迥然不同。但他倆同富有真摯熱烈的情感和愛護祖國的忠忱。在一個極端恐怖和極端紊亂的社會裡，由於都能保持這些人類善良的根性，便促成了他倆的互慕，促成了他倆從苦難中的結合。更由於這一結合，也互相影響，互相遷就，在一個不長不短的十年之間，彼此在意識形態與生活形態上，都有顯著的修正與進步。特別是葉女士的人格和道義感，對於受過共黨毀滅人性的訓練的人，實在是一劑對症的良藥。這些具體的影響，我們在他倆結合以後，許多事實的表現上，便可以得很清楚。

後來在香港，因為他領導的某一名下級幹部被捕，陳寒波身分暴露，乃於民國卅一年陰曆元旦，乘人不注意之際，夫婦倆化裝商人，逃赴澳門，立即轉乘帆船返回台山的故鄉。

到了台山，復與中共取得聯繫，並得連成璧的信，叫他到韶關去，自費成立單位活動。但因在自澳返台途中，曾被海盜洗劫一空，苦於一時無法籌款，未能去韶。未幾連死，與中共一度失去聯繫，便悶在家裡寫作，此時他曾寫了一部攻擊舊社會的詩集，但沒有發表。

不久，他憑著與縣長陳燦章女婿舊時中學同學的關係，打入國民兵團，任中隊長。同時，他變賣祖產、開鹽場、開農場，積極籌集經費，並與廣陽指揮部參謀長彭秋萍（時名為國民黨，實為共產黨），陳白曙（現任中共台山教育科長），張文休（現任中共省級幹部）合作，一面籌辦一報，未及出版，即被查禁；一面密謀暴動，也未發動，台山便告陷落（三十三年）。這時，陳寒波，除任國民兵團中隊長外，並一度任派出所所長，後又任三埠軍警督察處督察。

台山，三埠相繼陷落後，又逃入韶關。這時，由妻兄介紹給粵財政廳長兼省田糧管理處長張導民，被派任粵北乳源縣田賦處總務科長。但他於稅務工作，極表不滿，認為足以消磨青年壯志，仍密謀展開共黨地下工作，時往來於乳（源）韶（關）之間，極力設法爭取「曲樂乳指揮部」指揮官周鴻。一九四三年韶關淪陷，周鴻死了，日寇乘虛襲擊，就隨省府經千家山，奔至連縣，這中間跑了七日夜的山路，備嘗艱辛，又與中共失去聯繫，極感痛苦。勝利初，任連縣國立華僑第三中學教官。

越半年，又由妻兄介紹給廣州余俊賢（國民黨粵省黨主席），任國民黨梅菉市黨部書記長，自籌經費，舉辦梅菉民報，乃自任社長兼主編；並擬密謀獨立暴動。但因受其妻葉女士的精神感召，任職凡一年，卒未輕舉。

民國三十五（一九四六）年，國民代表大會開時，他也趕到南京，想轉入行政界，謀一個縣長做做。當由其妻兄面為介紹給羅卓英（粵省府主席，此時在京出席國民大會）羅以暫無縣長缺，就任他為省府參議，並答應一有縣長出缺，就給他補上去。

不竟，寃家對頭，又與當年在軍校監視的軍統熊某狹路相逢，熊某就像獵犬發現了狡兔似地，恨不得一爪抓住他，一口吞將下去，開口就是威脅的話句。但足智多謀的陳寒波，也早有準備，原來他一到南京，就下榻於他親戚主持的中統局宿舍裡。這時，他便使出一個殺手鐧，邀熊某到他住的宿舍談談，並且表示他早已改絃易轍，大家都是自家人，不必再記宿怨。可是，這隻獵犬，卻死死不肯放鬆，一直追根到底，到處調查，等到把事情鬧穿了，由中統方面出面來擔保，迫著他寫了自白書，才算倖免於去嚐鐵窗風味。

寒波自從軍校脫逃被通緝後，即改名陳應武，國民黨人連他的妻兄也不知道陳應武就是曾被通緝的陳晉唐；這次曝露了身分，中統自然也很不放心，叫他速飛廣州辨清交代，趕快回南京，從工作上來表現他的自新。

他到了南京，他父親又寫信要他去美深造，這封信是寄到台山原籍的，他本人沒有受到，卻被別人偷偷拆看了，竟有人寫了一封無名信給他父親，說他是神經病，出賣祖產的敗子，這使他父親很為氣憤，斷絕寄錢來回來，可是仍然寫信給他，寄衣服給他，但，被他倔強地拒絕了。

這時，正南京學潮囂張，此起彼覆之際，中統就想用他這長才，協助鎮壓學潮。但寒波回京後，精神異常痛苦，消極萬分，經時月餘，工作殊無足稱；又派到上海中統辦事處國際組工作，也是意冷心恢，沒有什麼表現；後來又調到黨派組，叫他打進各民主黨派，他自己也想藉此尋找恢復與中共聯繫的機會。就在這個時候，（一九四七年），他參加了民社黨的革新派，當選為中央委員，同時，也打進了農民黨，據說，他後來到北平時，最初還是用農民黨的身分出現，那麼，也許可能就是他在黨派組時，從例行工作中種下的淵源。據說，正在這段期間，他一切反常，就像發了神經病似地，喜怒無常，常常回家庭鬧彆扭。

中統局對待他，是當俘虜看待的，這在他的著作中已經寫出，所以他也和其他自首的人一樣，「寧願回老家受察看」這種思想，不是政治力量的強制所能生效的，陳寒波終於同中統鬧翻了，一九四八年，他逃出封鎖線，去到東北，參加了中共的工作，在中共軍節節勝利，奪取石家莊後，才又進關，又逢傅作義在北平易幟，就轉輾又到了北平，參加新政協的座談了。

可是，等得他到了「北京」他把擺在面前的現實，一看呀，他理想的天國給醜的現實打破了，理想登時幻滅了！

他在《今日北平》中這樣的說：「當你以為這是理想的天堂，走進去時，卻是人間地獄，你能不頹然欲倒麼？」

不但如此，在這地獄中，毛澤東還要「迫良為特」，強迫他助桀為虐，做地獄裡的牛頭馬面，仍然要他回上海，在華東局社會部，擔任設計委員，但楊帆卻因他上海情形熟悉，要他擔任審問國民黨特務的工作，一個時期後，又調任「情委」，專做「統戰」工作，做特務工作。同時，這長長的日子裡，他目睹了各種殘暴的兇惡的毒辣的手段和刑罰，能不令他切齒？能不令他痛心麼？

所以，他和他的家屬們，也終於一九五〇年八月初旬，先後逃到香港來了。

誰知道，到了自由的香港，還不能倖免於魔掌的迫害呢？蓋棺論定，到了今日，我們對陳寒波的一生，應有一個了解吧！

現在，且再從陳寒波的一生，作一番分析。

陳寒波死後，常聽到有人批評他是一個「神秘的人」；也有人批評他「太亂」。批評他是「神秘之人」的，是由於對他不了解，一切不了解的東西，都是神秘的，不足為怪，更不足為寒波病；只望他多從寒波的歷史和著述中去多求了解，作者不擬多加說明。批評他「太亂」的人，是由於對他了解不深，沒有把「太亂」的原因作更進一步的探索的緣故。

不錯，從表面看來，他的各方面都顯得「太亂」：但進一步的探索，卻又不盡然，至少也不是他本身的責任。

從他的學歷看，他自台師初中部畢業後，就進上海滙文，中學沒有畢業，借讀國民大學，也只讀了不到二年，沒有畢業，後來又到延安受過共產黨的訓練，也進過國民黨的中央軍校，看起來很零亂、很不正常、很不調和。

不過，何以會這樣呢？難道一個這樣有天才，有志氣的青年如陳寒波者，是自己有意糟蹋自己，甘心自誤前程嗎？不，這決不是他自己主動的，不是他自己的意志決定的，他自己說過，是在「半嚇半騙」下作成的。在共黨看來，所謂個人的主動和意思，都是個人主義的毒素，在共黨組織中，在共產社會裡，必須連根拔除，老實說，被共黨誘騙而受其控制，利用的人，就壓根兒不容許你有主動的自由，不容許你有自己意志的存在。試問陳寒波既在少年時就受「文特」「藝特」的誘騙，不知不覺地投進了共黨組織，（見《我怎樣當著毛澤東的特務》）還能容許他有抉擇的自由，還能容許為他自己的前途打算嗎？像陳寒波這樣有天才，有志氣，而又擅長文藝，美術，和酷愛詩歌戲劇的青年，正是共產黨急切需要控制而利用的好對象，也許就是由於共黨要派他滲透到這些學校去活動，才造成了他這零亂而不正常和不調和的學歷，才犧牲了他自己的前途。在中國，在蘇俄，在所有共產主義的國家，像陳寒波這樣的例子，因受共黨誘騙，控制，利用而犧牲的青年，正不知有多少呢！這是共黨戕殺青年，毒害社會生機，阻礙人類進步的罪行，每個受共黨誘騙，控制，利用的青年沒有罪過，任何受共黨誘騙，控制，利用的青年沒有責任。我們對他們——所有受共黨誘騙、控制，利用的青年——這些不幸的遭遇，只有惋惜，只有同情！

從他執業的經歷來看，他擔任過共黨的文運工作，當過國民黨的警察所長，國民兵團隊長，當過教員，做過國民黨梅菉市黨部的書記長，做過國民黨的糧官，並且在抗戰時期做過游擊隊的隊長，打過游擊，也做過國民黨的中統特務和毛澤東的特務。這一篇離亂無章的流水爛帳，不但是非常不正常，不調和的，而且找不出一個循序發展的積累線索。自然，在今日中國這樣混亂的社會裡，人們在就業方面，不正常、不調和，而不能循著正軌發展者，本來不是什麼稀奇的事，不過，一個投身於共產黨而受其控制的指揮的人，一切都是為了所謂革命，事實上，更是不容許他有依照自己志趣去擇業的自由。可不是麼？陳寒波除一九四六年到南京上海受國民黨中統控制的一個時期以外，那一個職業，不是在為中共謀活動或受共黨指揮控制的？儘管有許多工作，不適合他自己的個性，不是他自己的志願，但有什麼辦法呢？特別是做毛澤東的特務，更不是他自己的志願，他在《我怎麼當著毛澤東的特務》中，交代得很清楚：「我要抗議，別人可以接受『迫良為特』的一套，我卻不能接受！」但因他「與組織斷了關係一年多」，毛澤東堅持「要社會部從工作中去考驗」他，他也就終於不得不「在半騙半誘」之下，接受了毛澤東「迫良為特」的一套。儘管他自己想做「詩人之夢」，想繼續做文運工作，但既做了毛澤東控制的黨，有什麼辦法！

他為什麼與組織斷了關係一年多？他在滲入軍校時，曾經因工作而被監視，結果被他逃出，在原籍賣去他祖傳的土地而去共黨工作。勝利的當兒，他又被共黨派去擔任地下工作，終於暴露身份而寫自白，結果，由於他的妻堂兄的營救，更被逼為中統工作，因此，他被判為不惟堅持監獄鬥爭，楊帆說他投降叛黨，從此他就變成「不清白」的人，而被共黨遺棄了，這樣，就與組織斷絕了一年多的關係而始終被歧視著。

最令人難於了解的，是陳寒波的政治立場和黨籍問題。他是一個科班出身的共產黨，也是被迫半路出家的國民黨；民國三十六年當民社黨分裂時，也在上海加入過伍憲子領導的民社革新派；有人說，當他三十八年春間到北平參加「新政協」座談會時，最初還是用農民黨身分出現的，後來才又回到共產黨工作，卻沒有恢復黨籍；他逃亡到香港時，仍與農民黨領袖董時進過從甚密，同時，由於他在香港寫了不少揭發中共暴行的著作，而又屢次拒絕他妻兄約他入台的好意，始終不肯到台灣去，因此也有人認為他在搞第三勢力；據聞，最近他與自稱大陸逃來的若干中共老幹部有所往來，也似乎可能在想有一個類似狄托主義的做法。

他政治立場的不明朗和黨派關係的複雜，從表面看來，似乎很難判斷。但仔細體察其實質，追究其根源，原也非常明朗，非簡單。就政治立場說，他只有逃離大陸前後的兩個顯明的階段；在沒脫離共黨，沒有逃出鐵幕以前，他是一個徹頭徹尾的共產黨，他在任何時期，任何崗位，包括被中統控制他在南京上海工作時期在內，他無時無地不在為共黨活動，也無時無刻不在內心擁護共產黨。自他從中共內部深切認識了共黨的缺點和暴行，深悔過去受騙，毅然決然地脫離共黨組織，逃出鐵幕以後，他便是一個最英勇，最堅定，最有力的反共者，這一立場，我們從他來港以後的言論中，便可以顯明地看出來，特別在他以身殉道之後，這鐵一般的事實，還不夠證明麼？

至於他黨派關係的複雜，也只有兩個時期，追究起來，在任何一個時期，他個人絲毫沒有任何責任。第一個時期，是他在國民黨任上海中統局黨派組時期，第二個時期，是他在共黨任上海「統戰」工作時期。在他被國民黨中統強迫參加上海辦事處派組工作的時期，是國民黨派他去滲透各民主黨派的，在他是職務，是他的例行工作，而不是自己對這許多黨派的主張政策都表示贊同，也不是他見異思遷，有意騎牆投機，有意混水摸魚，這是國民黨特務機關迫人於不義的政治盜竊行為，他本人沒有罪惡。在他奉中共之命參加華東局社會部擔任設委、情委，擔任「統戰」

工作的時期，他也是共產黨派他去滲透各民主黨派的，在他也是職務，也是他的例行工作，而不是他自己對這些黨派的主張政策都表示贊同，也不是他見異思遷，有意騎牆投機，有意混水摸魚，這是共產黨迫人於不義的政治盜竊行為，他本來也沒有罪惡。老實說，這種無恥的政治盜竊行為，是獨裁極權特務政治下，特有的怪現象，在民主制度之下是絕對沒有的，可憐，不幸，陳寒波生在中國這樣國共兩特務政權鬥爭的夾縫中，被踢來踢去，竟作了時代的犧牲。這原因，還是由於他對革命，懷具著高度的熱情，熱情也驅使他犧牲自己的一切，完或任務，結果，還是由於這種熱情，造成了他個人的悲劇。

平心而論，陳寒波這個人，與其說他「太亂」，不如說他「太真」。如果說他「太亂」我們應該說今日的時代「太亂」，今日的世道「太亂」，這時代和世道的「太亂」，正由他「太真」的反應，才表現了自己在表面上的「太亂」，嚴格的說起來，他實在是一個時代的犧牲者。

「太真」的陳寒波，他有真人性、真情感、真理想。由於他有真人性、真情感、真理想，他才「從小就酷愛文藝、美術，尤其愛好詩歌和戲劇」，才做著「詩人的夢」。也由於他有真人性、真情感，真理想，才不滿現實、才疾惡如仇、才想改造現實、才參加革命。不幸，他在少年時代，由於知識幼稚，認識不清，就被共黨的「文特」、「藝特」利用這弱點，誘騙他參加共黨，誤入了迷途。既受了誘騙，在共黨控制之下，一個知識幼稚、認識不清的青年，也便只有讓共產黨牽著鼻子走。但有真人性，有真情感，真理想的陳寒波，究竟是不適宜於做共產黨的，共產黨的黨性，是集陰險、狠毒、狡獪與殘暴於一團的化身，有時它固然慣於利用青年真情感的衝動，作為替它效死的動力，但絕對不需要有真人性，真理想。因此，有真人性，真情感，真理想，就與共產黨的黨性格格不入，等到他從共黨內部，經過長期工作的體驗，才發現共黨的反乎人性，才受到自己良心的裁判，感到精神上的矛盾和痛苦。特別是到竺飛事件發生後，這種現象就達到頂點，而無法忍耐了。

曾一度接受陳寒波領導的竺飛，在上海解放後，潛伏浦東打游擊，共產黨人非常頭痛，追不著，捉不到，楊帆想起陳寒波，利用他與竺飛的關係，命令他去說服竺飛接受招撫，他向楊帆提出條件，楊帆滿口答應，他順利地完成任務，而竺也頗警惕，始終不肯離開隊伍，楊帆亦無可奈何，但又必欲除之而後快。於是藉口在浦東召開保安會議，命令陳寒波去說服他親來參加，陳氏又提出條件，保證竺的安全，楊帆又滿口答應，竺飛也因感情關係，親自到會。但結果，楊帆背信扣留竺飛，並將其部隊繳械，竺險被處死，終判徒刑。（見《我怎樣當著毛澤東的特務》）

這一真實事件，對於一個有真人性，真情感的陳寒波，實在傷心透了，總覺得他受騙地出賣了朋友，對不住朋友，對不住自己的良心。但也因此，使他更深切地認識了共黨真實的猙獰面目，種下了他必欲脫離共黨組織的決心，才使他毅然決然地逃出鐵幕，開始追求他新的理想，投入了民主陣營，毫無保留地展開了他堅決的反共鬥爭。

自由出版社編者在陳氏遺著〈編者的話〉中說得好：

「陳氏本是一個中共的老幹部，受過長期的中共黨的訓練和薰陶，也擔任過許多相當重要的工作，何以會突然轉變，走到極端相反的另一方向，毅然決然地幹起反共工作來？」

「這個問題，在陳氏諸著作的字裡行間，顯然已經充滿了正確的答案，那便是因為他對於共產黨了解得太多和太透徹，而自己卻又還具有分別善惡的良知和辨識是非的智慧的緣故。」

那麼，陳寒波為什麼能保持其自己「分別善惡的良知和辨識是非的智慧」，而不站在共產黨的觀點，與共產黨一鼻孔出氣，以共產黨的善為善，以共產黨的惡為惡，以共產黨的是為是，以共產黨的非為非呢？這顯然是他有人性，有真情感，有理想的緣故。

所以，陳寒波是以有真人性、真情感、真理想，被誘騙而誤入共產黨，也以有真人性真情感，真理想，從共產黨內部認清了共產猙獰的真面目，而斷然地脫離共產黨，反對共產黨。

陳寒波也是一個有決心有勇氣有鬥爭性和能忍耐的人。

從他初期的歷史看，就是一幕鬥爭史，賣了父親的土地，去參加共產黨，就相當於一次鬥爭。這是無勇氣和決心的人能做的事嗎？這一事件開始，他在他家鄉，就成了一個有名的「神經病」了，本來，一個有革命性的人，天生就帶給他「神經病」呢！陳寒波不怕人罵他神經病，開始和社會鬥爭了。本來，他出身於一個地主家庭，父親又在美國做生意，生活上的享受，他是可以無虞匱乏的，他是有資格做一個大少爺安享其聲色犬馬之樂的，但是，他於此絕無興趣，而且絕對的反感，先去參加共產黨，繼而拒絕赴美，在香港雖然窘急還是沒有要父親的接濟，這種決心和勇氣，令人不能不佩服的，雖然他最初所走的方向是錯了，可是不能以此抹煞他的決心、勇氣、鬥爭精神。

遍歷了中共各個部門和特務機關工作後，一切奇奇怪怪的罪惡暴行，毀滅了他的理想，他是不能忍耐的，除了自己毀滅外就只有背叛。背叛嗎？在共產黨的魔掌下，是百死難以一生的，而他終於忍耐了，居然忍耐了那麼久，然而，忍耐是有限度的，現實給他的諷刺，實在太不能想像了，他不能不把這內心的忿怒暴發出來，由思想付之於背叛的行動，這種在魔掌控制下所想做的行動，面對著那麼一個殘酷的「組織」，非有絕大的勇氣和堅定的決心，佐以機警的行動，是不能從事的。陳寒波終於很成功地完成了這一行動，這種勇氣、決心、鬥爭精神、忍耐心、機警，都是值得我們學習的。

一家七口，來到香港，不向他在美國經商的父親乞援，堅定的忍耐著，迎受著這個窮的景況，生活不能維持，質物當衣，住在木屋裡和他的太太分工合作，日夜從事著作和抄寫工作，靠稿費來維持生活，煎熬地度著苦日子，他在決心離開共黨時，不應該沒有想到，他終於抉擇了拋棄那在中共的職位，安定的生活，來如此熬煎，就足以令人欽佩他的精神了。

就他的個性看是如此。他的思想和行動是一致的。這幾種優良的性格，也都在他的行動方面充分地表現，證明他是一個能實踐的人。他是具有獨立人格的。

一切的一切，都說明了他的人生和生活過程，雖然走了許多曲折的路，可是始終是一個粗線條的形態，在這種形態中，他是缺乏幽默感的。作為一個文藝作家，他也是一個缺乏幽默感的人，這也影響了他的著作，也是一個粗線條，內容和詞令，也缺乏這一點原素。

特別值得在最後說明的，陳寒波是知道自己隨時有死的可能的，但，他卻沒有為此考慮而恐懼過，他始終和死在搏鬥，一直到死，都是如此，他的動作，簡直都可以說在向「死」挑戰，上文已很詳細說過了，我們可以從他臨死以前所說的一句話中獲得了解：「今次必死咯！」

最不幸的是他這句話中包涵的意義，他一直到死都沒有能滿足他那高尚的理想，沒有能發洩出他的熾烈的熱情，這才是他真正的苦悶和悲哀！

二、輿論的憤慨

陳寒波先生之被害事件，不僅哄動了香港，引起了港九數百萬人的憤慨，也引起了整個自由世界的注意和憤慨，這在輿論方面，已有了充分的表現，「公道自在人心」，兇手及其指揮者要想一手蔽天，是不可能的，而且正足以暴露了它那醜惡的一面，莫謂文弱書生，反抗無力，須知口誅筆伐，歷史上自有功罪，倒在筆底下的王朝，已不在少。即以近之遜清而論，一紙宣言通電，全國遍舉義旗，難道這是在槍桿兒之下強迫出的起義嗎？三百年的王朝，就是這樣地倒下去的。由此可見輿論力量之巨大了。以刺陳案而論，輿論之表現於報刊者可以作證。

《工商日報》一月二十四日的社論，標題是：「政治鬥爭與政治暗殺」，內容顯著地是為陳寒波被刺一案而寫的，頗為警勁，特轉錄於後：

「政治鬥爭是現代人與人之間，國與國間的一種普遍現象，但政治暗殺則是前代的某些政治團體的野蠻行為。現代人所從事的政治鬥爭，是一種主張的鬥爭，道德的鬥爭，故其所表現的鬥爭方式，便是集體行動。在集體行動的鬥爭方式之下，個人在團體之間，並無特殊的重要意義，就算是政治領袖，也要經過群眾推選出來，一個領袖死了，另一個領袖就會代之而興，這個政治團體還是可以存在並且發展的。所以現代民主國家的政治鬥爭，他們所注重的，只是對於人民發揮其說服的效果，對於政敵顯示其高超的理論，已經再用不著那種卑鄙的暗殺行為。

自有政治鬥爭以來，除了帝王時代係以「人」為重心，故有「人亡政息」的少數例子之外，所有中外國家，都未聞有以政治暗殺而可以解決政治問題或消滅敵對政黨者，反之，每每由於一個政治人物之死，從而激發起整個集團的鬥志，以至獲得最後成功者，也事所常有。就以近代中國而言，孫中山先生是國民黨的領袖，而且又是開國的導師，但國民黨最大的成功——北伐，卻是完成於孫先生逝世之後，這就可以看出孫先生的存歿，並無影響到國民黨的興廢。再就中共而言，陳獨秀是他們的開山祖，而魯迅則是若輩心目中的「聖人」，但是中共今天所有的成就，都是陳獨秀和魯迅等所不及見的（後來中共排斥陳獨秀是另一回事）。這又可以證明，即使是最講偶像崇拜的共產黨，對於他們領袖的生死，在整個組織力量上，還是沒有太大影響的。

歷史上政治暗殺案之最警人者，恐無過於美國總統林肯的被刺，林肯在其解放黑奴戰爭，完成南北統一之後，南部美州有些偏激份子，痛恨林肯打破他們奴役黑人的權利，竟然行兇加以刺殺，但是，這種刺殺，雖然結束了林肯的生命，但林肯的政治業績和偉大人格，卻因此而更得到美國人民的景仰。今天，林肯已成為美國歷史上不朽的人物，他所揭櫫的「民治、民有、民享」的民主政治三原則，更成為一切自由國家信奉的圭臬。這又更加足以使人相信，政府暗殺只有幫助政敵的成功，而施用暗殺手段者則必定一無所獲。

日前，本港又再度發生一宗政治暗殺案，被殺者是一個無拳無勇也無財富的文人，雖然殺人兇手已於事後止去無踪，但從各種跡象來看，殺人者的動機，顯然懷有高度的政治意味，警方現正懸紅購緝兇手，案情如何，將來自有分曉，我們暫時無需推測行兇者的身份。不過從死者的過去身世及最近的生活而言，他是一個曾經參加共產黨而最後覺悟反正的文化戰士，由於他的痛苦經驗，純摯感情所發出的反抗暴政的聲音，不僅揭穿了極權統治者的黑幕，而且也喚起不少青年的覺醒，他的聲音，的確會刺痛某些人的心胸，打破某些人的面具，某些人為了理論鬥不過他，淫威嚇不倒他，在計窮智竭之餘，唯一可行的手段，便只有實施卑鄙的暗殺。大抵在謀殺者的心中，以為此人當初既曾被騙入夥，現在卻成了一個「叛徒」，如果此風一長，則今後逃出鐵幕，倒戈相向的血性青年，必大有人在，為了「殺一儆百」以保持其不可反抗的淫威，向著一個逃亡份子施用毒手，也頗合於「但求目的不擇手段」的邏輯。這種野蠻作風，實際亦非極權主義者所專有，像外國的許多匪幫，當其內部黨羽有不忠傾向時，為領袖者就一定陰謀加以殺害。不過匪幫殺人，多數都由於權利衝突，其目的尚較簡單，只有政治殺人，則存心既極卑污，道德尤其墮落（匪幫可以不講道德，政黨是不能不講道德的），他所給予人的印象，只是暴力的濫用，人性的泯滅，這樣的政治集團，即使它有更多動人的口號，而本質則與部落愚民並無二致，與禽獸之間，也不會相去太遠。

政治暗殺素為俄人所擅長，再加上列寧的鼓煽，史太林的善用，俄人的暗殺技術，更是登峯造極，舉世知名。像曾為共產黨領袖的托洛斯基，當他因政治鬥爭失敗而逃到墨西哥時，蘇俄統治者還是天涯追踪，運用了幾年時間，終於完成了他們暗殺的目的。那些甘受蘇俄控制，而唯恐不夠俄化的人，自然也學得這種暗殺技術，去誅鋤異己，對抗政敵，還以為那就是馬列的薪傳。不過我們可以引用魯迅說過的話，去正告那些瘋狂殺人者：『一人倒下去，則千萬人站起來』，政治暗殺只有激發同情者的憤怒，引起大多數人的共鳴，對謀殺者本身實在毫無益處。而且，政治鬥爭而出到暗殺手段，這就證明他們的政治自信已經喪失，政治道德已經破產，最後只好乞靈於強盜做法，以求維持其沒落的『威嚴』，我們真不暇為被殺者哀，而只為殺人者哀了！」

一月十九日《自然日報》的自然之聲以〈又一政治暗殺案〉作論，是專為陳寒波事件而作的，其文如後：

「最近本港九龍黃大仙又發生一宗政治暗殺案。據報載，死者陳寒波為一個寫作家，曾參加共黨，因思想轉變，秘密來港，著書揭發共黨內幕，以寫稿維持一家老幼七口生活。就陳氏所著書看來，其文筆內容，相當犀利，於共黨統治，為有力之抨擊，頗獲得讀者之歡迎。陳氏之被暗殺，是否即以此故？

誰殺陳氏？兇手是誰？地方當局，自能盡責查究，用不著我們去推測。不過，像這種的政治暗殺，其主兇必是最卑劣，最兇狠，而又最低能的傢伙，除了出這消極的手段之外，再沒有其他本領。

只有低等動物，才會鬥殺，只有最低等動物，才會使用暗殺的行為，作為政治團體，政治人物，而適用這等最低等動物的手段，這正表示著他的技窮智竭，不得不出此下策，我們不為被害者哀，而為這等主兇之徒哀！

子彈可以殺人，不能殺盡所有反對的人；一顆子彈，可以結束一枝筆，但不能結束千千萬萬枝筆，可以殺一個陳寒波，但不能殺盡千千萬萬的陳寒波！暗殺的限度，只是極小極小，這限度以外，還有極大極大。這極大極大，斷不是幾顆子彈，幾個特務兇徒可以消滅得來。暗殺，也許可以寒少之又少的人之膽，決不能止多而又多的人之憤。暗殺一個人，這一個人已矣，而許多人之憤由是而起，被殺者的屍體所發出來的寃憤不平之氣，決不是兇徒們手上的刀槍所能殺掉的，而社會的正氣，也決不是區區刀槍所能威嚇的。

陳寒波文裡如是說：『我在無人誘脅下，把毛澤東的罪惡統治，那血淋淋的事實，那億萬人民的咒詛，忠實地反映出來』、『客觀終於決定了主觀，血淋淋的現實終於操縱了我的觀念和情緒。今天，我想要還如過去一樣，在那無數的詩篇裡，論文裡，以一腔空想主義的熱情，把毛澤東歌頌如太陽，把毛管區禮讚如天堂，已是不可能了。』許多人正如陳寒波一樣，再不會受到任何誘脅了，那些以為可以用誘脅去使別人不咒詛，使別人歌頌與禮讚的，只好更自暴其罪惡，手段愈兇狠，愈加自己把罪惡「忠實地反映出來」罷了。

這又一暗殺案，兇徒們以為又一成功之作了，而不知這卻是又一失敗。也許，他們還是要繼續來這樣的一套的，因為除了這，他們沒辦法。他們的所謂作家們，簡直沒有一個敵得過陳寒波一樣的，而他們有的卻是卑劣的伎倆。」

《自由陣線》週刊一月二十三日出版的第八卷第八期，以〈悼反共文化人陳寒波〉為題的時評，是這樣寫的：

「近年來，港九暗殺事件，時有所聞；但文化界人士遭暴徒毒手暗算而殞命者，當以本月十六日在黃大仙被害之陳寒波君為第一人。陳君過去的經歷與現在的活動若何，吾人不詳，姑不具論；但從其在港刊行的諸著作中看，對於極權暴政的罪行，揭發不遺餘力，足徵他是一個徹底反對極權獨裁的民主鬥士。那麼，他的敵人是誰？謀殺他的兇手是誰？也就不究可知。

據報載，當場目擊者稱，陳君臨終時曾說：「這一次我真的死了！」可見陳君為反抗暴政，爭取民主，已早具必死決心，過去也必然經歷過可能被害的艱險，如今遇害，顯然是以身殉道，求仁得仁。

陳君的鮮血，已為民主自由的奮鬥，寫下了光榮的史頁，陳君死耗，激勵了無數愛好民主自由者的鬥志；只要人人抱定浴血奮鬥的決心，踏著先烈的血跡邁進，民主自由的大道，就在我們的前面。

不過，暗殺手段，原為黑暗時代的笑劣行為，在二十世紀的今日，還容其存在，簡直是人類的恥辱！我們深信，素以保障民主自由言論著稱的香港當局，對此類事件，必能有其有效的措施。（笙）」

《自由陣線》載稱，陳寒波死後，他們收到許多的悼亡文，該刊第八卷第九期選了兩篇，載於該刊青年天地欄，現在轉載於後：

第一篇是克非君的〈論陳寒波之死〉

「反共青年作家陳寒波被狙擊斃命一案，詳情備誌各報，軒然轟動港九。其遺著之《今日北平》與《反共宣傳與文藝運動》兩書，連日銷購一空，可見正氣自在人心，恐懼懾服不了反抗的憤怒！兇手現雖未落法網，但其指使者為誰？廣大讀者群的心中，已不特破案而後知。

人生自古誰無死？有輕如鴻毛或重於泰山的分別。就看其死的意義以及如何的死法以為斷。今天陳寒波的死，明顯顯地：是死於他正義的筆尖下，揭露了鐵幕新貴的醜惡與罪行：他的死：是用他被欺受騙的慘痛經驗，向青年現身說法，撞響了『請君莫入甕』的警鐘；他的死：是為了奴役下的苦難人民爭生存自由，向專制者用口誅筆伐，闖下來的大禍。他這種不懼強暴的精神，和他求仁得仁遭受暗殺的死法，是無愧於先烈，有重於泰山的。我們為著民主青年的損失，固然深誌痛惜；但從此更認清了豺狼本質，倍添憤惕！

在殘暴統治者的心目中，用暗殺來鎮壓手無寸鐵的反動者，自以為是權力無邊，逃不出他們的掌握；在職業劊子手們獸性裡，狙殺了一個主子所欲殺的文化人，自以為是立功報主的得意之作！卻不知道他們殺得愈兇，愈加把自己的罪惡『忠實地反映出來』，徒使自由世界的民主人士，必更加警覺而緊密團結；許多尚懷有若干幻想的海外青年，再也不會受到任何美妙的誘惑與欺騙了。

青年作家的陳寒波，雖然是躺在血泊中死了，但有千千萬萬經過思想武裝的陳寒波，正英勇地站起來！一枝陳寒波的筆桿，雖然在槍口下結束了，但有千千萬萬的筆桿，正加強製造紙彈，向兇徒暴主作無情的轟擊！二顆子彈可以殺掉一個陳寒波，但不能殺盡千千萬萬的陳寒波！血債血還，正義總有伸張的一天，英勇的青年們！我們準備完成用鮮血寫下的歷史任務吧。」

第二篇是釧兒君的〈哭陳寒波先生〉

「陳寒波先生，身無立錐之地的一介書生，逃出專制獨裁者的魔掌，還會遭專制獨裁者的暗算！——這是人世間的事嗎？

陳先生死了嗎？他不會死！成千累萬的陳先生，數不盡的陳先生，他們都起來了！專制獨裁者！你以為得手了嗎！不用獰笑，你的屠刀就捲刃了！

陳先生的血花照明了世界，全人類都會看清了獨裁者的嘴臉！大家會一致的喊起來。『獨裁者！獨裁者！人類中不能再留你這樣的壞東西！』

贊美焚書坑儒謳歌文字獄的尾巴們！醒來吧！血寫成的歷史，一點光榮和恩惠也不會淋到尾巴上來！狡兔死走狗烹；你們到被烹的時候，贊美謳歌也不會允許你們存在！

現在是我們書生滅秦的時代了，讓陳先生的血，結成我們聯合的力量！剷除人類的獨裁者，連根都給它砍掉！

去到民主天國的陳寒波先生啊！你的血一定會洗盡人類中的獨裁者！」

《自然日報》一月二十一日有一篇特寫，題目是：〈陳寒波筆下的新奴隸社會與共特〉。開始時是如此立論的：

「陳寒波雖然是在一顆子彈下倒下去，但是無數的陳寒波站起來了！陰謀份子的卑污的行為，逃不出港九百萬人民的雪亮眼睛的，是誰殺了陳寒波？這種無恥的暗殺伎倆，這血淋的事實，這血債，海外數千萬華僑都清楚認識了陰謀份子的面目。陳寒波死後，他生前所著的《今日北平》的暢銷一時，港九攤販上都有《今日北平》出售。這本遺著揭破了窮兇極惡統治者的真面目，及宰割人民的可恥和可惡的行為。陳寒波筆下的『共特』，活生生的描寫了出來。」

一直到三月底，香港的報紙，還是續有報導和對兇手的指責。可見陳氏之死給社會輿論印象之深了。

三月二十五日香港《上海日報》有下列記載：

「以反共寫實報導馳譽於海內外的青年文藝家陳寒波，自為卑鄙無恥的中共同路人刺殺後，有良心血性的中國人，莫不為陳氏之死一灑同情之淚。……並鑒於全區之暗無天日人性皆無，又逃出了鐵幕，到港後，曾在自由出版社出版了《我怎樣當著毛澤東的特務》與《今日北平》……等書，這些文章像一把劍，戳傷了毛澤東的心，以是種下了死因。」

不僅港九報刊為陳寒波之被刺而憤慨，遠在舊金山的僑胞，也不勝其憤慨，可以舊金山唯一的華文報紙《世界日報》的社論為證：

中華民國四十一年一月廿二號時評〈中共向海外反共份子開刀〉。

攬政治而出於暗殺，其手段最卑劣而又最可恨，但中國的人才葬送於這卑劣與可恨的毒手下，真不知有多少人。

中共，大概自知攬成了天怒人怨的局面，惟有蠻幹，除對內以血手鎮壓所謂「反動」外，今又伸其魔掌到海外，欲以××手段來解決政敵了。

在香港，昨十七晚發生了一宗政治謀殺案，被殺的是一位正領導著反共運動的美國華僑子弟，即有名的青年文學家陳寒波，陳氏又名陳學文，台山人，其父今仍居美國，當晚正在暴風雨交襲之下，步行至九龍黃大仙道口，被兇手連擊兩槍，中彈後，奔入祥泰木屐店，旋即倒地逝世。

查死者陳寒波，原為中共黨員，現年卅餘歲，一九三七年入黨，在其遺著《今日北平》一書所陳述，因對中共失望。而逃來香港，故閉戶著書揭發中共的罪惡，今竟因此而逢××之怒，慘被犧牲。

據說：「回憶當年，在一九三七——三八年間的延安，毛王為了欺騙群眾，欺騙青年——我也是一個被欺騙者」。

他又說：「我一到北平後，我很想找機會去看陳紹禹，但後經朋友們的警告而打消，陳紹禹表面上雖恢復自由，但實際上卻仍是被囚在一個城市式的大寵裡……其想學張國燾逃出毛澤東的魔掌，恐怕比上天還困難。」

陳寒波曾一度赴東北，據說「一九四九年十一月間，東北長白山林林專業公司因調用由集中營監獄中的反動殘餘五千餘人參加採伐木材工作，彼輩受不住冰天雪地慘絕人寰的苦役，乃爆發了反抗，在荒山野嶺中，中共使用了毒瓦斯，對付赤手空拳的奴役，最後在一個巨坑中，活埋了千餘人，在一九五〇年春，我也從一個專業公司職員口裡證實了這慘案。」

陳寒波大概因為眼見共區那樣悲慘景象，遂懺悔地，在一九五〇年初春便由東北轉上海，再由上海到了香港，虱居在那簡陋的「覺蔭園」的木屋中。

陳寒波著作，只有兩部，一是《今日北平》，一是《反共宣傳與文藝運動》，這兩本書，坦白地暴露中共的醜惡，但因如此，便被中共的魔掌抓去了。

現在陳寒波雖死。但無限的陳寒波正在新生哩。」

陳寒波之死，輿論之憤慨是如此地獅吼雷震，獸畜鬼怪，是經不起在它的面前考驗的，獸畜鬼怪本身永遠不會覺悟的，人可殺，輿論不可殺，人可死，輿論永不死，不僅如此，你愈想打擊它，殺死它，它就越加的旺盛起來，雖然，大陸上的輿，已被窒息了，難道這整個世界的公正輿論是鉗制得了的東西嗎？今日窒息得了，難道也能鉗制得了將來的史家筆墨嗎？

有一種政治集團，每逢一次鬥爭後，都要開會檢討這一鬥爭技術和結果以及社會的反響，作為以後的遵循，尤其是社會各階層的反應，更是他們最注意的一點，陳案的兇手及其指使者，看到這許多的反應，內心如何？也曾檢討過嗎？

借華僑日報一月十九日副刊兩句話，作為本章結束：

「黃大仙謀殺案，死者是寫稿人，假如是黃色作家，當不會遭殺身之禍。」

三、陳寒波筆下的共產黨

作為一個中共黨員，而且有了十多年的黨齡，受了十多年黨的教育，中級以上的黨員，對於一般的中共罪行，應該都已熟視無睹司空見慣視為當然而無所動於中的了。如果某些罪行竟能使這樣的幹部感到忿慨，那麼這些罪行之可恥可恨的程度，也就可想而知了。事實上懷具這種「反動思想」的黨員，就不知有多少個，陳寒波只是其中的一個。大膽，突出的一個！他精於寫作，他能用一枝筆來描述出一個怎麼樣的共產黨，他會用筆來揭發共產黨的罪惡，向自由世界控訴，他筆下所寫出的，沒有虛構的事實，沒有想像的事實，不是造謠，全是真實的報導，他始終在這一點上工作，他沒有想到妥協過，他有決心和他的敵人勢不兩立，他不怕敵人老羞成怒，也不為自己的安全考慮。

陳寒波的著作，我們所看到的有五本：《今日北平》、《一個紅色女間諜的新生》、《反共宣傳與文藝運動」》、《地下火》、《我怎樣當著毛澤東的特務》；此外，他應該還有已發表的短文或其他著作，或者還有未成本的遺著，我們都沒有看到，這裡不談。

這五本書中，《今日北平》、《一個紅色女間諜的新生》、《我怎樣當著毛澤東的特務》三本是報導文字，《地下火》是五幕劇本，嚴格地說，也可算是一部報導文字，在共區，其人其事，遍地皆是，固不必指出其地其人，《反共宣傳與文藝運動》是一部反共理論作品，《一個紅色女間諜的新生》是以「李華」筆名發表的，而李華也正是他在中共組織內的用名。

他的全部作品都恰如其人，痛痛快快爽爽直直地講著他所要講的話，沒有一點虛偽，雖然缺乏一點幽默感，一派的粗線條，但熱情是豐富的，是那回事硬就是那回事，揭開了內幕秘密，拆穿了人皮包著的獸心，在這一點上，他的筆下是相當深刻和成功的。由於他是一個中共老黨員，又是特務機關的工作者，他的了解認識和體驗，自非皮裡膜外可比，全是鐵幕內的幕的最內層。所以，隨手拾來，盡是最秘密的罪行，一經著筆，就都是最動人的好文章了。

在陳寒波那動人的深刻的文字裡所刻畫出來的一個共產黨，是怎麼樣的一種形態呢？雖然他也和一般報導一樣並無例外地指出共產黨的殘酷形態，而他心情卻是嚴謹而又沉痛的，《今日北平》的序言「這不過是一個開始」，是這樣寫的：

「這是一本敘事和評論的小冊子——這是血淚淋漓的現實，這是億萬人民的咒詛底反映。

當這冊子脫稿時，我感到異常的悲痛——我想不到在我的筆下，竟會有這樣可怕的事情記下來。然而，客觀終於決定了主觀，血淋淋的現實，終於操縱了我的觀念和情緒。今天，我想要還如過去一樣，在那無數的詩篇裡，論文裡，以一股空想主義的熱情，把毛澤東歌頌如太陽，把毛管區內禮讚為理想的天堂，已是不可能了。

今天，當中共的猙獰面目，原形畢露的今天，即使我主觀上，還想要如過去一樣，在國民黨特務脅迫下，還要高呼毛澤東萬歲！已是不可能了。我還想要在暴力的管制下，仍是寢食不忘地相思著莫斯科，相思著延安，相思著石家莊，已是不可能了。

現在，我在無人誘脅下，把毛澤東的罪惡統治，那血淋淋的事實，那億萬人民的咒詛，忠實的反映出來。

謹以這本小冊子，獻給幫助我，使我有可能地，有決心地衝出樊籠，再像那白雲下的海鷗！翱翔縹渺在遼闊的海天上的人，并致深深的謝忱。

親愛的讀友們！這不過是一個開始。」

由此可見，他的每一個字，都是在沉痛悲壯的失望的心情中寫下的，他又在《今日北平》第一節的末尾，以更深刻的筆墨畫出了一個整體的共產黨，藉以說明他的失望的痛苦心情：

「請問：當你以為這裡是理想的天堂，走進去時，卻是人間地獄；你能不頹然欲倒嗎？

「請問：當你相思了，追求了十年廿年的通訊戀人，以為她是絕代美人，一旦結婚，揭開面幕，卻是一個吃人的夜叉，你能不頹然欲倒嗎？」

除了這些總的說法，再類分開來說。

（一）中共是史太林的走狗

下面的原文，我們是應該特別注意的，所以特為提了出來，因為一直到現在，人們還有不少誤解著中共內部有什麼國際派和民族派的問題呢。陳寒波特別予以說明，並不如此。宗派是有的，但，那一派都是聽命於莫斯科的。

「……所以，李立三回國，事前事後，都得到莫斯科大力支持的，否則毛澤東那裡會睬他呢。但有人以此原因便稱李立三是國際派，而把毛澤東劉少奇稱做相反的民族派，這是太勉強的，毛劉何嘗不是史太林的忠實走走，劉少奇與莫斯科的黨要們上上下下都混得很熟，公情私誼都超人一等，毛澤東何嘗不是徹頭徹尾的國際派？但史太林為什麼又多方面培養呢？唯一的解釋是『分而治之』的統治手段而已。」

「……所以，這樣來類分中共黨內的派別是犯了大錯誤的，決不可能因為這樣分法毛澤東便真的會變成狄托，反而因這主觀上的自我陶醉過甚，致影響了對付中共的決策，這才是不可挽回的損失。」

「中共的宗派，只能在擁毛、反毛，與面面俱圓的騎牆派這三類中去區分。」

看完這幾小段的文字，人們應該憬然有悟，這一報告是出之於一個老資格的中共中上級黨員之口，不能不說是真實而深刻的報導了，也是值得自由世界的政治家和政論家們注意和警惕而拋棄幻想的。

如所週知，中共黨內宗派的紛爭是有的，為了爭權和爭寵於史太林，內部殘酷地各使鬥爭手段也是有的，其忠於莫斯科者則一。而紛爭所在，只是擁毛倒毛騎牆三方面而已，如此，就不知有多少忠實黨員，由於有派系異己的可能嫌疑，被毫不留情地殘酷屠殺了，因之，第一由於陳氏的報導，證實了所有的中共頭子們都是莫斯科的附庸，史太林的忠實走狗。第二由於陳氏的報導，證實了中共黨內狗爭肉骨的紛亂是有的，有可能發展為中共垮台的禍根。

（二）中共是新奴隸制度的實行者

雖然每一位報導中共實況的作者，都說中共是新奴隸主義，而陳寒波筆下的「一幅新奴隸主義社會的畫圖」那一章，還是值得提出的一篇深刻動人的文字，未曾在共區有過生活體驗的人們，是不能想像到有那麼一幅奴隸社會的畫圖的，這裡不能抄錄介紹其全文，但，有些是特別值得提出的：

「新奴隸主義，是專制、野蠻、殘酷、非人性的舊奴隸制度，加上新現代化、俄國化、科學化、大規模集中化，高度組織力的剝削、壓迫、監規、管制、奴役、毒害、屠殺的內容，所以毛澤東的新奴隸主義的政權，是中國歷史上，空前的，而且也是絕後的，最專制野蠻的政權。……」

他痛切地指出了過去的地主階級官僚資產階級買辦階級，固然是當然的奴隸，就是統一戰線所要「統一」的民族資產階級，小資產階級，形式上雖是自由民，本質上也是道地的奴隸，工人成為工奴，農民成為農奴，毛澤東向下的上中下各級幹部，固然都是毛的奴隸，而毛澤東本人又是史太林的奴隸，新奴隸制度下，當然任何人沒有絲毫的自由，還須接收惡毒化更科學化更無人性的殘酷剝削和迫害，窮兇極惡的鎮壓屠殺，集體龐大規模的屠殺。所有的奴隸都在特務制度下被控制著。

奴隸制度的創造者，搾取的方法層出不窮，湧現了無數的失業者、飢餓者，於是不得不接收奴役、剝削、宰割、姦淫、擄掠，另一方面，層層的奴隸主——特務頭子們則是盡情地享收，淫樂，兩相對照，就不知人間何世了。

凡此，陳寒波的筆下，是有深刻的描述的。陳氏認為這不僅是李自成思想的路線，一切已超過李自成當日了。

（三）中共的特務制度

中共的統治，建立在特務制度上，這是人所盡知的事，特務制度，人固已盡知其惡毒，而到底如何惡毒？人們就不很詳盡了，陳寒波是一個中共的特務工作者，他掌握住中共的特務組織情況，由他來報導那一可恥的制度，當然不是局外人所能想像的了。

中共的特務組織，名堂煩多，如社會部、統戰部、公安部、局，還有些什麼所什麼室，都是特務組織，這裡不談。

中共的特務組織，可算無孔不入，報館、劇團、妓院、舞場各種娛樂場所，固然星羅棋布，旁及醫院（公的）招待所，也無不有特務存在，《今日北平》就說到：

「中共的招待制度，可以說是由來已久了，……黨政機關各部門有各部門的招待所，……招待所中最重要的當然是相當於『準拘留所』的公安局招待所，和統戰部交際處的招待『外人』的招待所了。」

「公安局招待所當然是完全由特務負責的，被其招待的客人，隨時有被轉解拘留所與上斷頭台的可能，被招待期間，每個客人一言一語與一行一動，都可能是特務們的情報資料，情況嚴重者行動也喪失自由，形同囚犯。……這些人的詳細歷史，思想言行，社會關係，都由招待所的『僕歐』們每天調查研究後，以情報方式遞進所在地的公安局社會處去。……你是處在一個『軟性牢籠』裡。」

「中共底招待制度，是建立在它的特務統制度整個計劃裡的」由此可見中共特務計劃之周密了。

這還不算，李濟琛的愛人情婦劉妙英，也是中共的內線特務，民建上海主委楊衞玉的嫡姪楊拙夫，也做了中共的特務，各「民主黨派」、「民主人士」，都無不有中共的特務在作內線情報，可見其控制之強，特務之如水銀瀉地無孔不入了。

上面的情形，說明了中共招待「民主人士」的無空不入，也說明了沒有一件事不可拘留殺頭，對待同路人如此狠毒，其他的一般人，大概可以不言而喻了。

特務們更是無惡不作，《一個紅色女間諜》，具體地暴露了中共特務頭子楊帆、楊光池輩的荒淫無恥，迫害青年的事實，而這般無恥之徒，正高高地騎在人民的頭上在行威作祟呢！類似的事實多著呢！這只不過是其中之一而已。不信？《我怎樣當著毛澤東的特務》一書中，就有不少的事例報導出了，中共華東社會部的幹訓班，就相當於一個淫窟，楊帆就常常在那裡過夜，和男女學生打著地舖在地上睡，大家一齊「隨地滾」。

陳寒波的筆下更洋洋大觀地暴露了特務機關的刑具，可稱得上集古今中外刑具之大全了。可以說沒有一樣刑具一種刑罰不是極人世間之慘毒的了。沒有一個人不可以秘密處死，只要頭子高興，寃殺一個人比宰一條狗還輕鬆！

居然也一種刑罰使得那個執行人廖耀林，曾在日汪時代的七十六號當過撲格打殺無人性的傢伙，感覺困難，那就是使用曠古未聞的「輪姦刑」。「……原來那女人是反動派的高貴小姐，年未過二十，長得漂亮極了，並沒有幹過什麼反動工作，哦，她可憐極了！老田命我推她進密室中，在夜間，把腳反縛在長木椅上，用棉絮塞著嘴巴，使用曠古未聞的輪姦刑——要這樣折磨她十天夜，才交還老田？把她送進什麼國際招待所，充當招待俄國老大哥的國際招待員，……」、「……要我站在長椅的一端監視著，而且，要我徵集十名八名粗壯大漢的行動員時，要表示這是我的主意，不是部長命令的，這真把我為難死了，何況上刑到第三夜，她已支持不住，幾次昏過去，我提心吊膽地捱到第十夜天亮，她沒有死掉，我才說聲阿彌陀佛，讓我完成任務。」原來這女人是由於拒絕了楊帆的愛，還摑了他的耳光，才被這樣處刑的。從這一樣刑上，可以想像到那是怎麼樣的荒淫無恥狠毒無人性了。

約略談談，已覺太多，這一節就此結束，要了解詳細，還是請看原著。

（四）中共的騙術

「……而我怎樣當了毛澤東的特務？說來卻是在半嚇半騙下被迫成的……」陳氏在寫《我怎樣當著毛澤東的特務》那本書，一開始就寫出了中共的「嚇」和「騙」。中共的嚇騙，確有其整個一套技術的！

嚇和騙，可以運用於嫌疑犯人，以獲得口供，可以施之於「民主黨派人士」，使得他們不敢動，可以施之於各階層人士和工農，不得不跟著共產黨跑，還可以施之於自己的幹部，陳寒波本人就嘗過那種滋味了。從吸取對同盟者、對外人的內線情報到自己戰士的火線入黨，都是這一套技術的靈活運用，陳寒波直到笁飛問題發生後，才更感覺到利用主義，工具主義的可怕的，所以他似乎感慨忿恨地寫出：「共特機關，光是騙人民，騙政敵還是不夠的，他對幹部還是一樣騙呢！」

楊帆用「你是我的心腹幹部」幾個字騙定了陳寒波，用「立場」兩個字嚇住了陳寒波，具有「小資產階級意識」的「溫情主義」色彩的陳寒波，當然會覺悟而脫離中央了，他要追求自由民主了，他要向全世界來控訴毛澤東特務機構的滔天罪惡了。

四、陳寒波筆下的反共理論

「知己知彼，百戰百勝。」和「攻心為上」這兩句中國古代兵法裡的話，經過數千年而存在於每一個人的思想裡，確是有他顛撲不破的道理的。請問：在任何鬥爭中，不了解敵人的情況而和敵人摸索作鬥爭，是一種什麼鬥爭？不是盲動嗎？任何人都知道盲動是很難獲得勝利果實的，如果僥倖勝利，也只能說是偶然的奇蹟。

中共底特務滲透戰術。固然是防不勝防，而它底內部組織控制嚴密，尤其是不可否認的事實。它張開了一幅堅強的鐵幕，外人要了解他們一點真實情況，獲得一點真實情報，確實不是一件容易的事，因之，它在任何鬥爭上，往往都能獲得主動地位，即使在宣傳工作上，也是如此，說起來，實在是反共陣營一個弱點，吃虧的所在。

中共的成功（？），雖然因素甚多，而宣傳上的勝利，尤其是最大的收穫，這是每一個有識者所共有的認識。

由於此，和共產黨作鬥爭，就必須先了解共產黨，否則，就不知道如何去反對共產黨。宣傳方面，更是如此，不了解共產黨的宣傳伎倆的，就不配和共產黨作尖銳殘酷的宣傳鬥爭！既抓不到它的癢處，又打不著它的致命所在，徒使共產黨人譏諷竊笑，對於自己也是無利。

陳寒波既為中共黨員出身，當然他深深地洞悉其中竅要，寫出了《反共宣傳與文藝運動》這本書，就其內容而論，不一定能為一般廣大自由民主人士所同意，然而，事實擺在面前，他是為實踐他的理論而犧牲了，和這樣一個堅強頑固的敵人作鬥爭，永不是一個書生伏在書案上想像著想當如此而就可以想像到的，這是一個行動呢！

陳氏是一位具有多年經驗的行動家，他可說已把他累積的經驗敘述成這本書，是有其鬥爭價值的，是反共人士所應該重視的。這本書一開始在泛論反共鬥爭時，就寫下了這樣的肯定的一段：

「……從思想上，從觀念上，從意識形態上，從對各種社會問題的看法上，把敵人灌輸到廣大人民腦海裡的或多或少的印象、徹底的肅清、徹底的粉碎，把廣大人民的反共頭腦武裝起來，反共的思想、概念、反共的意識形態、興趣、情調、都充滿了日常的生活中，這就是反共的宣傳鼓動行動，這就是反共的宣傳鬥爭。」

「反共理論，是反共底一切行動的指南，怎麼樣的反共理論，會指導出……同時，會指導出怎麼樣的反共宣傳鬥爭。而反共的宣傳鬥爭，卻是反共的重要行動之一——宣傳鬥爭是組織鬥爭的發動機，是組織鬥爭的加強者，同時，是武裝鬥爭，保衛鬥爭和其他鬥爭的鼓動者。」

「因而，我們無條件地否定，那些唯武器論者，輕視宣傳鬥爭，忽視宣傳鬥爭的觀點，我們要強調宣傳鬥爭的重要性，……尤其沒有強調在宣傳戰線上嚴重慘敗所促成全面潰滅的重要性。……這就說明了宣傳鬥爭與武裝鬥爭的關聯，……這也說明了宣傳鬥爭與組織鬥爭的關聯，……這就說明了宣傳鬥爭與保衛鬥爭的關聯，其他方面的關聯，幾乎也是同樣發生的。」

這幾小節的意義，是非常深刻的，凡是由共區體驗過中共統治生活的人，都會了解這是一種正確的理論，實在說：中共就是使用這一套的手法者，陳氏本身就有這種經驗，這可說對付中共是以子之矛攻子之盾以其人之道還治其人的手法，歷史證明，中共是運用這些理論，分化了國民黨內部，而孤立了國民黨，而滲透了國民黨各部門，而吸引了青年和知識分子，而促成國民黨在大陸潰敗的。

陳氏論到反共理論必須一致時說：

「……這幾種反共理論，雖然立場上大家是一致的——都是不折不扣的站在反對史大林派的立場上的；可是，由於認識的不同，便造成了反共理論內容的分歧，便造成了反共理論內容的多樣性。事實告訴我們，紛歧是有害的，一致是有利的。這不但在中國如此，在世界更是如此。反觀敵人，卻是一致，對某一問題的看法，昨天也許有紛歧，明天便一致了。以紛歧的力量來對抗集中的敵人，這顯然是不利的。」

「反共理論的多樣性，決定了反共宣傳的戰略與策略的多樣性，因而，形成了反共宣傳戰線上步驟的混亂，觀念經常互相抵觸，努力相互抵消，效率相互削弱，造成了反共宣傳鬥爭的技巧上難於克服的許多困難；加上若干宣傳機構本身的商業本能，圖利企圖，要降低了反共宣傳的作用，這種情形，從自由中國到自由世界，都是一樣的存在著——」

關於上列的說法，是陳氏有深刻認識和體驗之論說。筆者一向是有此同感的，所以特別提出來。然而，這一種看法，是很難獲得若干民主自由人士的同意的，因為他們有一個說法，假使如此地做去，就將有與共產黨的思想統制一樣的危險，民主自由和極權專制的區別就在此，民主自由之可愛也就在此。筆者曾與若干朋友為此爭辯過，我們必須要了解，這並不相等於共產黨的思想統制，而我們要和共產黨作鬥爭，是非此不為功的。

陳氏更主張反共宣傳要全面的深入的滲入敵後的展開，這固然是技術問題，重要的自然要文藝運動了。

「……假如沒有全面性的，深入性的反共文藝運動的配合，我們要理想地完成反共宣傳的任務是不可能的。我們要在反共宣傳戰線上，徹底擊敗共黨的宣傳，要以壓倒的優勢來粉碎了共黨的宣傳是不可能的。有了全面性的，深入性的反共文藝運動的積極展開，我們的反共理論，反共戰略才能普遍的深刻的灌輸到群眾裡去；這樣我們才能把廣大人民群眾的反共思想全面的動員起來，反共人民的頭腦武裝起來，步伐一致地投身於反共的戰鬥。」

他努力強調著反共文藝的重要性，自然這是無疑問的。於是他指出：「革命的反共文藝創作的方向，必須是現實主義的，必須是戰鬥性的，而且，必須是反共的英雄主義的；……」無疑的，這一創作運動是應該大規模地展開的，陳氏對這一運動的光明前途，是有信心的。在這一信心下，他大膽地毫不留情地批判了古典主義、唯美主義、自然主義、象徵主義的文藝的不敢正視現實、逃避現實、無視現實、脫離現實、歪曲現實，一切必須糾正的作風。他自己是一個實踐者，他作一首朗誦詩，是異常動人的，那首詩的題名是：工農控訴毛澤東（原文見《反共宣傳與文藝運動》）。

在這裡我們應該來談談他的另一本創作《地下火》了。

《地下火》是一本五幕劇的創作，在某一點上，有些朋友批評它並不是太成功的作品。自然，有許多地方是那麼冗長的台詞，似乎不很適宜於演出。然而，陳寒波對於戲劇，並不是陌生的東西，他在共產黨中，曾有一個不短的時間從事於文藝工作，尤其他曾經領導過文工，他本人對於舞台是有經驗的。他運用自己所有的經驗創作出來的東西，大概還不至於不適宜演出吧！

這一部劇本，在創作技巧上，多少是收了共產黨人編劇技巧的影響的。戲劇一經和政治思想結合起來，就成了宣傳鬥爭的最好武器了。共產黨人始終是把戲劇作為宣傳思想的武器的，宣傳的對象，又並非是知識份子士大夫階級，而是人民大眾，為了要教育他們，向他們灌輸思想，就不能不淺鮮的，意義明白的交代他們，打通他們，台詞寧可冗長，決不能有絲毫含糊，使他們弄不懂。那麼，我要請問：我們反共的文藝創作和戲劇，應該採取什麼立場？還是面對著知識份子士大夫階段呢？還是面對著人民大眾呢？

這部戲劇的演員，最少要四五十人，有些人認為是不適宜於一個劇團的，不過，要處理這樣許多的事實，融和於一個劇本以內，作為對中共的控訴和鬥爭，作者大概已曾考慮過，已是少得無可再少了。請問：我們今天面對的是什麼？是鬥爭？是和平？明乎此，這就不是這一劇本的瑕疵了。而且，共產黨的劇團，動輒一百數十人之多，難道反共陣營中連組織這麼一個劇團都有困難嗎？若果如此，還有什麼能和共產黨鬥爭？須知這是一部反共宣傳悲壯鬥爭劇，不是一部談情說愛諷刺人生的喜劇呀！

有一點值得提出的，陳寒波在寫作此刻時，是認清了這大時代的，對於掌握立場的一點，是掌握得很緊的。縱有些小瑕疵，是值得原諒的，他在反共宣傳鬥爭中，是一個十足能結合反共的現實主義與戰鬥的英雄主義的寫作實踐者！以紀實報導而論，這部劇本還是成功的！在大時代中的鬥爭意義上說，這部劇本更是成功的！

五、陳寒波之死對於社會的影響

由於陳寒波被謀殺，引起了輿論的廣泛憤慨，給予社會的影響，是非常之大的。這種影響可從行動中反映出來。

第一見之於行動的，所有陳寒波著的《今日北平》、《反共宣傳與文藝運動》，及以李華筆名寫的《一個紅色女間的新生》三本書，原就是自由出版社出版書籍中暢銷的幾本，自從陳氏被刺其身份為人所知，自讀者知為陳氏所著後，不到幾天，被搶購一空。還有些讀者認為陳氏的著作一定還有好多，連帶的買了好多報導性和反共理論的著作。讀者何以如此與奮？難道是好奇心動嗎？我想決不是如此的。

自從大陸關進鐵幕以後，一般居住香港的人，由於耳濡目染，對於大陸的真實情況，盡是傳聞，多少還有點不信任的態度，思想上中了宣傳毒素的朋友，更有鄙視言者的態度，心目中乎認為言者造謠，而有些人要想了解鐵幕內一些真實情況，自己又不能或者不敢到大陸去，看書嗎？更不信任而亦無此雅興，這些人的心情，是非常苦悶的。在香港的環境裡，為家屬、為親友、為自己，都多少有點說不出的苦悶，恐怕有些人，自己也說不出苦悶的所在，其原因則由於他始終揭不開這一幅幕。幕的裡面，到底是絕代佳人呢？還是夜叉？

《今日北平》、《一個紅色女間諜的新生》，包括其他的報導文字，都曾經指出這幅幕內的東西，陳寒波之死，給了他們一個領悟，他們這才在他們的心理上有了一個信任，就一個信任是認定在陳氏的著作裡一定包含了一個東西，這個東西也就是他們所想要知道的，也就是美人和夜叉當中的一個。

看了這兩本書後，恍然大悟，絕對是夜叉，不是美人。因之，某些人糾正了心理上的美人幻想。某些人原就知道那是夜叉的，更堅定了他的認識，進一步地認識了夜叉，這夜叉是毒辣無比吃人的夜叉。某些人原也知道那是夜叉，而又希望夜叉會變成美人，供他去追求的，這一下也恍然了，夜叉坯子，永遠變不了美人的。

民主自由的力量，在廣泛地擴大。反極權鬥爭的力量，在廣泛地加強。

據《自由陣線》經銷人稱，近來增加了六千份，還不敷讀者需要。就是一個顯著的說明。

「如何反共？」讀者都在追求這個問題的解答，《反共宣傳與文藝運動》啟示了他們的途徑，這個影響之大，是無法加以統計的。

自由出版社除了將上述三本書再版趕印出售外，並且把他的遺書在他生前未及出版的《地下火》和《我怎樣當著毛澤東的特務》兩本書趕印出版，先趕印好的幾千冊，立即被搶購一空，趕了裝訂都來不及。

自然、遺著的兩種書，從書名裡你也就可以知道他越發的顯明地告訴了你什麼了。舊印象和新影響統一起來的影響，和其可能發生的某種巨人力量，是我們可以估計得出的東西嗎？力量是由轉播中間自然擴大的，這種擴大的程度，是我們可以估計得出來的東西嗎？而且，不僅是香港九龍這個小圈小呢，美國、印度、印尼、日本、菲律賓、加拿大、新加坡……一切有華僑的地區，都已在擴展了。

由陳先生遺著所生的社會影響，正就是陳先生所追求的反共力量的成長，是陳先生所見不到的了！只能作為祭禮了！陳先生九泉有知，是會獲得安慰的。一個革命者的最大最光榮的希望，原就如此而已。從陳先生著作中所啟示的，大體也就是如此。

第二見之於行動的，由於陳先生之死，倒下了一枝反共之筆，雖然是反共文化界一個巨大的損失。但是，卻有無數的筆在站起來了，舊有反共文人不談，《自由陣線》週刊收到了無數的悼念文字，也就是反共文字，而這些文章都是向〈青年天地〉欄投稿的，這一社會影響，也是無比之大的，顯然這些寫稿人都是青年，由於這一影響，所生產的反共新生力量，是在成長擴大了，影響及於文化界的未來光明，是無法預估其未來的發展和成就的。

第三除了他的文字對社會的影響外，他的死，對社會的影響尤其巨大，陳寒波的死，不啻是極權主義者再次的面向海外僑胞自己揭開面幕，顯露它的猙獰可惡的本來面目，這一血腥罪行，證明了極權主義者的不遺餘力地壓制相反的輿論。不惜以卑鄙無恥的手段殘酷地殺害政治觀點不同的人士，「順我者昌，逆我者亡」，都談不上，逆我者必亡，順我者亦不能昌，大陸上就是這回事，沒有什麼叫朋友，只有控制，反面無情，死！沒有什麼叫自由，想要自由講一句話，死！要和極權攀交情，總是伴虎而眠，死多活少，由於這一血淋淋的事實，應該使許多想靠攏的人們接受了一個重大教訓，憬然而悟。這一社會影響，是由於極權者以卑鄙行動自絕於國人的，多行不義必自斃，在他斃之前，就是這麼自絕於人，製造成一個眾叛親離的局面而自掘墳墓的。這也說明了社會影響對於它的後果。

第四，作為一個青年，情感最易衝動，尤其對現實總是不能滿意，這一時期，總是追求革命，也可算是最易走上歧途的時期，對於青年，這不是一件不好的現象，而走上歧途，就不是一個好現象了，一走進了歧路，就始終不能自拔，個性始終被另一種有力的東西控制著，不讓它自由發展，這就是青年的悲哀了，陳寒波的一生，就給了青年們一個親身體驗的經驗教訓，他本身固然是一大悲劇，他告訴了青年這一幕悲劇的起源和結尾，誠如他書中所說：「像這樣的專門將好人教導成壞人的，將天真的青年男女，製造成擾亂世界秩序的毒蛇惡獸的……」，像這樣深刻沉痛的話，應該是能影響青年的，不知不覺中，被他喚醒的青年，就不知有幾多千萬了，這對於安定社會，是一種力量的滋長，是自由世界裡值得慶幸的一件事！

六、自由世界的溫暖

陳寒波死了，被共產黨人罵得體無完膚批判為小資產階級意識的溫情主義，在海外僑胞間普遍地發展著。人類畢竟是感情動物，除非畜牲才不要感情，共產黨人硬逼人回復到猿的時代裡去，如何可能？既有了感情，又有幾人不是小資產階級？把共產黨員個別檢查一下，又有幾名？感情造成的人間溫暖，只有自由世界的人們能夠享受，就遠非鐵幕後的人們所能想像領略的了。陳寒波的死後，就是一個有力的證明。

先是輿論的一片憤慨和怒吼，這，自然是對於兇手及其指使者的，但，另一面看，卻就是對於陳寒波的悼念，對陳氏家屬的慰藉，這就形成了輿論的一片溫暖了。在鐵幕以內，死了那麼多的人，人們要表示一點溫暖，還無從表示起，憤慨並不是沒有，也只能埋在心底，誰敢現之於表面，更何況形之於文字，？一相對照，倍覺心酸。

陳寒波死後，無以為殮，遺屍由警方代為棺殮落葬，家屬由警方妥為照顧，並保護其安全，看起來，這固然是香港政府的責任，另一面看，也正是自由世界的溫暖。

被稱為參軍英雄的青年們，在大陸上曾經被捧上九霄雲天，如何地擁軍優屬，叫得震天架響，如今呢？事實證明，全是一片謊言。在韓國戰場上，一批一批的可愛青年倒下去了，千人塚，萬人坑，在韓國遍地皆是，你去考查考查看，有幾人是衣冠成殮的？而且，能被埋在塚坑之內的青年屍體，已算是幸運的了，橫屍遍野，血流成渠，未被落葬的死屍，更是屈指難以計算的數字，軍敗之後，有誰照顧得到？有誰理會這些？進而言之，死了還好，受了傷的「志願軍」們，在那敗退之際，誰也不理會他們，棄之如敝屣，他們被遺棄在山野，求生不能，求死不得，醫藥更是夢想不到，和當初的謊言，距離有霄壤之隔，他們是覺悟了，但，遲了！而且也永遠沒有機會向任何人伸訴，其寃怨唯有天知，只有啣恨於九泉了！死後有誰悼念他們？那種冷酷，不身歷其境的人，誰能想得到?!按理，他們的家屬，也應該獲得優良的照顧的了，事實上，又更沒有那回事。「志願軍」的家屬，永遠不會知道他們的子弟是戰場上已經戰死的，統治者永不會通知他們而自泄氣，遠在萬千里之外，實在誰也無從探知真訊，所謂「烈屬」，那只是距離近而又近不能隱藏消息的事，在韓戰進行中，這一名稱，已經永無效力了，而且也永不會有的了，即使有，又怎麼樣呢？「軍屬」又享受了些什麼呢？公糧還是必須要繳那應繳的數字，一粒也少不了，災荒到處都遭遇到，他們與任何人都一樣地挨著飢餓，並沒有獲得絲毫異於他人的優待，甚至絲毫不同的照顧。相反地，對於任何被奴役的工作和其他義務，他們更必須要帶頭去完成任務，以滿足統治者的願望。

極權統治的冷酷在此，自由世界的溫暖在此！

《自由陣線》載稱，陳寒波死後，他們收到許多讀者的悼亡文，雖說是秀才人情，究其因素，還是一片溫暖，今天，他們還有一個悼念的機會，還有一個發泄情感的地盤，他們會珍愛這一地盤，自然是由於這一地盤曾給予他們以另一種溫暖，說起來，已是相互間難得的了！鐵幕以內，冷酷得不相聞問，聞不到，問不著，不敢聞，不敢問，在自由世界中，直是一件不堪想像不堪聞問的事呢！

有的報刊讀者，自動捐款，作為賻贈其家屬，雖說數字不大，究竟是難能可貴的事，充分地表現了人世間的同情和溫暖，這種自由世界中可愛的溫暖，在鐵幕以內，贈者和收者，就都犯了「法」而必須收懲處了！

遠在印度德里大學講學的周祥光教授，他曾寫了一本書名〈印度政黨〉的小冊子，在自由出版社出版，他在印度看到報導陳寒波被謀殺的消息後，寫了一封信給他在香港的朋友，充分地表現了他的同情和憤慨，信內有這麼一段：

「……陳君文筆流暢，被奸賊殺害，至為可惜，弟擬在暑假期間到加城向僑胞募點款，救濟他家族，同時拙著〈印度往何處去〉，倘能出版，則其中稿費所得，弟願捐出四分之一，給陳氏家族以示痛惜之情，望轉知自由出版社叢書編輯部為盼。……」

周教授和陳寒波先生從無一面之緣，也和一般人一樣，僅是看了他的著作而已，遠隔重洋地寫信來表示他這點意思，可見陳氏被殺的消息已遍傳海外，獲得海外僑胞的同情而帶來了溫暖了。以鬥爭為經常工作的集團，他們是想不到人間還有這種熱情的溫暖的，由於他們自己的冷酷和愚昧，反而禁止人與人之間的這種溫暖，這是無人性的殘酷行為，永不會在他們那小圈子以外獲得廣大人民的同情的。

七、寫在後面

陳寒波之被謀殺，從他生前的著作，死後各報的報道，綜合推測下來，似乎屬於政治成份的為多，讀者當然可以意測得到，在警局未曾判明以前，兇手未曾緝獲之際，筆者未便武斷作肯定的推測，總之，這一案件的造因，太不平凡，唯其因為太不平凡，才引起了海內外輿論廣泛的巨大的反響，假使果屬政治暗殺，則身為指使者的人和身為兇手的人，目睹這些社會的反應，清夜捫心，撫躬自問，在這一行動裡，到底收穫了些什麼？有無損失些什麼？也應該自我檢討一番。是不是在良知上和環境上害著陳寒波已往所經歷過的病一樣？有無和《我怎樣當著毛澤東的特務》那本書裡所說的情形一樣地痛苦？假使有這種情形的話，就應該拿出勇氣來自拔自救像陳寒波一樣的勇氣才對，必須要那樣，才算是一個革命的英雄！我願拿陳寒波奉勸他的共產黨友人的話來奉贈兇手和指使者。

「……我特借此寄語這些得意的與失意的共特老朋友們：『早日放下屠刀，立地成佛吧！雖然淡泊，卻也精神愉快！』」（見《我怎樣當著毛澤東的特務》）

我猜測，本案的兇手和指使者，在某一政團內，不一定比當日陳寒波在中共內立的功多，不一定有陳寒波當日在中共內那麼高的地位，陳寒波的悲哀結果是如此慘酷地陳列在面前了！身為兇手和指使的人，不知作如何感想？難道就不無感觸嗎？這是難以令人置信的！

我還願借這小冊子的篇幅再講幾句話：

第一，在原始時代，人與人之間，基於進化的原因，是有個別鬥爭形式的，自然，也由於進化的原因，那種鬥爭是慘烈殘忍無比的，進到家族和部落社會時，個人間的殘殺，已不如前一時代之多而且烈了，要有的話，就只是部落或家族彼此間的械鬥；再進到國家社會時，就只有國與國之間，由於厲害的衝突而發生戰爭了。時至今日，已是二十世紀的文明世紀了，在這一世紀中，已不是那種野蠻時代可比了，古代還留下的痕跡，只有在下層社會的流氓集團中才能存在，也就是說：只有流氓才挾仇報復，賭打鬥狠。作為一個具有政治主張的集團，應該循正常途徑，作合理合情的鬥爭，去完成自己的目的，絕不應使用流氓作風，用下流的卑鄙齷齪的手段，野蠻的方式，去對付一個政敵而逞自己之快的。難道作為一個政治集團，竟見不及此嗎？何況又是在昏黑中以手槍來對付著一個手無寸鐵的文弱書生呢！難道這也是一個政治集團的只顧目的應採的卑鄙手段嗎？

第二，筆者有一個感覺，只有最低能的最庸懦的醜怪東西，才會笨拙的使用出暗殺的手段來，即以中古時西洋人決鬥方式而論，各拿一把劍或者各執一桿槍，憑著公證人，循著決鬥的規則，拼一個死活，憑著技術，犯規者雖勝亦無榮譽，反貽笑於人，以之來比暗殺手段，又要文明到不知若干倍了，難道世風日下，又回復到古代，竟連決鬥這一點文明精神都不如了嗎？面對著這一時代，實在是人類之一大恥辱！陳寒波，只是一個拿著筆桿兒的文人而已，不過，以他的勇氣，兇手如果約他決鬥，他或者不至於拒絕，而像一個懦夫的。不料沒有勇氣的倒不是這位文人，卻是表面有勇氣實際是懦夫的刺客，這固然已是不堪想像的事。再以作為一個政治集團而論，其成員當然應有無數的文人，陳寒波也是一個文人，陳寒波所講的話，如果是虛構胡說，就應該以筆墨文字來糾正，來辯論，來指陳其非，來駁斥其偽，理，愈辯而愈明，人們也能從爭辯中而知誰是誰非，何以竟計不出此，竟殺之以滅口？殊不知，殺，自古以來是滅不了口的，反而因殺而使人愈加辨明是非？事實擺在眼前，陳寒波死後的社會反應，不就是一個明顯的例證嗎？這種笨拙而又庸懦的手法，竟由一個政治集團為之，真令人不勝感嘆！慨嘆其賊人心虛狗急跳牆之無恥行為！

第三，作為一個政治集團，首先應該以理服人，理已經不能使人由衷地屈服，思想已不能使人再繼續收騙，本身就應該自覺地糾正自己的錯誤，難道這兩種有力的武器約束不了人，顯威就可以嚇得了人嗎？在反極權的筆墨中，陳寒波只不過是一名成員而已，人多著呢，難道殺得盡嗎？而且這些人雖是文弱書生，又有誰怕過死來？誰不是置身前線在為自由而與死搏鬥？今天，誰的心情不是在死中求活？死，在這些人的心目中，已經認為是份內當然的事了，既是當然份內的事，不死而活，只不過是例外的僥倖而已，死於一槍比死於纏綿病榻，豈不更要痛快得多，死於極權者之手，豈不更恐得風光，後代史冊上，縱不能佔其重要一頁，俾官野史，未嘗就不會一傳，像陳寒波一樣，他本身的文字，足以永遠流傳，不必更依賴他人代傳了。反觀今日身在大陸的人們，誰不是在求生不能求死不得？如果把他們一齊拘捕，架起機槍來橫掃，即使不將他們加以綑綁，他們也不會躲閃的，原因是：這樣的死，他們已感謝共黨給予他們以一個痛快死的幸運機會了！

第四，由於陳寒波事件，我又聯想起一個人來了，那就是朱惺公，朱惺公這個名字，雖然對於人們並不太陌生，這裡還要簡單介紹一下，朱惺公是上海《大美晚報》副刊的主編，上海淪陷後，抨擊敵偽不遺餘力，偽特工部去函恫嚇，朱不理，卒於民國三十年年底被刺殞命，死前，曾在報端發表答覆特工的信，激昂慷慨，傳誦一時，並且已集入當代名人書簡，其中句句精彩字字有力，茲錄其數段如次：

「今貴『部』將宣判余之死刑矣！此誠余之寵幸也！蓋以如此死法，且恐為『烈士』矣。『烈士』，死之最光榮者也，余一介寒士，庸懦無能，安足當此？余自信『不能為烈士』，余友皆謂余『未必能為烈士』，今貴『部』乃欲以此嘉名寵錫於余，是則安得不令余自撫昂藏，頻摸面顱，亦如汪精衛先生當年『慷慨歌燕市』而發之豪語曰：『不負少年頭』！余之頭顱能得為無情之槍彈所貫，頭顱乃不得謂為『無價』，頭顱有價，死何撼乎？」

「……而縱為『寵錫之加』」，亦斷非余之所願受者也。貴「部應識惺公自有其人格，自有其品性。」

「以奸惡如劉豫者而欲國人不反對之，是則除非必將中國人皆殺盡，方可安享其永久之祿位。否則，中國如有一人，必將誓死以反對之！余特中國之一人耳，貴『部』即能殺余一人，其如中國尚有四萬萬五千萬人何！是則貴『部』之所謂『以昭炯戒』者，亦惟見『心勞日拙』而已！老子曰：『民不畏死，奈何以死懼之？』吁！可以休矣！」

這一篇與日月爭光的文章，到今天還普遍流傳著，書中還有一句：「……貴部若必欲謂余『親共』或為『共產黨所利用』因而獲罪，則余死亦當作厲鬼以鳴其冤！」像朱惺公這樣的烈士，他是鄙棄「親共」而不為的。

時至今日，世風每況愈下，所謂「政治集團」者本身固亦是「偽」，偽到已經連那時的偽特工部都不如了，偽特工部尚且先函警告，光明正大的說出「我要殺你」，尚且不失為硬漢，今日，連這一點精神都沒有了，在鬼鬼祟祟地不聲不響地偷著幹了，偷著幹，實在是竊賊的行為；那麼，本文在以理曉喻著身為竊賊的人，又是多餘的廢話了！

我們面向著大陸，那一政權，和劉豫的政權有沒有什麼不同的地方？以他們在大力地屠殺而求可安享其永久祿位來說，又比劉豫差得遠了。然而，是不是可能將中國人皆殺盡呢？如果遺留一人，也「必將誓死以反對之」的。如果在海外殺陳寒波一人就足以達到「炯戒」的目的的話，豈非更是「心勞日拙」？陳寒波不畏死，奈何以恐懼之！

第五、假如一個政黨，一個在朝的統治集團，能藉賴屠殺以維持長久統治的話，那麼歷來殘酷的王朝，就不會有覆滅的事了，假使能把反對者斬盡殺絕的話，清末的革命黨人，豈不早就已被殺光？那裡還會有辛亥的奇蹟發現？國民黨統治時代，共產黨人被殺的又豈在少數，假使能夠斬得盡殺得絕，又何致有今日的奇蹟，又何至有今日更殘酷的局面！身為當年曾受迫害的人們，豈未嚐盡痛楚，還不能了解這一因果和其發展嗎？還不足以警惕自己嗎？你能逃二萬五千里，別人不至於無此精神，壓力愈大，反抗力愈強，已是人所盡知的規律，殺的結果，對於追求民主自由的人，並不能阻遏其決心及信心，只有擴展他們心頭的憤怒，加強其反抗力而已。

由憤怒激起的千頭萬緒，自己也不知道如何控制筆墨，就此作為結束。讓人們留下不盡的心情，別忘記陳寒波吧……。

Do人物41　PC0508

毛澤東特務的叛逃
——一個紅色女間諜的新生

原　　著／陳寒波
主　　編／蔡登山
責任編輯／陳品悅、李冠慶
圖文排版／楊家齊
封面設計／蔡瑋筠

出版策劃／獨立作家
發 行 人／宋政坤
法律顧問／毛國樑　律師
製作發行／秀威資訊科技股份有限公司
地址：114 台北市內湖區瑞光路76巷65號1樓
電話：+886-2-2796-3638　傳真：+886-2-2796-1377
服務信箱：service@showwe.com.tw
展售門市／國家書店【松江門市】
地址：104 台北市中山區松江路209號1樓
電話：+886-2-2518-0207　傳真：+886-2-2518-0778
網路訂購／秀威網路書店：https://store.showwe.tw
國家網路書店：https://www.govbooks.com.tw

出版日期／2015年10月　BOD一版　**定價**／360元

|獨立|作家|
Independent Author

寫自己的故事，唱自己的歌

毛澤東特務的叛逃：一個紅色女間諜的新生 / 陳寒波原著；蔡登山主編. -- 一版. -- 臺北市：獨立作家, 2015.10

面；　公分. -- (Do人物；41)

BOD版

ISBN 978-986-92064-8-8(平裝)

857.85　　104014882

國家圖書館出版品預行編目

讀者回函卡

感謝您購買本書，為提升服務品質，請填妥以下資料，將讀者回函卡直接寄回或傳真本公司，收到您的寶貴意見後，我們會收藏記錄及檢討，謝謝！

如您需要了解本公司最新出版書目、購書優惠或企劃活動，歡迎您上網查詢或下載相關資料：http:// www.showwe.com.tw

您購買的書名：________________________________

出生日期：________年________月________日

學歷：□高中（含）以下　□大專　□研究所（含）以上

職業：□製造業　□金融業　□資訊業　□軍警　□傳播業　□自由業

　　　□服務業　□公務員　□教職　□學生　□家管　□其它______

購書地點：□網路書店　□實體書店　□書展　□郵購　□贈閱　□其他

您從何得知本書的消息？

□網路書店　□實體書店　□網路搜尋　□電子報　□書訊　□雜誌

□傳播媒體　□親友推薦　□網站推薦　□部落格　□其他__________

您對本書的評價：（請填代號　1.非常滿意　2.滿意　3.尚可　4.再改進）

封面設計____　版面編排____　內容____　文／譯筆____　價格____

讀完書後您覺得：

□很有收穫　□有收穫　□收穫不多　□沒收穫

對我們的建議：________________________________

____

____

____

請貼
郵票

11466
台北市內湖區瑞光路 76 巷 65 號 1 樓
獨立作家讀者服務部 收

（請沿線對折寄回，謝謝！）

姓　　名：______________ 年齡：________ 性別：□女　□男

郵遞區號：□□□□□

地　　址：______________________________

聯絡電話：(日) ______________ (夜) ______________

E-mail：______________________________